KB262347

허담 新무협 판타지 소설

고검무산

FANTASTIC ORIENTAL HEROES

고검추산 7
허담 新무협 판타지 소설

초판 1쇄 찍은 날 § 2008년 2월 20일
초판 1쇄 펴낸 날 § 2008년 2월 28일

지은이 § 허담
펴낸이 § 서경석

편집장 § 문혜영
편집책임 § 이재권

펴낸곳 § 도서출판 청어람
등록번호 § 제1081-1-89호
등록일자 § 1999. 5. 31
어람번호 § 제2-1425호

주소 § 경기도 부천시 원미구 심곡1동 350-1 남성B/D 3F (우) 420-011
전화 § 032-656-4452 팩스 § 032-656-4453
http://www.chungeoram.com
E-mail § eoram99@chollian.net

ⓒ 허담, 2007

ISBN 978-89-251-1191-9 04810
ISBN 978-89-251-0913-8 (세트)

※ 파본은 구입하신 서점에서 교환하여 드립니다.
※ 저자와 협의하여 인지를 붙이지 않습니다.
※ 이 책은 도서출판 청어람과 저작자의 계약에 의해 출판된 것이므로,
  무단 전재 및 유포 · 공유를 금합니다.

7

강호연가(江湖戀歌)

고검무산

허담 新무협 판타지 소설
FANTASTIC ORIENTAL HEROES

도서출판 청어람

目次

第一章

폭설 속의 손님

孤劍秋山

천지가 눈으로 뒤덮인 어느 날 아침, 왕민은 흰 눈을 무겁게 이고 있는 굵은 소나무 기둥에 비스듬히 몸을 기대서서 십여 장 밖에서 비무를 벌이고 있는 두 사람을 응시하고 있었다.

비무를 벌이고 있는 사람은 추산과 대웅산. 두 사람은 검과 창을 맞댄 채 반 시진이 넘도록 비무를 펼치고 있었다. 몇 차례 손속을 겨루다가 잠시 쉬며 대화를 나눈 후 다시 이어지는 두 사람의 비무는 사뭇 진지하기 그지없었다. 평소 두 사람의 성정을 생각하자면 확실히 특별한 일인 이 한 판의 진지하고도 긴 비무를 왕민은 처음부터 지켜보고 있었다.

"추 아우, 이번엔 조심하라구. 이번 초식은 평소 잘 사용하지 않은 것이야."

대웅산이 햇빛에 반사돼 번쩍거리는 창날로 추산을 겨누며
말했다.

"걱정 말고 오세요. 기대할게요."

추산의 입에서도 다부진 목소리가 흘러나왔다. 그러자 대웅
산이 고개를 끄덕이고는 순식간에 한 자 정도 허공으로 뛰어
오르며 들고 있던 장창을 추산을 향해 번개처럼 뻗어냈다.

파아앙!

대웅산의 창은 처음에는 일직선을 그리며 추산을 향해 뻗어
나가는가 싶더니 어느 순간 창끝으로 하나의 원을 그려내고
있었다. 그러자 맹렬한 파공음이 일어나며 창이 지나가는 길
목에 쌓였던 눈들이 분분히 날아올라 창날이 만들어내는 소용
돌이를 따라 회전하기 시작했다.

일진광풍(一陣狂風)이란 말이 딱 들어맞는 대웅산의 공세가
무서운 속도로 추산을 덮쳐 가는 순간, 추산의 검도 움직였다.
푸른빛 검날에 와 닿은 햇빛이 구슬처럼 굴러 내린다. 그 영롱
한 햇빛 속에서 추산의 검이 번개처럼 움직여 빛의 구슬들을
튕겨내며 자신을 향해 날아오는 대웅산의 창날에 마주 달려나
갔다.

차차창!

순식간에 십여 차례의 굉음이 장내에 울려 퍼졌다. 검과 창
사이에서 일어나는 불꽃이 보는 사람의 시야를 어지럽게 흔들
었다. 그리고 그사이 번개같이 이루어진 격돌을 끝낸 두 사람
이 튕기듯 물러나 자신들이 애초에 서 있던 곳으로 물러났다.

“추 아우, 정말 대단하군. 이 초식은 정말 내 비장의 일수인데 모두 막아내다니 말이야.”

대웅산이 창을 들어 지팡이처럼 짚고 서며 탄성을 흘려냈다.

“운이 좋았어요. 그리고 대 형님이 조금 사정을 봐주신 것도 알고 있고요. 만약 대 형님이 모든 공력을 이번 공격에 쏟았다면 초식은 막을 수 있을지언정 제 몸은 성하지 못했을 거예요.”

“생사결이 아닌 비무에서 자신의 모든 공력을 쏟아내는 사람이 어디 있겠어? 사실 추 아우도 모든 공력을 뽑아낸 것은 아니잖아? 비무란 어차피 초식과 초식의 대결, 추 아우가 내 공격을 물러서지 않고 막아낸 것은 결국 추 아우의 무공이 그만큼 성장했다는 의미겠지. 하하, 정말 대단한 성취야. 무 불장에 온 지 이제 겨우 삼 년이 지났을 뿐인데 이 대웅산과 동수를 이루다니. 이대로 일 년이 지나면 내가 한 수 양보하지 않을 수 없을 것 같군.”

“무슨 그런 겸양의 말씀을!”

추산이 대답을 하면서도 기분은 좋은지 씨익 미소를 지어 보였다.

“하하하, 오늘 비무는 이 정도로 끝내자고. 내일 다시 해보도록 하지. 하지만 내일은 조심해야 할 거야. 이 대웅산이 오늘 밤 추 아우의 그 유성검을 상대할 묘책을 강구해 볼 것이니까.”

"후후, 기대할게요. 하지만 저도 놀고 있지만은 않을 테니 너무 자신하지 마세요."

추산이 지지 않고 응수했다. 그렇게 비무를 끝낸 두 사람이 기분 좋게 대화를 나누는 모습을 보고 있던 왕민의 얼굴에 자신도 모르는 사이에 빙그레 미소가 떠올랐다.

"저 두 사람은 어느새 마치 사형제와 같은 사이가 되었군. 본래 무불장의 청부사들은 한곳에 있어도 친분을 쌓기가 쉽지 않은데… 역시 두 사람의 성정이 남다르기 때문이겠지. 그나저나 태호에 다녀온 이후 무불장에 때 아닌 무공(武功) 열풍이 불고 있군. 역시 그곳에서 만난 신주마의 무공에 자극을 받은 것인가. 아니면 태호의 황금선 사건 이후 강호에 일기 시작한 광풍이 사람들을 긴장시키고 있는 것인가?"

왕민의 표정이 조금 어두워졌다.

그의 말대로 지금 무불장에는 제법 대단한 무공 수련 열풍이 불고 있었다. 추산과 대웅산뿐만 아니라 고검과 미심, 그리고 새롭게 무불장의 일원이 된 과거 천하제이청부사 만불통 역시도 시간이 나면 서로를 마주하고 앉아 무리(武理)를 나누는 것이 다반사였다.

왕민의 생각처럼 어쩌면 그건 무불장의 고수들이 지난번 태호의 황금선 사건을 처리하는 과정에서 등장했던 신비마인 신주마 악불위의 무공에 충격을 받았기 때문일 수 있었다. 하지만 돌이켜 생각해 보면 일단 그가 천하팔대고수 중 일인인 신주마 악불위였음을 안 이상 그의 무공은 새삼스러울 것이 없었다. 천하팔대고수라면 그 정도의 무위를 선보이는 것이 어쩌면 당연하다고 할 수 있으니까.

그래서 무불장의 고수들이 새삼스럽게 무공 수련에 열을 올리고 있는 이유가 꼭 신주마 악불위 때문이라고 할 수는 없었다. 어쩌면 그 이유는 왕민의 말처럼 다른 곳에 있을지도 몰랐다. 바로 강호에 일고 있는 변화의 바람, 그 바람이 본능적으로 무불장의 고수들을 긴장시키고 있기에 그들이 새삼스레 자신들의 무공을 정비하고 있는지도 모르는 일이었다.

"하긴… 단순한 바람은 아니지."

왕민이 나직한 목소리로 중얼거릴 때 비무를 끝낸 추산과 대웅산이 그의 곁으로 다가왔다.

"무슨 생각을 하시기에 혼잣말을 중얼거리고 계십니까?"

대웅산이 호탕한 목소리로 왕민에게 물었다. 그러자 왕민이 빙그레 미소를 지으며 대답했다.

"자네들 두 사람이 이렇게 열심히 무공을 수련하고 있는 것이 신기해서 말일세."

"명색이 칼밥을 먹고사는 황금충인데 평소 무공 수련을 해 두는 거야 당연한 일이지요."

"하지만 태호를 다녀온 이후에 부쩍 열심인 것은 사실이지 않은가?"

"그렇긴 하죠. 음… 태호에서 그자를 보고 느낀 것도 있고……."

대웅산이 말꼬리를 흐리며 고개를 갸웃했다. 뭔가 말하려다

입속으로 다시 넣은 듯한 느낌이 드는 대웅산의 말투였다.

"또 달리 무슨 이유라도 있는가?"

"그게 말입니다, 꼭 그자 때문만은 아닌데 이상하게 태호에서 돌아온 이후 무공을 좀 살펴봐야 하지 않을까 하는 생각이 들더란 말입니다. 처음에는 그 신주마 악불위 때문이라고 생각했는데 꼭 그런 것 같지는 않고, 그렇다고 딱히 그 이유를 설명하라고 하면 그럴 이유가 있는 것도 아니고… 사실 저도 잘 모르겠습니다. 왜 갑자기 제 무공에 대해 조급증이 일어난 것인지 말입니다."

그러자 왕민이 이번에는 추산을 보며 물었다.

"추 소협은 어떠신가? 갑자기 무공에 열의를 보이는 이유라도 있는가?"

그러자 추산이 잠시 생각에 잠겼다가 입을 열었다.

"왕 선생께서 그 말씀을 꺼내시기 전에는 특별히 그 이유에 대해 생각지 않고 있었지요. 그런데 대 형님이 말씀하시는 것을 들으니 저도 비슷한 것 같아요. 누가 시키지는 않았지만 꼭 무공 수련을 해야 할 것 같다는 강박관념 같은 것이 생긴 것 같아요. 그리고 좀 전에 두 분이 말씀하시는 것을 듣고 생각해 보니 그 이유가 노상 없는 것도 아닌 것 같아요."

추산의 말에 대웅산이 호기심이 가득한 얼굴로 물었다.

"그 이유를 짐작하겠어?"

"생각해 보면 단순한 것 같아요. 이유는 바로 우리가 강호를 살아가는 무림인이기 때문이죠."

추산의 대답에 대웅산이 실망한 듯 입을 열었다.

"강호무인이래서 무공 수련을 게을리 하지 말아야 한다는 것은 너무 상투적인 대답인데. 그리고 그런 말은 추 아우에겐 어울리지 않아. 뭐, 장주님이나 설연장에 계시는 천검 어른이 라면 모를까……."

그러자 추산이 고개를 저었다.

"제 말은 그런 의미가 아니네요."

"어? 그럼 다른 뜻으로 한 말인가?"

"당연히 다른 뜻으로 한 말이죠. 잘 들어보세요. 처음 우리 가 태호를 벗어나 금오표국에 들어갈 때까지만 해도 우린 무 공에 대한 조급함을 그리 느끼지 않았어요. 그런데 금오표국 을 떠나 대운하를 타고 이곳 개봉으로 돌아오면서 서서히 무 공에 대헤 진지하게 생각하게 되었지요."

"음, 듣고 보니 그도 그런 것 같군. 생각해 보면 금오표국을 떠난 이후에는 무공에 대해 별반 이야기를 나누지 않았던 것 같군. 허! 그리고 보니 이상하네. 왜 갑자기 우리 무불장의 청 부사들이 운하를 타고 오르면서 무공에 대해 관심을 가지게 된 것이지?"

그러자 추산이 손을 들어 뺨을 스치고 지나가는 차가운 바 람을 움켜쥐는 듯한 자세를 취했다.

"원인은 바로 이 바람 때문이겠지요. 그리고 우리가 강호무 림인이라는 것하고요."

"바람과 강호무림이라는 것 때문이라고? 아아, 도대체 무슨 말을 하는지 잘 모르겠구먼. 이보게, 추 아우. 이 대웅산은 아우나 왕 선생처럼 머리가 좋지 않다네. 그러니 돌려서 이야기하지 말고 쉽게 풀어서 설명해 주시게나.”

대웅산이 애원하듯 말하자 추산 대신 왕민이 나섰다.

“추 소협의 생각이 내 생각과 일치하는 것 같군.”

그러자 추산이 고개를 끄덕이며 말했다.

“역시 그렇게 생각하시는군요.”

“아니, 근데 이 양반들이!”

순간 대웅산이 벌컥 소리를 질렀다. 자신을 빼고 선문답하듯이 이야기를 나누는 추산과 왕민을 노려보면서. 그러자 왕민이 미안하다는 듯 손을 들어 보이고는 재빨리 입을 열었다.

“미안하이. 너무 화내지 마시게. 이제부터 설명을 해줄 테니 잘 들어보시게. 아마도 갑작스레 무공에 열의를 내고 있는 것은 비단 우리 무불장만의 일은 아닐 걸세. 강호의 무림세가들, 아니, 강호에 몸담고 있는 무인들이라면 누구라도 요 몇 달간 무공 수련을 등한시하는 자가 없었을 걸세.”

“그러니까, 그 이유가 뭐냐니까요?”

“후후, 그 이유는 추 소협이 말한 대로 강호에 부는 바람과 무림인, 이 두 가지 단어로 답이 되겠지. 태호에서 황금선 사건이 벌어진 이후 강호무림에 수년간 경험하지 못한 변화가 일어나기 시작했네. 자네도 물론 알고 있겠지?”

“그야, 뭐 당연히 암옥의 일 아니겠습니까?”

대웅산이 통명스럽게 대답했다. 대웅산의 말처럼 당금 강호무림의 최대 관심사는 암옥(暗獄)의 독립이라고 할 수 있었다. 소문이 들린 것은 무불장의 고수들이 금오표국을 떠나 대운하를 왕복하는 객선을 타고 개봉 인근에 다다랐을 때였다.

　소위 사람들이 암옥(暗獄)의 독립이라 말하는 이 강호의 일대 사건은 강호를 진동시키던 황금선 사건를 수면 아래로 가라앉힐 만큼 강호를 발칵 뒤집어놓았다. 애당초 암옥이 천하사패나 다른 명문대파의 소유물이 아니었으므로 독립이라는 말을 쓰는 것은 어폐가 있을 수 있었다. 하지만 강호인들은 분명 그것을 암옥의 독립이라고 말했다. 그리고 누구도 그들이 독립했다는 표현에 이의를 제기하지 않았다.

　노류지를 불바다로 만들어 버린 태호의 황금선 사건이 종결되자 강호의 시선이 가상 먼저 향한 곳은 황금선 사건의 주인공인 벽산철가였다. 한 척의 배에 가득 실린 황금이 가질 수 있는 수많은 의미들, 그리고 암중에 떠도는 벽산철가와 드러나지 않은 무림 세력과의 은밀한 연대에 대한 소문… 벽산철가의 재력이 무림의 한 세력과 연결되었을 때 가져올 파장을 생각하면 강호인들이 황금선 사건 이후 벽산철가를 주목하는 것은 당연한 일이었다.

　그런데 황금선 사건이 종결된 지 채 열흘이 되지 않아, 벽산철가는 그야말로 거짓말처럼 강호에서 사라졌다. 그 거대한 가문은, 그토록 순식간에 사라지면서도 놀라울 정도로 흔적을 남기지 않았다. 그들이 소유했던 수많은 상권과 벽산의 철광은 이미 다른 사람의 손에 넘어가 있었고, 천하에 산재한 자신들의 상권을 처분해 얻은 막대한 금자를 지닌 채 벽산철가의 수뇌부는 귀신처럼 사라졌던 것이다.

그리고 그때서야 강호인들은 깨달았다. 이미 황금선의 사건이 터졌을 때부터 벽산철가의 가주 송자휘와 그 수뇌들은 벽산철가를 해체할 준비를 하고 있었다는 사실을. 그렇다면 벽산철가의 가산을 정리해 막대한 재물을 손에 넣은 벽산철가주 송자휘와 그 수뇌들은 도대체 어디로 사라진 것일까. 이 문제가 강호 최대의 관심사로 떠오를 즈음, 다시 강호를 진동시키는 한 가지 소문이 터져 나왔다. 그 소문이 바로 암옥의 독립이었다.

암옥주 귀왕마천으로부터 발송된 한 장의 첩지가 현 강호를 지배하는 천하사패와 몇몇 강호의 명문대파의 손에 들어간 것은 황금선의 풍파가 지나간 지 채 보름이 안 되었을 때였다. 그런데 간단한 몇 줄의 글씨가 쓰여진 이 한 장의 첩지는 순식간에 강호에 거대한 충격을 가져다주었다.

첩지에는 암옥의 이름을 수룡맹(水龍盟)으로 바꾼다는 것과 수룡맹은 앞으로도 천하마인을 제압해 암옥에 감금하는 일을 더욱 강화함으로써 강호의 정의를 바로 세우는 일에 앞장설 것이라는 글귀가 적혀 있었다.

얼핏 보면 암옥이라는 이름을 버리고 수룡맹이라는 새로운 호칭을 선택한 것 말고는 특별할 것이 없는 이 한 장의 첩지는 그러나 아주 중요한 의미를 함축하고 있었다. 그것은 바로 암옥(暗獄)이라는 명칭이 가지는 상징성 때문이었다.

애초에 백마혈전 이후 암옥이 탄생한 것은 천하사패의 공동 발의에 의한 것이었다. 당연히 암옥이라는 이름을 정한 것도 천하사패였으며, 그 암옥의 옥주로 귀왕마천을 선택한 것도 천하사패였다. 그런데 천하사패에 의해 선택된 그 암옥이라는 이름을 암옥주 귀왕마천 스스로가 수룡맹으로 바꾸겠다고 하는 것이다. 그것도 천하사패의 의견을 물어온 것이 아니라 한 통의 첩지에 의한 일방적인 통보였다.

당연하게도 이 소문이 강호에 퍼졌을 때 강호무림인들의 생각은 하나로 모아졌다. 천하사패로부터 암옥의 독립, 더군다나 그 수장은 천하팔대고수 귀왕마천이다. 암옥은 수룡맹이라는 이름으로 천하사패로부터 독립한 것이다.

암옥의 독립이 기정사실화되자 사람들의 관심은 다른 곳으로 돌려졌다. 도대체 암옥이 그동안 얼마큼의 세력을 형성한 것일까라는 의문이 바로 그것이었다. 비록 귀왕마천이 천하팔대고수라고는 하지만 단 한 명 절대고수의 존재로 천하사패에게 결별을 선언할 수는 없는 일이었다. 만약 그것이 가능하다면, 이미 오래전에 천하는 사패가 아닌 팔패가 되었어야 했다.

귀왕마천이 암옥을 맡은 지 수십 년이 흐른 지금에 와서 사패로부터 독립을 선언한 것은 결국 귀왕마천이 사패의 압박을 이겨낼 세력을 가지고 있다는 말이나 다름없었다. 그래서 강호무인들의 시선은 귀왕마천이 은밀히 키워왔을 세력이 어떤 모습일까에 모아졌으나 수룡맹의 본모습은 쉽게 강호에 드러나지 않았다.

그것은 어쩌면 당연한 일인지 몰랐다. 독립을 선언한 귀왕
마천의 입장에서 보자면 사패의 반발을 생각지 않을 수 없었
을 터, 자칫하면 사패로부터 합공을 받을 수 있는 상황에서 수
룡맹의 모습을 고스란히 드러낼 만큼 순진한 마천이 아니었
다. 드러난 것이라고는 기껏해야 귀왕마천의 아들 암제 마극
과 혼인을 한 육초초의 가문, 악양 기련장이 당연히 수룡맹에
포함되어 있다는 것 정도일까.

그러나 강호란 그리 호락호락한 곳이 아니었다. 시간이 흐
르자 하나둘 수룡맹과 관련된 소문들이 강호를 떠돌기 시작했
다. 대부분은 그저 말하기 좋아하는 사람들이 흘려낸 허무맹
랑한 이야기들이었지만, 개중에는 상당히 신빙성있는 소문도
있었다. 제법 신빙성이 있는 소문 중 하나는 바로 암옥의 독립
이전에 강호를 떠들썩하게 만들었던 벽산철가가 암옥, 아니,
이제는 새로운 이름을 내건 수룡맹과 관련이 있다는 것이었
다.

벽산철가가 해체된 시기와 암옥이 독립을 선언한 시점이 너
무도 정확하게 맞아떨어졌기 때문이기도 하고, 또 황금선이
실종된 노륙지에 암옥의 고수들이 등장했다는 소문도 흘러 다
니고 있었기에 암옥과 벽산철가를 연관 짓는 소문은 제법 그
럴듯하게 여겨지고 있었다.

그 이외에도 수룡맹에 대한 논의는 강호 곳곳에서 이루어졌
다. 비록 천하마인의 섬멸에 앞장설 것이라는 귀왕마천의 일

성에도 불구하고 수룡맹이 정사(正邪) 어느 쪽에 서는 문파인가 하는 논쟁도 끊이지 않았고, 수룡맹이 황하와 장강, 그리고 강남북을 잇는 대운하까지 천하의 물길을 손에 넣었다는 소문도 떠돌았다. 하지만 이런 논의들은 어디까지나 불확실한 추측에 불과한 것이었다. 물론 불확실한 소문들과 달리 명확하게 예상되어지는 일도 있었다. 그것은 바로 천하사패가 움직일 것이라는 사실이었다.

수십 년간 천하사패는 자신들 이외의 세력이 강호의 패자로 등장하는 것을 용납하지 않았다. 어디선가 사패의 위상에 도전할 만한 세력이 성장하면 가차없이 그 싹을 잘라온 사패였다.

평소에는 서로 한 치의 세력이라도 더 넓히기 위해 치열한 경쟁을 벌이던 그들이었지만 새로운 강력한 세력이 등장하면 어느새 힘을 모아 새로운 강자의 등장을 막았던 것이다. 그러므로 비록 그 머리에 천하팔대고수 귀왕마천이 도사리고 있다고 해서 천하사패가 수룡맹의 탄생을 순순히 받아들일 가능성은 전무했다.

어떤 형태로든 사패는 움직일 것이고, 일단 사패가 움직이면 강호는 혈풍에 휩싸일 터였다. 그리고 그 혈풍은 암옥의 위상와 귀왕마천의 무게로 볼 때 전 강호를 뒤덮을 만큼 커다란 전쟁으로 발전할 가능성이 농후했다. 그리고 만약 그렇게 혈풍이 확대되면 강호는 사패의 시대를 관통하며 일어난 다섯 개의 큰 전쟁, 오대혈전에 비견되는 또 한차례의 혈풍을 경험하게 될 터였다. 그리고 그런 전쟁이 일어나면 결국 죽어나가는 것은 그 전쟁의 당사자들이 아닌 그 주변의 군소문파들임을 강호의 역사는 말해주고 있었다.

"암옥의 독립은 강력한 변화의 바람이랄 수 있네. 그것도 거대한 혈풍의 전조라 할 만큼 중요한 변화지. 그리고 우리는 강호인일세. 강호인들은 마치 산짐승들이 사냥꾼의 살기를 본능적으로 느끼듯 강호에 불어올 혈풍을 본능적으로 감지하게 마련일세. 그리곤 그 위험을 감지한 후에는 역시 본능적으로 자신의 무공을 돌아보게 마련일세. 혈풍의 시대, 자신의 목숨을 지켜줄 수 있는 것은 오로지 자신의 무공이 아니겠는가?"

왕민의 말에 대웅산이 그제야 이해가 간다는 듯 고개를 끄덕였다.

"듣고 보니 확실히 일리가 있는 판단이군요. 하긴 금오표국을 떠나 대운하를 타고 강북으로 올라올 때 우린 암옥의 독립에 대한 소문을 들었지요. 생각해 보니 바로 그 시점부터 괜시리 무공을 더 가다듬어야 하지 않을까 하는 마음이 생긴 것도 같군요."

"그런데 정말 천하사패가 암옥을 상대로 움직일까요?"

추산이 설마하는 표정으로 물었다. 그러자 왕민이 고개를 끄덕였다.

"반드시 움직일 걸세."

"어떻게 그렇게 확신하죠? 비록 암옥이 독립을 해서 수룡맹이라는 간판을 내걸었지만 여전히 강호의 마인들을 잡아들여 암옥에 그들을 감금하는 기존의 일을 그대로 하겠다고 했잖아요. 더군다나 그 수장이 천하팔대고수 귀왕마천인데 사패라고 쉽게 수룡맹을 상대할 수 있겠어요? 서로 적당한 선에서 타협을 할 가능성도 있지 않을까요? 뭐, 강호에 사패에 들지 않은 무림문파가 없는 것도 아니고……."

그러자 왕민이 고개를 저었다.

"바로 그 점 때문에라도 사패는 움직일 걸세. 만약 그저 그런 문파가 개파를 했다면 사패가 움직일 리가 없지. 하지만 암옥과 귀왕마천은 다르네. 알겠지만, 누가 방해만 하지 않는다면 그들은 천하사패의 세력만큼 강해질 수 있는 잠재력이 있으니 말일세. 천하사패는 결코 천하가 사패가 아닌 오패가 되는 것을 용납하지 않을 걸세."

"흠, 천하오패라……."

"그리고 그것보다도 사패가 암옥의 독립을 두고 볼 수 없는 더 중요한 사실이 있다네."

왕민의 말에 추산과 대웅산이 왕민을 바라봤다.

"더 중요한 문제라면?"

"그건 바로 암옥이 강호의 소문대로 천하의 수로를 장악하려 할 수 있다는 것일세. 당금 강호는 사패가 천하의 각 지역을 사분하고 있는 형국일세. 그건 곧 땅 위에는 또 다른 거대 세력이 자리 잡을 곳이 존재하지 않는다는 말이지. 천하사패와 같은 막강한 세력이 만들어지려면 반드시 그 기반이 될 만한 지역이 필요하네. 다시 말해 세력을 유지해 줄 수 있는 경제적 기반이 뒷받침될 만한 지역이 필요하단 것이지. 하지만 현재 그런 지역은 모조리 사패의 수중에 들어가 있네. 이곳 개봉과 서안 같은 대도 몇몇 곳은 물론 사패의 완충지대지만, 그래서 더더욱 새로운 세력이 자리 잡기 어려운 곳이고… 그렇다면 귀왕마천이 노릴 곳이 결국 어디이겠나? 거대한 세력을 유지할 만한 재물이 공급될 수 있는 곳, 그런 곳은 이제 천하에 오직 물길밖에 남지 않았네. 황하와 대운하, 그리고 장강에 이르는 수로 말일세."

"확실히 수로를 장악하면 돈이 되지요. 천하의 물산이 이동하는 길이니까요."

"그런 만큼 사패도 수로를 놓칠 수 없을 걸세. 누군가 수로를 장악한다면 천하의 상로를 통제하게 될 터이고, 그리되면 결국 사패가 속한 지역에서 활동하는 상가들도 그 영향에서 벗어날 수 없을 터, 천하는 오히려 수로를 장악한 세력이 주도할 수도 있게 될 터이니 말일세."

"음… 정말 그렇군요. 더군다나 암옥은 천하의 수로에 욕심을 낼 만한 자들이지요. 암옥귀선을 포함해서 누구에게도 뒤지지 않는 뛰어난 배들을 보유하고 있고, 더군다나 수어왕과 장강사마신 같은 절세적인 수공의 고수들이 존재하지요. 그리고… 아! 그리고 보니 사형이 암옥에서 벗어나기 전 보았다던 황하의 수적 황룡무적단의 우두머리 석달개라는 자가 암옥에 있었던 것도… 아니, 그럼 어쩌면 그 황룡무적단도 애초에 암옥에서 조종하던 자들이었을까요?"

추산이 화들짝 놀라며 왕민에게 물었다.

"지금으로서야 알 수 없는 일이지. 황룡무적단이 북천무맹의 공격을 피해 암옥에 몸을 의탁한 것인지, 애초부터 암옥의 귀왕마천에 의해 만들어진 조직인지……. 하지만 어쨌든 모든 상황을 살펴보면 결국 귀왕마천의 뜻은 천하의 수로에 있는 것 같네. 거기에 벽산철가와 기련장의 재력이 합쳐졌네. 천하사패도 긴장하지 않을 수 없는 세력이라고 할 수 있을 걸세. 그러니 결국 천하사패는 움직일 걸세."

"애고, 결국 강호에 피바람이 부는 것은 어쩔 수 없는 일이겠군요."

"그렇다고 봐야지."

그러자 대웅산이 호탕한 목소리로 입을 열었다.

"제길, 그런들 뭐 상관있겠습니까? 우리야 그저 하던 청부일이나 계속하면 그뿐이지요."

"하긴 그래요. 자기들이야 싸우든 말든 우리 황금충은 돈이나 벌면 그뿐이죠."

추산이 대웅산의 말에 맞장구를 쳤다.

"강호의 바람이 무불장을 비켜가면 더 바랄 것이 없겠지."

말을 하는 왕민의 얼굴이 밝지만은 않았다. 강호의 혈풍이 어찌 사람을 보고 피해간다던가.

"제길, 누가 수작을 걸어오면 또 그때는 무불장의 무서움을 보여주면 되죠. 후후, 누구든 무불장을 건드리는 자가 있다면 그자는 크게 실수하게 될 거예요."

추산의 다부진 말에 대웅산이 고개를 끄덕였다.

"하긴 그래, 사실 우리가 괜시리 위축될 필요는 없지 않겠어? 감히 어느 놈이 가만히 있는 천검 어르신과 무불장에 시비를 걸겠느냐 말이야. 그랬다가는 이 대웅산의 창을 먼저 맛봐야 할 거야."

"자, 이제 걱정은 그만 하고 전 조카나 만나러 가봐야겠어요. 아유, 고 녀석 정말 귀여워 죽겠다니까."

추산이 신형을 돌려 걸음을 옮기기 시작했다.

"어, 추 아우, 나도 같이 가자구. 나도 장주의 아드님을 본 지가 이틀이 지났다구. 워낙 장주 부인께서 눈치를 줘서 말이야."

"그거야 그 아이가 대 형님만 보면 울음을 터뜨리니까 그렇죠. 대 형님의 얼굴이 좀 험상궂어야죠."

"제길, 태어나길 이렇게 태어난 걸 어쩌란 말인가? 그나저나 설연장의 천검 어른께서는 아이의 이름을 지어 보냈는가?"

"아마 곧 설연장에서 소식이 올 거예요."

추산과 대웅산이 두 달 전에 태어난 고검과 능천화의 아들에게로 화제를 돌리며 비무를 벌이던 공터를 벗어났다. 그런 두 사람의 모습을 보고 있던 왕민이 나직하게 중얼거렸다.

"본시 나무는 가만히 서 있으려 해도 바람이 그냥 놓아두지 않는 법이지. 과연 강호의 혈풍이 무불장을 피해갈 것인지……."

왕민이 가라앉은 시선으로 하늘을 올려다봤다. 어느새 또다시 한 송이 두 송이 눈송이들이 날리고 있었다.

"이번 겨울은 유난히 눈이 많이 오는군."

다시 내리기 시작한 눈은 날이 어둑해질 때까지도 그칠 줄을 몰랐다. 기세로 보아서는 밤을 새워 내릴 요량인 모양이었다.

"제길, 정말 지랄같이 내리네. 어떻게 치운 지 한 시진밖에 지나지 않았는데 이렇게 많이 쌓였단 말이냐."

무불장에서 허드렛일을 하는 삼십대 중반의 노총각 평산이 투덜거리며 장원의 정문 앞에 쌓인 눈을 밀어내기 위해 나무로 만든 넉가래를 집어 들었다.

평소에 눈이 내리면 정문 앞의 공터 대부분을 쓸어냈지만 요 며칠 사이 내린 폭설은 너무도 엄청나 겨우 성내로 이어지는 길만 만드는 것으로 만족해야 할 상황이었다. 평산은 벙거지를 뒤집어쓰고 처마 밑에서 나와 넉가래로 눈을 치우기 시작했다.

평산의 눈 치우는 솜씨는 제법 뛰어났으나 치우는 도중에도 계속 눈이 내렸으므로 그가 치운 자리는 금세 다시 하얀 눈으로 뒤덮였다. 하지만 평산은 미련스럽게 앞으로 길을 만들며 나갔다. 무불장에서 성내로 이어지는 길을 만들려면 족히 일백 장은 앞으로 나가야 했으므로 평산은 쉴 새 없이 몸을 놀려 눈을 치워 나갔다.

그렇게 평산이 우직하게 폭설을 뚫고 길을 만들어 나가기를 오십여 장. 갑자기 평산의 움직임이 뚝 하고 멈춰졌다. 눈 치우기를 중지한 평산이 허리는 그대로 숙인 채 고개를 들어 전방을 바라보며 중얼거렸다.

"뭐지, 이 섬뜩한 기운은……?"

평산이 손을 눈썹 부근에 올려 내리는 눈을 막으며 전방을 주시했으나 폭설에 가까운 눈 때문에 십여 장 밖도 내다보기 힘들었다. 그리고 그 십여 장 안쪽의 공간에는 평산의 시야에 잡히는 것이 아무것도 없었다.

"분명 아무것도 없는데… 하지만 왜 이렇게 으스스한 거지? 이건 날이 추운 것과는 다른 느낌인데, 간혹 이런 폭설이 내리는 날이면 산짐승들이 먹을 것을 찾아 민가로 내려온다고 하던데… 설마."

평산은 자신도 모르게 몸을 떨었다. 예전부터 겨울철 먹이를 찾아 산을 내려온 맹수들에 의해 목숨을 잃은 사람들의 이야기를 심심찮게 들었던 평산이었다. 비록 무불장이 위치한 지역은 대도 개봉이지만 무불장의 장원은 개봉성 내에서도 인적이 드문 북쪽의 한적한 숲에 연해 있었고, 그 뒤쪽으로는 낮지 않은 야산들이 즐비했으므로 맹수가 나타나지 말란 법은 없었다.

하지만 평산의 추측은 빗나갔다. 두려운 눈으로 시야를 가리는 폭설 사이로 전방을 살피던 평산의 눈에 문득 한 사람의 신형이 모습을 드러냈기 때문이었다. 비록 폭설에 가려 그 생김새를 정확히 알 수는 없었지만 평산의 눈에 들어온 물체가 네 발로 걷는 맹수가 아니라, 두 발로 걷는 사람임은 분명히 확인할 수 있었다.

"어허, 강호의 절정고수들께서 모여 있는 무불장에서 일을 하다 보니 어느새 나도 그 뭐시냐, 눈에 보이지 않는 기세를 느낄 수 있게 된 걸까? 보이지 않는 사람의 인기척을 눈을 치우는 와중에 미리 느끼다니 말이야."

평산이 시야를 가린 폭설 속에서 인기척을 알아챈 자신이 제법 대견한지 되지도 않는 말을 흘려내며 천천히 허리를 폈다. 그리고 그사이 폭설 속에서 모습을 나타낸 사내가 어느새 평산의 앞 십여 장 안쪽에 들어서고 있었다.

사내는 낡은 회색빛 무복을 입고 있었고, 허리춤에는 한 자루 검이 매달려 있있다.

'무인이군.'

고개를 드는 순간 사내의 검에 먼저 시선이 간 평산이 자신도 모르게 한 걸음 뒤로 물러났다. 비록 그 자신도 강호의 절정고수들을 모시고 있는 사람이기는 하지만 이런 폭설 속에 갑자기 나타난 정체불명의 고수와 맞닥뜨리고도 평상심을 유지할 만한 배포를 가진 평산은 아니었다.

그렇게 한 걸음 뒤로 물러난 평산의 시선이 검이 매달려 있는 사내의 허리춤을 떠나 위로 올라왔다. 사내는 대나무로 만든 갓에 낡은 천을 빙빙 두른 방갓을 깊숙하게 눌러쓰고 있어 그 얼굴을 확인할 수는 없었다. 하지만 평산은 눈앞에 나타난

이 사내가 보통 인물이 아니라는 것을 금세 깨달았다. 왜냐하면 그는 눈앞의 사내가 풍겨내는 기도와 비슷한 기도를 가진 사람을 알고 있었기 때문이다.

'이자는 흡사 조 노사를 다시 뵙는 듯하군.'

비록 몇 달 전 무불장을 떠나긴 했지만 평산의 뇌리에는 그 무시무시하고 싸늘했던 조오현의 기억이 고스란히 남아 있었다. 그런데 지금 그의 눈앞에 나타난 이 정체불명의 사내에게서 바로 그 조오현의 기도가 느껴지는 것이었다. 물론 평산은 그 기도가 살기가 강한 자들에게서 흘러나오는 자연스런 기운이란 사실을 알지 못했지만…….

꿀꺽.

자신도 모르게 마른침을 삼킨 평산의 귀에 침 넘어가는 소리가 유난히 크게 들려왔다.

"어, 어디서 오시는 분이시오?"

평산이 두근거리는 마음을 억누르며 떨리는 목소리로 물었다. 그런데 걱정과는 달리 사내의 입에서는 제법 정중한 목소리가 흘러나왔다.

"혹, 이 길로 가면 무불장이 나옵니까?"

사내의 정중한 말투에 평산은 이내 평상심을 회복했다. 더군다나 사내는 자신이 몸담고 있는 무불장을 찾아온 사람이 아니던가.

"물론, 그렇지요. 바로 저곳이 무불장입니다."

평산이 재빨리 손을 들어 무불장이 있는 곳을 가리켰다. 위

낙 심하게 내리는 눈으로 인해 오십여 장 뒤의 무불장은 거무
스름한 형체만 드러나 보였다.

"제대로 찾아왔군요."

사내가 다행이라는 듯 고개를 끄덕였다. 그리고 그 순간 평
산은 방갓 밑으로 드러난 사내의 얼굴을 얼핏 볼 수 있었다.

'생각보다 젊군. 삼십 전후?

평산은 풍기는 분위기에 비해 젊어 보이는 사내의 얼굴에
내심 흥미를 보이며 입을 열었다.

"그런데 무불장으로 가시는 길이시우?"

"그렇습니다."

사내가 고개를 끄덕였다.

"무불장에는 무슨 일로……?"

그러자 사내가 슬쩍 빙긋을 들어 올리며 평산을 바라봤다.
길 위에서 오가다 만난 사람치고는 처음 만난 사람에게 묻는
말이 너무 많다고 느낀 모양이었다. 그리고 그렇게 방갓을 들
어 올려 평산을 바라본 사내의 시선이 평산의 뒤쪽으로 이어
진 눈길에 가 닿았다. 그러자 드러나는 무불장으로부터 평산
이 서 있는 곳까지 이어진 눈길. 비록 다시 눈이 내려 하얗게
변해 있기는 했지만 분명 평산이 눈을 치우고 만든 길은 다른
곳과 확연히 구분되었다.

"무불장에 계시는 분입니까?"

무불장의 장원으로부터 이어진 길을 내고 있는 사람이라면
당연히 무불장의 식솔일 터, 사내가 확인하듯 평산에게 물었

다. 그러자 평산이 고개를 끄덕였다.

"무불장에서 허드렛일을 하며 밥을 얻어먹고 있소이다."

"전 무불장에 청부를 넣으려는 사람입니다. 혹, 안내를 부탁드려도 되겠습니까?"

무불장의 일꾼에 지나지 않는 평산의 신분을 알고도 사내는 예의를 잃지 않았다. 하긴 평산은 적어도 사내보다 십여 세는 많았으니 당연한 일이라고도 할 수 있으나, 본시 강호에서 살아가는 무인들이란 나이 따위야 가볍게 무시하는 족속들이 아니던가.

평산은 눈앞의 사내가 서늘한 기도를 흘려내는 것과는 달리 자신의 신분을 알고도 예를 잃지 않자 불쑥 사내에 대한 경계심은 사라지고 호감이 그 자리를 대신했다.

"무불장을 찾아온 손님을 안내하는 것도 내가 하는 일 중 하나지요. 절 따라오십시오."

사내가 무불장을 찾아온 청부객임을 확인한 평산의 어투가 변했다. 본시 장사를 하는 사람에겐 아무리 나이가 어린 손님일지라도 손님은 손님인 것, 찾아온 손님을 함부로 대할 수 없었다.

"그럼 부탁드리겠습니다."

사내가 평산을 향해 가볍게 고개를 숙여 보였다. 평산 역시 사내에게 고개를 숙여 보이고는 이내 신형을 돌려 자신이 만들어놓은 길을 따라 걸음을 옮겼다. 눈을 치우던 넉가래는 덜그덕거리며 길 위에 긴 줄을 남기고 있었고, 넉가래가 만든 흔적 위로 사내의 걸음이 이어졌다.

*　　　*　　　*

사내는 탁자 위에 놓인 찻잔을 절제된 손길로 집어 들었다. 창밖에선 눈이 내리고 있었고, 방 안에는 맑은 차향이 가득하다. 풍경으로만 보자면 제법 운치있는 선비의 글방 같은 공간, 그러나 사내에게서 풍겨 나오는 기도는 글 읽는 선비의 그것과는 사뭇 달랐다. 사내가 만들어내는 서늘한 기운은 창밖의 풍경과 방 안을 가득 메운 차향의 고고한 기운과 도저히 섞여 들 수 없는 것이었다.

고검이 방 안으로 들어서며 가볍게 걸음을 멈추고 사내를 응시한 것은 비로 이런 이질적인 기운을 느꼈기 때문이었다. 그리고 또 한 가지 생각,

'젊군.'

눈을 치우고 길을 만들던 평산이 느꼈던 사내에 대한 첫인상을 고검 역시 느끼고 있었다. 찻잔을 들어 입에 가져갔던 사내의 시선이 천천히 고검에게로 돌려졌다. 두 사람의 시선이 허공에서 가볍게 부딪치자 사내가 자리에서 일어났다. 그리곤 가볍게 고검을 향해 포권을 취해 보였다.

"강호에 명성이 자자한 무불장주 고 대협을 만나뵙게 되어 영광입니다. 이충산이라고 합니다."

"이런 폭설을 뚫고 본 장을 찾아주셔서 감사합니다. 무불장

을 맡고 있는 고검이라 합니다.”

고검 역시 정중하게 이충산의 인사를 받았다. 그리고는 천천히 걸음을 옮겨 이충산의 맞은편에 다가선 고검이 손을 들어 상대에게 자리에 앉기를 권했다. 다기가 놓여진 탁자를 사이에 두고 두 사람이 자리를 잡고 앉자 고검이 먼저 입을 열었다.

“청부를 하시려 한다고요?”

“그렇습니다.”

이충산이 가볍게 고개를 끄덕였다.

“이런 눈길에 본 장을 찾으신 것을 보면 무척 다급한 일인 듯한데… 어떤 청부를 넣으시려는지……?”

고검이 조심스럽게 묻자 이충산이 대답 대신 먼저 자신의 품속에 손을 넣었다가 작은 전낭 하나를 꺼내 탁자 위에 올려놓았다.

“들기로 무불장에 청부를 넣기 위해서는 수백 금이 필요하다 들었습니다. 그런데 현재 제가 가지고 있는 금자는 그리 많지 않지요. 해서 전 이 물건을 청부대금으로 내놓고자 합니다. 고 대협께서 물건을 살펴보시고 금자를 대신할 만한 물건인지 판단해 주시기 바랍니다. 청부의 내용은 그 이후에 말씀드리지요.”

이충산의 말은 애초에 청부를 받아들일 수 없다면 자신의 청부 내용을 입에 올리지 않겠다는 의미였다. 이런 경우, 청부는 극히 은밀하게 진행되는 경우가 대부분이었다. 또한 그만큼 어려운 청부일 가능성이 컸다.

고검이 손을 내밀어 이충산이 탁자에 올려놓은 작은 전낭을 집어 들었다. 그러자 전낭 안에서 딸랑거리는 맑은 소리가 들려왔다. 고검이 전낭의 입구를 열고 전낭 안의 물건을 확인했다. 물건을 확인한 고검의 눈에 이채가 스치고 지나갔다.

"이 정도 물건이라면 청부에 부족함이 없군요."

고검이 전낭을 다시 탁자 위에 올려놓으며 말했다.

"어떤 청부라도 말입니까?"

"물론 본 장은 아무리 어려운 청부라도 거절하지는 않습니다. 그리고 전낭 안에 든 물건은 본 장이 지금까지 강호에서 행한 청부 중 가장 어려운 청부에서 받았던 금자보다 더 가치가 있을 듯하군요. 본 장의 규칙에 어긋나는 청부가 아니라면 손님께선 어떤 청부라도 하실 수 있습니다."

그러자 이충산이 다행이라는 듯 고개를 끄덕였다.

"무불장에서 청부를 가려 받는 것은 저도 잘 알고 있습니다. 그리고 제가 넣으려는 청부는 아마도 무불장의 기준에 어긋나지는 않을 겁니다. 다만, 이 일을 진행하면서 제 존재가 밖으로 드러나지 않아야 한다는 조건이 있습니다만……."

"간혹 청부자가 자신의 신분을 드러내지 않길 원하는 청부가 있지요. 손님의 존재를 비밀로 하시고 싶다면 그리해 드리겠습니다."

"하지만 전 제 존재를 비밀로 하면서도 청부행에 동행하고 싶습니다."

이번에는 고검의 눈살이 살짝 찌푸려졌다. 청부행에 동행하면서 청부자의 신분을 숨기는 것은 쉽지 않다. 청부가 간단하게 끝날 일이라면 모르지만, 이충산이 내놓은 보석의 가치로 보건대 간단히 끝날 청부가 아니었다. 그런 고검의 내심을 읽었는지 이충산이 재빨리 말을 덧붙였다.

"물론 어려운 일인 줄은 알지만 절대 무불장의 고수 분들 앞으로 나서는 일은 없을 겁니다. 만약 무불장의 고수 분들의 동의 없이 경솔하게 나서서 제 신분이 드러나게 된다면, 그리고 그래서 일에 어려움이 있게 된다면 그 책임은 제가 지도록 하겠습니다."

그러자 고검이 잠시 생각에 잠겼다가 고개를 끄덕였다.

"좋습니다. 그럼 이제 청부의 내용을 들어볼까요?"

고검의 대답에 이충산의 얼굴에 그동안 보이지 않았던 미소가 떠올랐다. 순간 고검은 이 젊은 청부자가 무척 잘생겼다는 것을 새삼스레 깨달았다. 대화를 나누는 도중 그의 얼굴을 대면하고 있으면서도 고검이 이충산의 얼굴이 보기 드문 미남이라는 것을 느끼지 못한 것이 이상할 정도였다. 고검은 이내 그 이유를 알아챘다.

'그의 기도가 그의 외모를 가리고 있었군.'

고검의 짐작대로 잠깐 웃음을 보였던 이충산이 다시 무표정한 모습으로 돌아가자 그는 잘생긴 삼십 전후의 젊은이에서 다시금 냉막한 강호고수로 변해 버렸다.

'아쉬운 일이다. 젊은 나이에 본래 자신의 품성이 드러나지

않을 만큼 고난을 겪었다는 말이 되니, 이런 사람의 과거란 본
시 순탄치 않은 법이지.'

고검은 마치 과거의 자신을 보는 듯한 시선으로 이충산을
응시했다. 그런 고검의 속내를 아는지 모르는지 이충산이 입
을 열었다.

"청부를 수락해 주셔서 고맙습니다."

이충산이 가볍게 고개를 숙여 보이며 말을 끊었다가 한차례
숨을 고른 후 다시 입을 열었다.

"이미 말씀드렸듯이 저는 이충산이라고 합니다. 그리고 과
거 절 알고 있는 사람들에게는 죽은 사람이지요."

이야기는 시작부터 범상치 않았다. 자신을 알고 있는 사람
들에게 죽은 자로 되어 있는 이충산, 그가 무불장에 요청할 청
부는 무엇일까. 그런데 자신이 죽은 자라는 이충산의 말은 고
검에게 있어 이어진 그의 말에 비하면 그리 놀랄 일도 아니었
다.

"오 년 전까지만 해도 전 산서의 남서쪽 끝 자락, 황하 어귀
의 성읍인 가물현이라는 곳에 위치한 홍가보의 제자였지요."

순간 고검의 눈이 자신도 모르게 커졌다. 그리곤 오히려 이
충산이 의아하게 생각할 만큼 뚫어져라 이충산을 응시했다.
가물현의 홍가보, 이 이름은 고검이 알고 있는 한 사람에게도
큰 의미를 지닌 이름이었다.

第二章

한 뿌리

孤劍秋山

"홍가보를 아십니꺼?"

이충산이 자신이 홍가보 출신이란 말을 들은 고검의 표정이 변한 것을 놓치지 않고 물었다.

"예전에 들은 적이 있는 것 같군요. 북천무맹에 속한 곳이지요? 가물현을 기반으로 인근 황하의 포구와 성읍을 장악한 곳으로 알고 있습니다만……."

"맞습니다. 북천십이룡에는 미치지 못하지만 산서에서는 제법 이름난 문파지요."

이충산이 고검의 얼굴을 살피며 말했다. 이충산은 이미 고검의 표정에서 고검이 단순히 그저 홍가보를 들어 알고 있는 정도가 아니라는 것을 눈치 채고 있었다. 하지만 자세한 사정이야 지금 물을 수 없는 일이었다.

"그런데 오 년 전까지 홍가보의 제자였다고요?"

이번에는 고검이 탐색하듯 이충산에게 물었다. 그러자 이충산의 안색이 금세 어두워졌다.

"그렇습니다. 오 년 전까지만 해도 전 홍가보주의 삼제자란 신분을 가지고 있었지요."

"그 말은 지금은 더 이상 홍가보의 사람이 아니란 말인가요?"

이충산이 천천히 고개를 끄덕였다.

"지금은… 글쎄요. 지금은 그저 홍가보에서는 죽은 사람으로 되어 있지요. 그들은 정말 제가 죽은 줄 알고 있고, 저 또한 몸과 마음이 모두 홍가보를 떠났으니 결국 지금은 홍가보의 사람이 아니라고 해야겠지요."

고검은 이내 이충산과 홍가보 사이에 적지 않은 사연이 있음을 알아챘으나 청부와 관련된 일이 아니라면 타인의 신세 내력을 꼬치꼬치 캐물을 수는 없는 일이었다.

"청부에 대해 말씀을 해주시지요."

고검이 이충산을 보며 화제를 돌렸다. 그러자 이충산의 냉막해 보이던 얼굴에 한줄기 망설임이 떠올랐다. 하지만 잠시 후 한숨을 내쉬며 입을 열었다.

"혹, 최근에 홍가보에 대한 소식을 들으셨는지요?"

뜬금없는 이충산의 말에 고검이 의아한 표정을 지으며 대답했다.

"글쎄요. 딱히 들은 것은 없습니다만……."

그러자 이충산이 고개를 끄덕였다.

"그렇군요. 하긴, 작금의 강호는 온통 암옥의 독립으로 시끄러운 판이니 홍가보의 소식이 사람들의 이목을 끌 수는 없었겠지요. 하지만 산서와 북천무맹에 속한 문파들 사이에서는 제법 심각한 사건으로 받아들여지는 일이 홍가보에 일어났지요."

순간 고검의 눈에 이채가 서리고 지나갔다. 북천무맹이라는 말을 듣는 순간 미심이 말하던 한 가지 사건이 그의 뇌리를 스치고 지나갔던 것이다.

"그러고 보니 한 가지 생각나는 것이 있군요. 며칠 전 흘러가는 말로 북천십이룡 중 일파인 사자문의 이제자 육관 대협의 부인과 그 아들이 실종되었다는 소문을 들은 것 같은데… 아마도 그 육관 대협의 부인이 홍가보주의 따님이라 했던 것 같군요."

고검의 말에 이충산이 고개를 끄덕였다. 그러면서도 이충산의 눈에 얼핏 회한 같은 것이 스치고 지나가는 것이었다.

'과연 무슨 사연이 있기는 있군.'

고검은 이충산의 안색을 유심히 살피며 그가 입을 열기를 기다렸다. 이충산은 고검을 기다리게 하지 않고 이내 입을 열었다.

"맞습니다. 바로 그 사건입니다. 이 사건이 암옥의 독립으로 어수선한 강호에 그나마 알려진 이유는 사건의 주인공 중 하나가 북천십이룡 사자문이기 때문이지요. 사자문 이제자의 어린 아들과 부인이 실종되었으니, 아마 암옥의 일만 없었다면 이 사건은 강호에 큰 풍파를 일으켰을 겁니다. 그런데 사람들은 사자문 이제자 육관의 아들과 부인이 실종된 것에는 관심을 보이면서도 이 일로 한 문파가 거의 멸문에 이르렀다는 것에는 큰 관심을 보이지 않더군요.”

“멸문이라…….”

고검이 말꼬리를 흐렸다. 멸문이란 고검 자신에게도 얼마나 뼈에 사무치는 말이던가.

“그렇습니다. 애초에 이 사건이 일어난 곳은 바로 홍가보였지요. 한 달 전 홍가보가 일단의 무리들로부터 공격을 받았지요. 지난 오 년간 홍가보는 북천십이룡 사자문과 사돈지간이 되면서 문파의 기세가 크게 일어나 북천무맹에서도 어느덧 중추적인 문파로 인정받고 있었기에 홍가보가 멸문에 가까운 공격을 받았다는 사실은 큰 충격이 아닐 수 없었지요. 그리고 홍가보가 공격받는 바로 그 시기에 사자문 이제자 육관의 부인과 그 아들이 마침 친정인 홍가보에 다니러 와 있었다고 하더군요.”

“그런 일이 있었군요. 단순히 육관 대협의 부인과 아들이 실종된 사건이 아니라 사실은 홍가보가 공격받은 것이 주(主)고, 오히려 육관 대협의 부인과 아들이 실종된 것은 부차적인 문제였던 것이군요. 그럼 육관 대협의 처자는 결국 홍가보를 침범했던 자들이 데리고 있을 가능성이 크겠군요.”

고검의 말에 이충산이 고개를 끄덕였다.

"그렇습니다. 해서… 제가 하고자 하는 청부는 바로 그들, 실종된 두 사람을 찾는 것입니다."

이충산의 말에 고검이 의아한 표정으로 이충산을 바라봤다. 이충산이 과거 홍가보의 삼제자였다는 사실을 고려하면 그가 홍가보에 일어난 일련의 사건에 관심을 보이는 것은 이해할 수 있는 일이었다. 그렇다면 청부의 내용이 홍가보를 공격한 자들을 찾는 것이 되어야 할 터인데, 이충산은 사자문 이제자 육관의 처자를 찾는 것을 청부한 것이다. 물론 그 두 사람을 찾는 것이 곧 홍가보를 공격한 자들을 찾는 것과 마찬가지긴 해도 분명 흉수들을 찾는 것과 두 명의 실종자를 찾는 것은 그 어감이 다른 것이라 할 수 있었다. 고검의 의문 어린 시선을 느꼈는지 이충산이 씁쓸한 미소를 지으며 말을 덧붙였다.

"그저 과거의 인연 때문이라고 해두지요."

그러자 고검이 천천히 고개를 끄덕였다. 굳이 그가 밝히고 싶지 않은 과거가 있다면 그걸 들출 필요는 없었다.

"그런데 흉수들이 제법 대범한 심성을 가진 자들인 모양이군요. 북천무맹에 속한 문파를 공격한 것도 모자라, 북천십이룡 사자문의 식솔을 건드렸다니 말입니다."

"해서 무불장을 찾아온 것입니다. 그런 정도의 심성과 홍가보를 멸절시킬 만한 무공을 지닌 자들이라면 역시 강호제일의 청부사로 꼽히는 무불장의 고수 분들 말고는 상대할 청부사가 없을 것 같아서 말입니다."

“좋습니다. 이 청부를 받아들이지요. 이틀 정도 말미를 가지고 움직이도록 하지요. 준비할 것도 있으니……."

“그리하시지요.”

“그럼 잠시만 기다려 주십시오. 사람을 보내 이 대협께서 머무실 곳을 안내해 드리도록 하겠습니다.”

고검이 자리에서 일어서며 말했다. 이충산 역시 자리에서 일어나더니 고검을 향해 가볍게 포권을 해 보였다.

“어려운 청부를 수락해 주신 것 감사드립니다.”

이충산의 말에 고검이 빙그레 미소를 지어 보였다.

“감사라니요. 청부사가 금전을 받고 청부를 수행하는 것은 당연한 일이지요. 더군다나 이 대협께서 내어놓으신 금강석은 무척 귀중한 물건이라 할 수 있지요. 그럼, 편히 쉬십시오.”

고검이 이충산에게 다시 한 번 미소를 지어 보이고는 이내 장내를 벗어났다. 이충산은 고검이 방을 나서는 것을 보고 있다가 고검의 모습이 사라지자 나직하게 중얼거렸다.

“어쩌면 쓸데없는 일을 하고 있는지도. 잊혀진 사람은 잊혀진 대로 있어주는 것도 좋을 터인데……."

하지만 다음 순간 이충산의 눈에 한가닥 기광이 스치고 지나갔다.

“아니다. 잊혀질 때 잊혀지더라도 난 그녀에게 꼭 들어야 할 말이 있다. 그녀의 대답을 듣지 못한다면 난 영원히 홍가보의 그늘에서 벗어나지 못하리라.”

“찾으셨습니까, 장주!”

왕민이 부드러운 미소를 지으며 고검의 집무실 문을 열고 들어섰다. 무인이라기보다는 고고한 학자이거나 혹은 인자한 의원이라고 하는 것이 어울리는 왕민의 모습은 언제나 사람들에게 편안함을 느끼게 한다.

“앉으시지요.”

고검 역시 부드러운 미소로 왕민에게 자리를 권했다.

“하하, 사람은 역시 변하기 마련인가 보군요. 근자에 들어 장주께서는 무척 부드러운 사람이 되신 듯합니다.”

왕민이 농이 섞인 말투로 말했다.

“그런가요? 전 별로 느끼지 못하겠습니다만…….”

고검이 고개를 갸웃거리며 말했다.

“본래 당사자는 자신이 변했다는 사실을 잘 모르게 마련이지요. 하지만 옆에서 보는 사람에게는 그 변화가 확연히 눈에 띄게 마련입니다. 장주께서는 제법 많이 변하셨습니다.”

그러자 고검이 이내 고개를 끄덕였다.

“왕 선생께서 그렇다면 그렇겠지요.”

“아마도 혼인을 하시고, 뒤이어 바로 아드님을 보셨기 때문일 겁니다. 역시 사람을 잃은 아픔이란 새로운 사람을 만남으로 해서 치유되기 마련인가 봅니다.”

“그럴지도 모르지요.”

고검이 묵묵히 고개를 끄덕였다. 고검 스스로도 왕민의 말을 굳이 부인하고 싶지는 않았다. 그의 성정이 과거 고가장의 멸문으로 인해 어두워진 것은 분명했고, 이제 아내와 자식을 얻음으로로써 그 과거의 그늘로부터 조금씩 벗어나고 있는 것은 그도 인정하고 있는 사실이었으므로. 그래서 간혹 고검은 좀 더 빨리 능천화와 혼인을 하지 않은 것을 후회할 때도 있었다.

'그런데, 그렇다면 왕 선생은 과연 과거의 상처가 치유된 것일까?'

고검의 시선이 문득 부드러운 미소를 머금은 왕민의 얼굴로 향했다. 그가 알고 있는 왕민은 겉모습과는 달리 가슴 깊은 곳에 적지 않은 아픔을 지니고 있는 인물이었다. 그런 왕민이 지금과 같이 사람들을 편하게 만드는 분위기를 지니고 있는 것은 그가 과거의 아픔에서 완전히 벗어났다는 의미일지도 몰랐다. 그리고 이제 고검은 그 사실을 확인할 수 있을 터이다.

고검의 표정이 변한 것을 눈치 챘는지 왕민이 정색을 하며 입을 열었다.

"무슨 일입니까, 장주? 심각한 일입니까?"

그러자 고검이 잠시 호흡을 늦춘 후 천천히 입을 열었다.

"청부가 하나 들어왔습니다."

"무불장에 청부가 들어오는 것은 당연한 일이지요."

왕민이 가라앉은 분위기를 바꾸려는 듯 말했다. 그런 왕민을 향해 고검이 불쑥 물었다.

"혹, 이충산이라는 사람을 아십니까?"

"이충산이라……."

고검의 물음에 왕민이 손가락으로 앞에 놓인 탁자를 두드리며 고개를 갸웃거렸다.

"기억에 없는 이름이군요."

왕민의 대답에 고검이 고개를 끄덕였다.

"아마 왕 선생께서 홍가보를 떠난 이후 홍가보에 들어온 사람인가 보군요."

순간 왕민의 표정이 순식간에 변했다. 그의 얼굴에서 부드러움이 사라지고, 대신 어떤 감정도 드러나지 않는 건조함이 자리 잡았다. 그리고 그의 눈이 고검의 다음 말을 재촉했다.

"들어온 청부에 홍가보가 연관되어 있습니다."

"음……."

왕민의 입에서 나직한 신음성이 흘러나왔다. 평소 좀체 감정이 흔들리지 않는 왕민임을 생각하자면 놀라운 일이라 할 수 있었으나, 왕민의 과거를 알고 있는 고검으로서는 지금 왕민이 보인 반응을 충분히 이해할 수 있었다. 아니, 오히려 왕민이 보인 반응은 그가 얼마만큼 자신의 감정을 조절하는 데 뛰어난 사람인가를 증명하는 것일지도 몰랐다. 아마도 고검이었다면 작은 신음성을 흘려내는 것으로 감정을 조절하지 못했을 것이다.

"홍가보에서 청부가 들어온 겁니까?"

왕민이 어느새 침착함을 회복한 목소리로 물었다.

"홍가보에서 청부가 들어온 것은 아닙니다. 하지만 청부는 정확하게 홍가보와 연관되어 있습니다."

"어떤 청붑니까?"

"한 달 전 홍가보가 일단의 무리들로부터 공격을 받았답니다. 홍가보는 거의 멸문에 가까운 타격을 입었지요. 살아남은 자가 홍가보주를 포함해 겨우 이십여 명이라던가요."

"음……."

다시금 왕민의 입에서 신음성이 흘러나왔다.

"그런데 홍가보가 공격을 당할 당시 북천십이룡의 한 문파인 사자문의 이제자 육관 대협에게 출가한 홍가보주의 딸과 그녀의 어린 아들이 홍가보에 머물고 있었다고 하는군요. 그리고 그 혼란의 와중에 두 사람이 실종되었고 말입니다."

"초향이?"

왕민은 정확하게 실종된 홍가보주의 딸 이름을 말했다. 홍초향, 이 이름이 당금 홍가보주 홍대남의 무남독녀이자 사자문 이제자 육관 대협 부인의 이름이었다.

"그렇습니다. 바로 그 홍 부인과 그 아드님이 흉수들에게 납치된 것 같습니다."

순간 왕민의 눈에 안타까움이 스치고 지나갔다. 그리곤 잠시 후 노한 목소리로 입을 열었다.

"모자란 인간, 어찌 자신의 딸조차 지키지 못했단 말인가!"

잠시 왕민의 기색을 살핀 고검이 말을 이었다.

"그래서 살아남은 홍가보의 고수들과 사자문의 고수들, 그리고 북천무맹에서 나온 고수들이 흉수들을 찾아 움직였지만 어디서도 흉수들의 흔적을 발견하지 못했다고 합니다."

“한 달이 지나도록 말입니까?”

왕민이 이해할 수 없다는 듯 물었다.

“아무래도 그 와중에 암옥의 일이 벌어졌으니 북천무맹으로서도 전력을 기울여 홍가보를 친 자들을 찾아 나서기는 어려웠겠지요.”

“그렇다고는 하나 북천무맹의 묵천성이 움직였다면 그리 어려운 일도 아닐 터인데…….”

“혹은 흉수들이 묵천성의 추적을 피해낼 만큼 뛰어난 자들일 수도 있지요.”

고검의 말에 왕민의 표정이 더욱 어두워졌다. 그리고는 한탄하듯 입을 열었다.

“장주, 사람이란 참으로 이상한 물건인가 봅니다. 홍가보와는 벌써 오래전에 완전히 그 인연을 정리했다고 믿었는데 초향, 그 아이가 실종되었다는 소식에 마음이 흔들린 것을 보면 말이외다.”

“홍가보를 떠나실 때 실종된 홍 부인이 몇 살이었던가요?”

“그때가 아홉이던가, 열이었던가? 아무튼 그 아이는 내가 홍가보를 떠나기 전까지 무척 날 따랐던 아이였지요. 더군다나 무척 총명한 아이이기도 했지요.”

왕민이 과거를 회상하는 듯 눈을 가늘게 만들었다. 고검이 그런 왕민을 보며 계속 입을 열었다.

“청부는 실종된 홍 부인과 그 아들을 찾아달라는 것입니다.”

그러자 왕민의 눈이 다시 커졌다.

"청부자가 홍가보가 아니라고 했던가요?"

"그렇습니다."

"그럼 사자문에서?"

홍가보에서 청부한 것이 아니라면 당연히 사자문밖에 청부할 곳이 없었다. 하지만 고검은 천천히 고개를 저었다.

"청부를 한 사람은 이충산이라는 사람입니다."

"이충산이라……?"

"그래서 제가 이충산이라는 사람을 아시느냐고 물었던 것입니다. 그의 말로는 자신이 오 년 전까지만 해도 홍가보주의 삼제자였다고 하더군요."

"오 년 전까지만 말입니까?"

"그렇습니다. 지금의 그는 홍가보에서는 죽은 사람이라고 하더군요. 아마도 어떤 사연이 있음직한데 굳이 밝히기를 원하는 것 같지 않아 묻지는 않았습니다."

"내가 홍가보를 떠날 때 홍가보주 홍대남에게는 제자가 없었습니다. 그러니 아마도 그는 내가 홍가보를 떠난 이후에 들인 제자겠지요. 그런데 오 년 전에 홍가보에서 죽은 사람이 되었다? 그리고 그 죽은 사람이 살아 돌아와 실종된 초향과 그 아이의 아들을 찾아달라고 한다라……. 하, 그놈의 홍가보에는 사연이 많기도 하지. 도대체 그 이충산이라는 아이는 무슨 사연을 가지고 있을까?"

"만나보시겠습니까?"

고검이 넌지시 물었다. 그러자 왕민이 잠시 고민하는 듯하더니 이내 고개를 저었다.

"천천히 이야기를 나눠보도록 하지요."

"그 말씀은 이번 청부행에 동행하시겠다는 말씀이신가요?"

"다른 사람은 몰라도 초향이라면… 그 아이라면……."

왕민이 말꼬리를 흐렸다. 사람에게는 끊으려 해도 끊어지지 않는 인연이 있는 법이었다.

"선풍(善風)? 이게 뭐야?"

"몰라. 그냥 그렇게 적어주시던데?"

능천화의 질문에 능지화가 강보에 싸인 아이의 얼굴에서 눈을 떼지 않고 대답했다.

"뜻도 물어보지 않았단 말이야?"

"난 그 종이에 무슨 글씨가 쓰여 있었는지도 몰랐어. 그런데 선풍(善風)이라고?"

오히려 능지화가 되물었다.

"그래, 선풍이라고 적혀 있구나."

"흐흠, 고선풍이라… 뭐 이름 괜찮네."

능지화가 별일 아니라는 듯 중얼거렸다. 그러자 능천화의 눈에 쌍심지가 켜졌다.

"뭐? 이름 괜찮다고? 넌 고선풍이라는 이름이 괜찮단 말이야?"

"언니는 마음에 들지 않아?"

"당연하지. 마치 애늙은이 같잖아. 고선풍이 뭐야, 고선풍이. 그리고 착할 선에 바람 풍이라면 남들에게 이용이나 당해 먹고 살라는 거야, 뭐야!"

능천화가 빽 하고 소리를 질렀다. 순간 조용히 강보에 싸여 있던 아이가 울음을 터뜨렸다.

"언니, 조용히 좀 해. 선풍이가 무서워하잖아. 무슨 엄마가 이따위야! 오오, 선풍아, 울지 마라. 이모가 있단다."

능지화가 울음을 터뜨린 아이를 안아 들며 능천화에게 쏘아붙였다.

"난 절대 선풍이라는 이름을 쓰지 못해. 너도 아이를 선풍이라고 부르지 마. 알았어?"

능천화가 능지화에게 경고를 보내는 찰나, 방문이 열리며 추산의 목소리가 들려왔다.

"아유, 사저도. 선풍이가 어때서 그래요, 좋기만 한데. 선풍아, 여기 삼촌이 왔단다. 더군다나 선풍이라면 양산박의 영웅 흑선풍과 같은 이름이니 이 녀석이 천하 영웅이 될지 누가 알겠어요. 호호호."

조롱의 기운이 없다고는 말할 수 없는 말을 흘려내며 추산이 능지화의 품에 안겨 있는 고검과 능천화의 아이, 그러니까 천검 능운백으로부터 선풍이라는 이름을 하사받은 아이에게로 다가갔다.

"오랜만이다?"

고선풍을 안고 있던 능지화가 흘낏 추산을 보며 말했다.

"후후, 사저도 오랜만이우. 그런데 눈길을 어찌 뚫고 오셨수? 가만… 보자. 어허, 우리 사저께서는 그동안 더욱 예뻐지신 것 같구려."

"흥, 네 녀석은 강호 물을 먹더니 능청만 늘었구나. 그리고 설연장엔 왜 코빼기도 비치지 않니? 내색은 않지만 인화가 많이 보고 싶어하는 것 같던데……."

그러자 여전히 추산과 능지화를 노려보고 있던 능천화가 아니꼽다는 듯 말했다.

"추산 저 녀석이 인화에게 관심이나 있는 줄 아니? 강호에 나오자마자 계집들이나 홀리고 다니느라 정신이 없는데."

"아니, 언니 말이 사실이야? 너, 인화를 놔두고 다른 년들을 꼬이고 다녔던 거야?"

능지화가 도끼눈을 하며 추산을 노려봤다. 그러자 추산이 손사래를 치며 말했다.

"아니, 누가 여자를 홀리고 다녔다고 그래요? 청부 일을 하느라 바빠 죽겠는 사람을!"

"흥, 그럼 도문의 설상지는 도대체 어떻게 된 일이니?"

"설 여협 이야기는 여기서 왜 꺼내요? 벌써 무불장에 들르지 않은 지가 넉 달이 되어가는데……."

"어이구, 날짜까지 세고 계셨어? 말은 그렇지만 안 보이니까 서운한 모양이지?"

"그만 하세요. 나도 설 여협 이야기라면 사저께 할 말이 많은 사람이라고요."

"도대체 무슨 할 말이 있다는 거니?"

"사실 설 여협이 이곳에 오지 않게 된 것은 사저 때문이잖아요."

"내가 뭘 어쨌다고?"

"제가 태호에 가 있는 동안 장원에 들른 설 여협에게 제가 인화와 혼약을 했다고 한 사람이 누구예요? 그리고 일하는 사람들에게 들어보니 설 여협께 보통 눈치를 준 것이 아니더군요."

"뭐? 누가 그런 소리를 해? 내가 어떻게 대북천십이룡 도문(刀門)의 제자에게 눈치를 줄 수 있겠니?"

"흥, 사저라면 그러고도 남을 사람이지요. 아아, 어쨌든 더 이상 설 여협 이야기는 하지 마세요. 그녀도 더 이상 무불장 출입을 할 것 같지는 않으니까요. 난 우리 선풍이하고나 놀아야겠어요."

추산이 더 이상 능천화와 이야기를 나누고 싶지 않다는 듯 능지화의 품속에 안긴 갓난아이에게로 시선을 돌렸다.

"자꾸 선풍이라고 하지 말라니까. 내가 아버지께 말씀드려서 반드시 이름을 바꿀 테니까."

능천화가 추산을 보며 날카롭게 쏘아붙이고 있을 때 다시 방문이 열리고 한 사람이 방 안으로 들어섰다.

"사부께서 아이의 이름을 보내신 모양이구려."

고검이었다.

"형부, 오랜만이에요!"

고검이 방 안으로 들어서자 능지화가 반갑게 인사를 건넸다.

"지화가 직접 아이의 이름을 가지고 왔구나. 그래, 잘 지냈지?"

고검이 부드러운 미소와 함께 능지화의 인사를 받았다.

"그럼요. 저야 잘 지냈죠. 그런데 형부는 아이를 얻으시더니 좀 변하신 것 같네요. 훨씬 부드러워지신 것 같아요."

"그렇게 보이느냐?"

"그럼요. 솔직히 말해 예전의 형부는 말 붙이기도 조심스러운 면이 있었지요."

"그랬었던가? 그래, 설연장의 식구들은 모두 잘 있지?"

"그럼요. 모두 잘 지내요."

그러지 고검이 고개를 끄덕이며 능천화를 바라봤다.

"그런데 선풍이라 이름을 지어 보내셨다고 했소?"

"그래요. 선풍이라지 뭐예요."

"마음에 들지 않소?"

"그럼 가가는 선풍이라는 이름이 마음에 든단 말씀이세요?"

능천화가 말도 안 된다는 표정을 지으며 되물었다.

"나로서는 나쁘지는 않은 것 같구려. 그리고 사부께서 그리 이름을 지어서 보냈을 때는 그만한 이유가 있을 터, 사부님의 뜻대로 따르기로 합시다."

그러자 능천화가 강하게 고개를 저었다.

"아니요. 전 그럴 수 없어요. 전 좀 더 멋들어진 이름을 우리 아이에게 지어주고 싶단 말이에요. 그러지 말고 이번 기회에 저와 함께 설연장에 다녀오는 건 어때요? 가서 아버님을 뵙고 새 이름을 지어달라고 하자고요. 더군다나 혼인한 이후로는 설연장에 다녀오지 못했잖아요. 부모님도 아이를 보고 싶어하실 것이고……."

"나도 그러고 싶지만 당장은 어렵겠소."

"왜요?"

"일을 해야 하니까."

그러자 아이를 보고 있던 추산이 고개를 돌렸다.

"청분가요?"

"그래, 새로운 청부가 들어왔다."

"야, 잘됐네. 겨울 들어 청부가 뚝 끊겨서 답답하던 차였는데, 무슨 청부예요?"

"그 이야기는 나중에 하고, 천화, 난 새로운 청부 때문에 장원을 비워야 할 것 같으니 아이의 이름은 그냥 사부님 뜻대로 선풍이라 부르기로 합시다. 그렇다고 이미 태어난 지 두 달이 넘은 아이를 언제까지 이름 없이 지내게 할 수는 없지 않소?"

"하지만 어떻게… 그냥 우리가 다른 이름을 지어 부르면 안 될까요?"

그러자 고검이 단호하게 고개를 저었다.

"그럴 수는 없소이다. 어찌 사부께서 손수 지어 보내주신 이름을 버린단 말이오. 그리고 이름이란 부르다 보면 정이 들게 마련이니 그리합시다.”

그러자 능천화가 울상을 지으면서도 어쩔 수 없다는 듯 고개를 끄덕였다.

“추산, 넌 나와 함께 가서 이번 청부에 대한 준비를 하자꾸나.”

“알았어요, 사형!”

폭설로 인해 천하의 길이 끊긴 지 여러 날, 태호를 다녀온 이후 줄곧 무불장에만 처박혀 있어 좀이 쑤시고 있던 추산이 반색을 하며 대답했다.

“언제 떠나실 거예요?”

능지화가 고검을 보며 물었다.

“모레 아침에 출발할 예정이다. 내가 돌아올 때까지는 이곳에 머물겠지?”

“저야 그러면 좋죠.”

능지화가 얼른 대답했다.

“그렇게 하도록 해. 언니는 아이를 낳은 지 얼마 되지 않았으니 지화가 곁에서 잘 보살펴 주도록 하려무나.”

“흥, 저년이 어디 날 보살펴 주겠어요? 아마 눈이 그치면 하루 종일 개봉성 시전에 나가 돈이나 쓰고 돌아다닐걸요.”

“언니, 무슨 말을 그렇게 해. 형부는 걱정 마세요. 이 지화가 언니를 잘 보살필 테니까요. 우리 귀여운 조카 선풍이도요.”

“그래, 나야 처제를 믿지. 자, 추산, 우린 그만 나가보도록 하자.”

"알겠어요, 사형!"

고검과 추산이 능지화의 품에 안겨 있는 갓난아이, 이제 고선풍이라는 이름을 가지게 될 아이의 얼굴을 한 번씩 들여다보고는 이내 능천화의 방을 벗어났다.

"이 한겨울에 무슨 청불까? 이런 폭설을 뚫고 청부를 하기 위해 왔다면 보통 일이 아닐 것 같은데……."

능천화가 걱정스런 눈으로 고검과 추산이 나간 쪽을 바라보며 중얼거렸다.

"언니도 무슨 걱정이에요. 형부의 무공은 이미 아버지의 경지에 근접해 있고, 또 무불장의 청부사들은 천하가 알아주는 고수들인데요. 그것보다는 이런 겨울에도 돈을 벌어올 수 있다니 얼마나 다행이에요. 후후, 이번에 형부가 청부에서 돌아오면 이 지화의 노고를 생각해 한몫 단단히 주시겠지?"

"망할 년, 그저 돈 쓸 궁리만 하고 있구나. 이 추위에 나가 고생할 사람들 생각은 않고."

"호, 언제부터 언니가 돈 벌어오는 사람 생각을 그렇게 하셨어? 항상 쓸 일을 먼저 생각하는 사람은 언니가 아니었나? 하, 변했네."

"너도 시집 가봐라, 그렇게 되나. 후……."

능천화가 작은 한숨을 내쉬었다.

*　　　*　　　*

"홍가보의 사람들은 모두 사자문으로 옮겨가 있는 상황이에요. 그래 봐야 생존자가 이십여 명밖에 되지 않고, 그나마 그 중 무공을 익힌 사람은 홍가보주 홍대남을 포함해 열이 되지 않는다고 하더군요."

이충산이 홍가보주의 딸 홍초향과 그 아들을 찾아달라는 청부를 넣은 지 하루가 지난 저녁, 무불장의 고수들이 고검의 집무실에 모여들었다. 지난 몇 달간 홍가보 주변에서 일어난 일들을 모여든 청부사들에게 전해주고 있는 것은 미심이었다.

미심은 어느새 고검으로부터 홍가보의 혈사에 대한 정보를 부탁받고는 하루 사이에 지난 몇 달간 홍가보가 위치한 가물현 주변에서 일어난 일들을 세세하게 조사해 왔던 것이다.

"완전 멸문이라고 봐야겠네요."

추산이 혀를 차며 말했다.

"그렇다고 말해도 무방할 거예요. 지금은 홍가보란 이름도 없어지고, 그들은 마치 북천십이룡 사자문에 딸린 자그마한 속가처럼 되어버렸다고 봐야겠지요."

"신세 처량하게 되었네."

"그나마 사자문주의 이제자 육관 대협의 처가라는 것 때문에 대접을 받고 있는 실정이랄 수 있지요. 물론 그것도 실종된 육관 대협의 부인과 아들을 찾아내야지만 유지될 수 있는 것이겠지만 말이죠."

미심의 말에 추산이 고개를 끄덕였다.

"그렇겠군요. 만약 그 두 사람이 살아 돌아오지 못한다면,

결국 홍가보의 생존자들은 사자문에서조차도 신세가 처량해
지겠어요. 홍가보와 사자문과의 연결 고리는 결국 그 두 사람
일 수밖에는 없으니까요."

"맞는 말이에요. 그래서 홍가보의 생존자들 중 홍가보주 홍
대남을 비롯해 도검을 들 수 있는 고수들은 모두 흉수들을 추
적하는 북천무맹의 추적대에 포함되어 있다고 하더군요. 그들
로서는 자신들의 생존이 걸린 문제니까요."

말을 하면서 미심이 슬쩍 왕민의 기색을 살폈다. 하지만 왕
민은 평온한 표정으로 미심이 전하는 소식과 다른 사람들의
의견을 듣고 있었다.

"놈들도 제법 대단한 모양이군. 단 스무 명이서 홍가보에 멸
문에 가까운 타격을 주었을 뿐 아니라 북천무맹의 추격대가
한 달이 넘도록 그 흔적을 찾고 있지 못하다니 말이야."

만불통이 흥미로운 표정을 지으며 말했다.

"저번 태호에서도 그렇고, 요즘 들어 왜 이렇게 고수들이 많
이 등장하는지 모르겠네요. 이거 웬만한 무공 가지고는 함부
로 강호 출입을 할 수도 없을 것 같네요."

추산이 투덜거렸다.

"추 소협은 그런 걱정은 하지 않아도 되지 않는가? 이 늙은
이가 볼 때 추 소협의 무공은 강호에서 적수를 찾기 힘들 게
야."

"어르신께서 칭찬을 해주시니 기분이 나쁘지는 않네요."

추산이 만불통의 말에 히쭉 웃음을 흘렸다.

"자, 모두 돌아가서 내일 출발할 준비들을 하도록 하시지요. 폭설이 계속되고 있고 기온도 몹시 차니 준비에 소홀함이 없도록 하시기 바랍니다."

고검이 무불장의 청부사들을 돌아보며 당부하자 대웅산이 미적거리며 입을 열었다.

"저기, 장주님……."

본시 대웅산이란 사람은 무슨 말을 하든 망설이는 성격이 아닌데 이번에는 무척 조심스럽게 고검을 불렀다.

"달리 할 말이라도 있는가?"

"가능하면 전 이번 청부에서 빠졌으면 합니다만……."

대웅산의 말에 장내의 고수들이 전부 대웅산을 돌아봤다. 본래 대웅산은 한곳에 있는 것을 견디지 못해하는 성격이라 겨울이 시작된 이후 줄곧 무불장에 머무는 것이 곤욕이었을 텐데, 그런 그가 청부를 마다하니 특이한 일이 아닐 수 없었다.

"무슨 특별한 이유라도 있는가?"

고검의 물음에 대웅산이 머리를 긁적이며 대답했다.

"그것이 지난 태호에서의 청부 이후에 추 아우와 비무를 하며 줄곧 제 창법을 가다듬고 있었는데, 최근 갑자기 한 가지 깨달은 바가 있어서 혼자 조용히 수련을 할 시간이 필요하다고 느끼고 있는지라……."

대웅산의 말에 고검과 다른 청부사들이 고개를 끄덕였다. 본시 무공이 일정한 수준에 이른 사람은 초식을 익히거나 몸을 단련하는 것으로는 더 이상 무공의 진보를 이룰 수 없는 법이다. 절정의 경지에 이른 고수에게 무공의 진보는 그런 물리적인 수련보다는 무리에 대해 한순간의 깨달음을 얻음으로써 이루어지게 마련이다. 그래서 그 깨달음의 순간은 무공을 익힌 자라면 누구라도 바라 마지않는 기회인 것이다.

하지만 그 깨달음이 찾아왔다고 모두가 그 깨달음을 무공의 진보와 연결시킬 수 있는 것은 아니었다. 깨달음은 한순간에 지나지 않아, 깨달음이 찾아왔을 때 그 순간을 무심코 흘려보내면 무공의 진보는 결코 이루어지지 않는 것이다. 오히려 아무런 소득도 없이 천재일우의 기회를 놓치고 마는 경우가 허다했다. 그러므로 일단 어떤 한 가지 깨달음을 얻은 무인은 반드시 한곳에 진득하게 눌러앉아 그 깨달음을 자신의 무공에 녹여들게 할 시간이 필요한 법이었다.

무불장의 고수들은 모두 무공에 관한 한 절정의 반열에 올라 있는 사람들이었으므로 지금 대웅산이 하고 있는 말을 금세 이해할 수 있었다. 지금 그에게 필요한 그 시간은 무인에게는 그 무엇과도 바꿀 수 없는 소중한 시간이었다.

"좋은 일이다. 그럼 이번 청부행에서 웅산 아우는 빠지는 것으로 하지. 다른 분들 중 혹 이번 청부행에 빠지실 분이 있으신지요?"

고검이 다른 사람들을 보며 물었으나 대웅산 이외에 무불장에 머물기를 원하는 사람은 없었다.

"좋습니다. 그럼 웅산 아우를 제외하고 모두 함께 움직이도록 하지요."

"하하, 한겨울의 청부행이라. 제법 운치가 있겠어. 더군다나 이번 겨울에는 이렇게 눈이 많이 오니 말이야."

만불통이 호탕한 웃음을 터뜨리며 먼저 고검의 집무실을 벗어났다. 그러자 다른 사람들도 만불통의 뒤를 이어 하나둘 장내에서 사라지고 추산이 가장 뒤에 남았다.

"사제는 준비할 게 없나?"

"저야 뭐 준비랄 게 있나요. 그나저나 정말 대 형님이 무공을 수련하기 위해 남겠다고 하는 걸까요?"

추산이 고개를 갸웃거리며 물었다.

"웅산 아우가 그렇다지 않더냐?"

"지금까지 줄곧 대 형님과 비무를 해왔지만 대 형님에게서 어떤 특별한 변화를 느끼지 못했는데… 물론 대 형님의 창술이 좀 더 날카로워지기는 했지만요. 무불장에 머물며 홀로 수련을 해야 할 만큼은……."

"무공이란 타인이 봐서는 모르는 법이 아니더냐?"

"하지만 전 대 형님과 비무를 했잖아요. 도검을 맞대면 상대의 변화를 자기 몸처럼 알아챌 수 있는 것이 또한 무인 아닌가요? 아니면 제 실력이 대 형님에게 한참 미치지 못했다고밖에는……."

고검 역시 추산의 무공이 대웅산의 변화를 느끼지 못할 만큼 대웅산과 차이가 난다고는 생각지 않았다. 그러나 본인이 어떤 깨달음을 얻었다는데 다른 사람이 의심을 할 수는 없는 일이었다.

"뭔가 다른 사람이 느끼지 못하는 방면에서 얻은 바가 있겠지."

"뭐, 그런가 보네요. 아, 대 형님이 빠지면 좀 심심하겠어요. 그래도 대 형님이 있어야 분위기가 사는데……."

"후훗, 그렇긴 하다. 웅산은 함께 있는 것만으로 기분이 좋아지는 친구지."

"그러게 말이에요. 사형, 그럼 저도 가볼게요."

"오냐. 그렇게 하거라. 내일 아침에 보자."

고검이 고개를 끄덕이자 추산이 고검에게 고개를 숙여 보이고는 휭하니 집무실을 벗어났다.

눈은 여전히 내리고 있었다. 그나마 눈발이 조금 약해져 시야가 좋아진 것이 다행이랄까. 하지만 수일간 내린 눈으로 인해 사람이 다니는 길은 모두 눈에 덮여 있었다. 이런 날 여행을 떠나는 자가 있다면 사람들로부터 미친놈 소리를 듣지 않을 수 없을 터였다.

그러나 이런 궂은 날씨에도 청부사들은 청부를 수행한다. 세상일이란 게 날씨에 맞춰 사람의 사정을 보아주는 것이 아니므로 날이 궂으나 좋으나 청부가 들어오면 길을 나서는 것이 청부사의 운명이었다.

고검과 추산, 왕민과 만불통, 그리고 미심. 다섯 명의 무불장 청부사들이 청부자 이충산을 앞세우고 무불장의 정문을 나섰다. 가늘어졌다고는 하나 길을 가기엔 방해가 아닐 수 없는 눈발이 휘날리고 있었지만 일행은 망설이지 않고 켜켜이 쌓인 눈 위로 힘찬 발자국을 내딛었다.

일단 길을 걷기 시작하자 무불장의 고수들은 눈 위를 걷는 사람들이라고는 믿을 수 없을 만큼 빠른 속도로 전진하기 시작했다. 그래서 아직 채 백 일도 되지 않은 아이를 강보에 싸안고 고검 일행을 전송하던 능천화의 시야에서 고검과 무불장 고수들의 신형은 이내 사라져 버리고 말았다.

"무사히 다녀와야 할 텐데."

능천화가 하늘을 보며 중얼거렸다. 회색빛 하늘에서는 언제 그칠지 모르는 눈이 쉴 새 없이 휘날리고 있었다.

"너무 걱정하지 마십시오. 천하에 장주의 무공을 받아낼 수 있는 사람은 그리 많지 않습니다."

능천화의 곁에 서 있던 대웅산이 굵직한 목소리로 능천화를 안심시켰다.

"물론 무공으로만 보자면 고 가가만이 아니라 우리 무불장 고수 분들을 당해낼 사람이 강호에 얼마나 있겠어요. 하지만 풍문으로 들려오는 강호의 소식이 하 수상하니 그게 걱정이지요. 괜한 분란에 휘말리지나 않을지……."

"그렇긴 합니다. 강호에 바람이 일고 있으니 우리 같은 황금충들도 몸조심을 해야 할 때지요."

대웅산이 고개를 끄덕였다.

"그런데 아저씨는 왜 함께 가지 않으신 거죠?"

능지화가 대웅산을 보며 의아한 표정으로 물었다.

"허험, 아저씨라니 그 무슨 참담한 말입니까? 난 이제 겨우 서른입니다. 보아하니 능 소저도 나와 큰 차이가 나지 않는 나인 것 같은데……."

"아! 정말 서른 살이세요? 죄송해요. 그런데 뭐 꼭 제 잘못이랄 수는 없겠는데요. 누가 봐도 아저씨… 아니, 대 대협은 중후한 중년인으로 볼 테니까요. 얼핏 보면 장주님보다 더 나이가 많아 보이세요."

순간 대웅산의 표정이 일그러졌다.

"아니, 내가 그렇게 늙어 보인단 말입니까?"

"뭘 그렇게 민감하게 받아들이세요? 좋게 생각하세요. 나이답지 않게 원숙한 노련미가 엿보인다는 말이니까요. 언니, 우린 그만 들어가요. 선풍이가 춥겠어요."

능지화가 발끈하는 대웅산을 오히려 이상하다는 듯이 바라보고는 능천화 곁으로 다가갔다.

"그래, 얼른 들어가자. 벌써 우리 귀한 아들의 볼이 파랗게 변했구나."

능천화가 고개를 끄덕이며 재빨리 문 안쪽으로 걸어 들어가기 시작했다. 그러자 능지화가 능천화의 뒤를 따르며 중얼거렸다.

"언니, 끝까지 선풍이라고 부르지 않을 거야?"

"그 이름 당분간 내 귀에 들리지 않게 해라. 안 그러면 설연장으로 쫓아버릴 테니까."

"아, 알았어, 언니. 그런데 너무 민감하네."

두 자매가 그렇게 아이의 이름을 두고 조잘거리며 장원 안쪽으로 사라지자 그 모습을 보고 있던 대웅산이 고개를 갸웃거리며 혼잣말을 흘려냈다.

"음, 제법 까칠한 면이 있군. 쉽지 않겠는데?"

그리고는 고개를 돌려 이미 모습이 사라진 무불장 고수들의 흔적을 찾으며 다시금 중얼거렸다.

"제길, 괜히 남았나? 흰 눈밭에서 한바탕 싸움을 하는 것도 호쾌한 일인데… 쩝, 어쩔 수 없지. 이미 모두 떠나갔으니 나도 최선을 다해보는 수밖에."

第三章

호접잠(胡蝶簪)

孤劍秋山

하늘도 지쳤는지 무불장의 고수들이 개봉을 떠난 지 이틀이 지나자 눈이 멈췄다. 하늘은 언제 눈을 퍼부었냐는 듯 투명한 햇살을 쏟아 부었다. 하늘에서 내리는 눈은 멎었지만 여전히 천지는 눈에 뒤덮여 있었다. 평소 청부행을 떠나게 되면 말을 타고 이동하는 것이 보통의 일이었으나 천지를 뒤덮은 눈밭을 헤치고 전진하기 위해서는 역시 무공을 익힌 무인의 두 다리가 말보다 나았으므로 무불장의 고수들은 도보로 산서 가물현으로 이동하고 있었다.

눈이 그친 후 다시 삼 일이 지났을 때 일행은 삼문협을 넘어 산서 땅에 들어섰다.

"다음 마을쯤에서는 말을 구해봐야 할 것 같아요."

산서에 들어선 지 다시 이틀이 지난 어느 날 추산이 햇볕에
녹아 질척해진 관도의 젖은 흙들을 피해 걸으며 말했다.

"가물현까지는 얼마나 남았습니까?"

고검이 여전히 머리에 방갓을 쓰고 있는 이충산에게 물었
다.

"늦어도 삼 일 안에는 도착할 수 있을 겁니다."

"삼 일이라… 그러면 굳이 지금에 와서 말을 구할 필요가 있
겠느냐?"

"하지만 이런 진흙탕 길을 삼 일이나 걸어가야 한다는 건 너
무 귀찮은 일이잖아요. 그리고 가물현에 가서도 말을 쓸 일이
있을지도 모르고……."

그러자 고검이 잠시 생각에 잠겼다가 다시 이충산에게 물었
다.

"가장 가까운 성읍이 얼마나 남았습니까?"

"한 시진만 가면 운성(運城)입니다. 운성은 제법 큰 도읍이
니 쉽게 마필을 구할 수 있을 겁니다."

"그럼 운성에서 말을 구한 후 다시 길을 떠나기로 하지요."

고검의 말에 추산이 반색을 했다.

"헤헤, 당연히 그래야지요. 아, 이제 좀 편하게 길을 가겠구
나."

"운성에서 잠시 쉬었다 가는 것도 괜찮겠어요. 강호의 소식
도 좀 알아보고……."

미심이 고검을 보며 말을 꺼냈다. 무불장을 떠난 지 십여 일

이 지났으므로 아무리 무공을 익힌 고수들이라 할지라도 긴 여행에 지치기는 일반인과 다를 바 없었다. 고검 역시 그러한 사정을 알고 있었으므로 망설이지 않고 고개를 끄덕였다.

"그렇게 하도록 하지요."

"아이고, 빨리 따뜻한 구들장에 들어 늘어지게 한숨 자면 좋겠구나."

추산이 호들갑을 떨며 앞장서서 길을 열기 시작했다.

서둘러 걸은 덕에 한 시진이 지나기 전에 운성에 도착한 일행은 허름한 객잔에 여장을 풀었다. 일행이 객잔에서 간단하게 요기를 마치자 한곳에 진득하니 붙어 있는 성격들이 아닌 추산과 만불통이 마필을 구하겠다고 객잔을 나서는데 이충산이 동행을 하겠다며 두 사람을 따라나섰다.

"이곳은 가물현과 가까운 곳이고, 과거 홍가보의 세력이 미쳤던 곳이니 가급적 이 대협께서는 출입을 삼가는 것이 좋지 않을까요?"

청부 기간 중 자신의 정체를 드러내지 않겠다고 한 이충산의 요구는 이미 추산도 듣고 있었으므로 추산이 자신들을 따라나서려는 이충산을 보며 말했다.

"물론 그렇긴 합니다만, 제가 홍가보를 떠난 지도 벌써 오년이 지났을뿐더러 제 몰골은 절 알고 있는 사람들조차도 자세히 보지 않으면 알아볼 수 없을 만큼 변해 버렸지요. 더군다나 방갓으로 얼굴을 가리고 있으니 절 알아보는 사람은 없을 겁니다. 그리고 이 운성은 제가 잘 알고 있으니 좋을 말을 구할 수 있는 마방을 찾으려면 역시 제가 두 분과 함께 가는 것이 좋을 것 같군요. 물론 지금까지 그 마방이 남아 있는지는 모르겠으나……."

이충산의 말끝에 쓸쓸함이 묻어났다.

"듣고 보니 이 대협의 말씀이 맞는 것 같네요. 그럼 함께 가시죠 뭐."

추산이 순순히 이충산의 의견에 동의하자 이내 세 사람은 서둘러 객잔을 벗어나 운성의 시가지를 향해 떠나갔다.

"그에게는 언제 이야기를 하실 생각이신지요?"

추산 등 세 사람의 뒷모습을 보며 고검이 왕민에게 물었다.

"글쎄요. 비록 우리가 홍가보라는 한 뿌리를 가지고는 있지만 그와 난 과거에 만난 적이 없으니 쉽게 다가설 수 없군요. 어쩌면 이 청부가 끝날 때까지 서로를 모른 채 지낼 수도 있겠다는 생각입니다. 그에게 어떤 사연이 있는지도 모르겠고……."

"그래도 서로를 모르고 지나친다는 것은……."

"후후, 그게 더 좋을 수도 있지요. 보아하니 저 아이도 홍가보에 대해 좋은 기억을 가지고 있지 않은 것 같으니 말입니다."

왕민이 멀어지는 이충산을 바라보며 담담한 표정으로 대답했다.

"오, 생각보다 번화한 곳이네요?"

추산이 오십여 장에 걸쳐 좌우로 길게 늘어선 상가들을 보며 탄성을 흘려냈다.

"황하와 접한 포구에 내려진 물산(物産)들은 대부분 이 운성으로 집결했다가 다시 산서 전역으로 퍼져 나간다고 보면 되지요. 분하(汾河)를 이용하는 뱃길 말고는 역시 이 운성을 거치지 않고는 재화들이 이동하기 어렵기 때문이지요."

이충산이 나직한 목소리로 대답했다.

"그렇군요. 어쩐지 시전이 크다고 했지요."

"과거 홍가보의 세력이 흥할 때는 이곳까지 세력이 미쳤었지요. 가물현의 포구와 운성, 이 두 곳이 홍가보를 지탱하는 버팀목이었는데……."

"그런기요? 그럼 홍가보가 패퇴한 이후에는 누가 이곳의 상권을 차지했나요?"

"글쎄요. 그건 저도 잘 모르겠습니다. 홍가보의 쇠락 소식을 듣고 즉시 무불장으로 향했으니까요. 그리고 홍가보의 흥망성쇠에는 더 이상 관심이 없기도 하고……."

이충산이 말꼬리를 흐렸다. 추산은 이미 이충산이 홍가보와의 인연을 악연으로 생각하고 있음을 알고 있었기에 더 이상 홍가보에 관한 이야기를 꺼내지 않고 화제를 돌렸다.

"그나저나 이 대협님 덕분에 좋은 마필을 구할 수 있었던 것 같아요."

"그러게 말일세. 보아하니 그 마방 주인은 사람을 속이는 것 같지는 않더구먼."

만불통도 추산의 말을 거들었다.

"곽마방은 오래전부터 관외의 좋은 말들을 싼 가격으로 파는 곳으로 유명했지요. 물량이 많은 것은 아니지만 언제나 상품(上品)의 말을 취급하기 때문에 멀리 남쪽에서도 가끔 손님이 올 때가 있지요."

"이 대협의 말씀대로인 것 같아요. 말들이 모두 튼실해 보이더라고요. 그건 그렇고, 이대로 객잔으로 돌아가는 것은 좀 아쉬운데 우리 시전(市典) 구경이라도 하고 갈까요?"

추산이 만불통과 이충산을 보며 넌지시 물었다. 그러자 만불통이 이내 맞장구를 쳤다.

"그렇게 하세. 뭐 당장 오늘 떠날 거면 안 될 일이지만, 어차피 내일까지는 이곳에 머물 테니 급하게 객잔으로 돌아갈 일은 없지 않겠나. 마방에서도 오늘 저녁 늦게 말을 가져온다고 했으니……."

그러자 이충산도 고개를 끄덕였다.

"두 분께서 운성의 시전을 둘러보시겠다면 제가 안내를 해 드리지요."

"하하, 이거 괜히 이 대협만 고생을 시켜 드리네요."

"괜찮습니다. 저도 잠시 바람을 쏘이고 싶던 차였으니… 자, 그럼 가실까요."

말을 마친 이충산이 추산과 만불통을 이끌고 상가들이 즐비한 시전 안으로 걸어 들어가기 시작했다.

운성의 시전은 밖에서 보는 것보다도 훨씬 번화했고, 각양각색의 물건들이 즐비했다. 제법 많은 곳의 시전을 돌아본 경험이 있는 추산이었지만 운성의 방대한 상품들을 보고는 벌어진 입을 다물지 못했다.

"정말 대단하네요. 곁에서 보기보다 훨씬 대단하군요."

"아무래도 황하를 타고 천하의 물산이 모여드니 물건의 종류가 다양하지요."

"흐흐, 사저들을 데리고 오면 아주 난리가 나겠네."

추산이 나직한 웃음을 흘려내며 중얼거렸다. 그러자 만불통이 추산을 돌아보며 물었다.

"그게 무슨 말인가?"

"왜 아시잖아요. 제 사모님과 사저들의 씀씀이를……."

추산의 대답에 만불통이 그제야 추산의 말을 알아듣고는 너털웃음을 터뜨렸다.

"하하하, 그 이야기를 하고 있는 것이었구먼. 하긴 교 부인의 씀씀이는 예전부터 강호의 큰 관심거리였지. 그런데 그 따님들까지 그렇게 씀씀이가 클 줄 누가 알았겠는가? 천검께서 많이 힘이 드셨을 게야."

"듣기로는 그래서 사부께서 무불장을 세웠다고 하더라구요."

"후후, 그 이야기는 나도 들었다네."

"에휴, 그래서 결국 사형이나 저나 이렇게 황금충 생활을 하고 있는 것 아니겠습니까? 사모님과 사저들이 씀씀이를 좀 줄여도 좋을 텐데. 하긴 천화 사저는 무불장에 온 이후 많이 좋아지긴 했지만… 어? 그런데 이 대협은?"

추산과 만불통이 천검 능운백의 부인 교교와 세 딸들의 씀씀이에 대한 이야기를 나누는 사이, 그들 곁에서 함께 길을 걷던 이충산이 어느 순간 두 사람의 곁에서 사라지고 없었다.

"어디로 간 거죠?"

추산이 주변을 두리번거리며 말하자 그제야 만불통도 이충산의 모습이 보이지 않는 것을 깨닫고 고개를 빼들어 주변을 살폈다.

"뒤따라오는 줄 알고 있었는데 정말 어디로 사라진 걸까?"

이충산의 행방을 찾아 주변을 두리번거리던 두 사람은 조금 뒤에야 십여 장 뒤 여인들의 노리개와 금붙이를 파는 상점 앞에 걸음을 멈춰 선 이충산을 발견했다.

"저기 있네요. 그런데 저기서 뭘 하는 거죠?"

추산이 손을 들어 이충산을 가리키며 물었다.

"글쎄. 보아하니 장신구나 금붙이들을 파는 곳 같은데 저 사람이 그런 물건에 관심을 보인 이유가 뭘까?"

"한번 가보죠?"

"그러지."

추산과 만불통이 혼잡하게 오가는 사람들 사이를 비집고 이충산이 멈춰 선 상점 앞에 도달했을 때 상점에서는 상점 주인으로 보이는 중년 사내와 허름한 옷차림의 소년이 하나의 물건을 놓고 흥정을 벌이고 있었다. 이충산은 바로 그 두 사람의 흥정을 무척 심각한 표정으로 지켜보고 있었다.

"뭘 보세요?"

추산이 이충산에게 다가들며 말하자 그제야 이충산이 자신이 추산과 만불통 두 사람과 멀어졌었다는 사실을 깨달았는지 얼른 대답했다.

"이런, 저 때문에 두 분이 걸음을 돌려 돌아오셨군요. 죄송합니다."

"아니요. 뭐 신경 쓰지 마세요. 그런데 뭘 그렇게 보고 계세요?"

추산이 손사래를 치며 묻자 이충산이 가볍게 턱으로 흥정하고 있는 상점 주인과 허름한 옷차림의 소년을 가리켰다. 추산과 만불통의 시선이 사연스럽게 그 두 사람에게로 향했다.

"글쎄, 그 물건은 은자 열 냥 이상 줄 수가 없다니까."

중년의 상점 주인이 팔짱을 끼며 마지막이라는 듯 단호하게 말했다.

"하지만 이것 보세요. 이 비녀는 보통 비녀가 아니라고요. 이 나비 모양의 보석을 보세요. 무척 귀한 보석이 분명해요."

소년 역시 자신이 들고 있는 하나의 비녀, 나비 문양의 보석으로 장식된 호접잠을 들어 보이며 물러설 기색을 보이지 않았다.

"아아, 난 은자 열 냥 이상은 줄 생각이 없으니 팔기 싫으면 다른 곳으로 가보던지……."

중년 사내가 최후 통첩을 날리듯 냉정하게 말을 끊자 소년이 입술을 깨물며 잠시 생각에 잠겼다. 소년의 표정으로 보건대 무척 은자가 필요한 듯 보였다. 추산이 얼핏 보기에도 소년이 들고 있는 호접잠은 무척 귀해 보여 은자 열 냥으로 거래될 물건은 절대 아니었지만 상점 주인이 이렇게 배짱을 보이는 것을 보면 소년이 이 호접잠을 다른 곳으로 가져갈 것이라고는 생각지 않고 있는 모양이었다. 하지만 소년은 상점 주인의 예상과 다른 답을 흘려냈다.

"육 대인께서도 너무하시네요. 그동안 아버님의 병을 구완하느라 집안의 귀중품들을 헐값에 넘긴 걸 아시면서 이런 귀한 물건을 은자 열 냥에 넘기라니요. 저도 이번만큼은 이 물건을 헐값에 넘길 수 없어요. 다른 곳을 알아볼게요."

아마도 소년과 상점 주인인 육 대인 사이에는 그동안 적지 않은 거래가 있었던 모양이었다. 해서 육 대인은 소년이 은자가 몹시 필요하다는 것을 알고 귀한 호접잠을 헐값에 넘겨받으려 욕심을 부리고 있었던 듯했다. 그런데 자신의 의도와 달리 소년이 이번만큼은 손해를 볼 수 없다고 단언하면서 걸음을 돌리려 하자 상점 주인의 표정에 조급함이 드러났다.

"잠깐만, 내 그동안 너와의 인연을 생각해서 은자 스무 냥을 주겠다. 그러니 이제 그 호접잠을 나에게 넘기거라. 이 운성의 시전에서 그만한 가격에 그 물건을 처분할 수는 없을 게다."

그러나 소년은 고개를 저었다.

"아니에요. 제가 보기에 이 비녀를 장식한 나비 보석은 절대

은자로 거래될 물건이 아닌 것 같아요. 전 다른 곳으로 가볼게
요.”

소년은 호접잠의 나비 문양 보석에 대해 무척 기대를 걸고
있는 모양이었다. 은자가 아닌 금자로 거래될 물건이라고 확
신하는 소년의 목소리는 무척 단호했다. 소년의 말에 상점 주
인의 표정이 일그러졌다.

'풋, 녀석이 물건의 가치를 제대로 알고 있군. 저 물건은 적
어도 금자 열 냥은 받을 수 있을 것이다. 이자는 값을 너무 후
려치려다 좋은 물건을 놓치게 생겼구나.'

추산이 내심 욕심을 부리던 상점 주인이 소년에게 당한 것
이 고소해서 자신도 모르게 미소를 머금을 때 다시 상점 주인
의 입이 다급하게 열렸다.

“금자 두 냥! 그 이상은 절대 줄 수 없다. 자, 이제 그 호접잠
을 내게 넘기거라. 금자 두 냥이 싫다면 나도 그 물건을 포기
하마.”

중년 상인의 표정은 마치 도박판에서 일생일대의 패를 손에
잡은 사람처럼 진지했다. 소년이 들고 있던 호접잠의 가격은
은자 열 냥에서 금자 두 냥까지 치솟아 있었다. 소년이 걸음을
멈췄다.

“금자 두 냥이요?”

소년이 상점 주인을 돌아봤다.

“그래, 금자 두 냥. 그 이상은 절대 줄 수 없다.”

상점 주인이 마지막 승부를 앞에 둔 사람처럼 단호하게 고

개를 끄덕였다. 그러자 소년이 잠시 손에 든 호접잠을 만지작거리더니 이내 결심이 선 듯 고개를 끄덕였다.

"좋아요. 제가 좀 손해를 보는 것 같지만 당장 아버지 약값이 없으니 그럼 금자 두 냥에 넘길게요."

"잘 생각한 거다. 다른 곳에 가봐도 금자 한 냥 이상 받기도 힘들 게야."

상점 주인 육 대인이 득의한 표정을 지으며 재빨리 품속에서 금자 두 냥을 꺼내 한 손으로는 금자를 건네고 다른 한 손으로는 소년의 손에 들린 호접잠을 건네받기 위해 두 손을 뻗었다. 그런데 바로 그 순간이었다. 가만히 소년과 상점 주인의 거래를 지켜보고 있던 이충산이 불쑥 입을 열었다.

"잠깐 기다려 보거라."

이충산의 손은 소년의 어깨를 잡고 있었다. 방갓을 깊이 눌러쓰고 허리에 검을 찬 무인이 자신의 어깨를 잡자 소년이 화들짝 놀라며 겁을 집어먹은 표정으로 이충산을 올려다보았다.

"왜, 왜 그러세요?"

소년의 목소리가 잘게 떨렸다.

"그 호접잠을 나에게 넘기는 것이 어떻겠느냐? 내가 금자 열 냥을 내마."

"금자 열 냥이요?"

소년의 두 눈이 화등잔만 하게 커졌다. 금자 열 냥이라면 지금 상점 주인이 소년에게 제시한 금액의 다섯 배에 해당하는 금액이 아니던가? 소년이 자신도 모르게 손에 들고 있던 호접잠으로 고개를 떨구었다. 그리곤 이게 과연 그렇게 비싼 물건인가 하고 놀란 표정으로 멍하니 호접잠을 바라보는 것이었다.

"아니, 이보시오. 거래가 이미 끝난 물건을 중간에서 가로채는 경우가 도대체 어디 있소?"

상점 주인 육 대인이 얼굴을 붉히며 이충산에게 따지듯 소리쳤다. 그러자 이충산이 낮으면서도 차가운 기운이 물씬 풍기는 목소리로 대답했다.

"저 호접잠을 대가의 부인들에게 팔면 아마도 금자 스무 냥은 받을 수 있을 거요. 그런데 그런 물건을 금자 두 냥에 건네받겠다는 것은 도둑놈 심보가 아니오? 내 말이 틀렸소?"

이충산의 서슬 퍼런 목소리에 상점 주인이 흠칫 뒤로 물러섰다. 그는 노련한 상인이었으므로 도검을 찬 강호무인들을 함부로 대하면 안 된다는 사실을 잘 알고 있었다. 더군다나 상대는 소년이 들고 있는 호접잠의 가치를 정확하게 알고 있지 않은가.

"허험, 무, 물론 그야… 음, 좋소이다. 대협께선 저 호접잠이 꼭 필요한 듯하니 오늘은 이 육모가 양보하겠소. 춘삼아, 넌 오늘 제법 큰 재복을 만난 듯하구나. 그럼 잘 가거라."

상점 주인 육 대인이 짐짓 인심 쓰듯 말을 하더니 이내 자신의 상점 안으로 들어가 버렸다. 그러자 이제 소년은 좋으나 싫으나 이충산에게 호접잠을 팔아야 할 수밖에 없었다.

"정말 금자 열 냥을 주실 건가요?"

상점 주인이 춘삼이라 부른 소년이 눈을 동그랗게 뜨고 이충산에게 물었다.

"물론, 난 너에게 그 호접잠의 대가로 금자 열 냥을 지불할 용의가 있다. 대신 한 가지 조건이 있는데 들어줄 수 있겠느냐?"

이충산의 말에 소년 춘삼이 살짝 얼굴을 찌푸렸다. 본시 물건을 사고파는 거래에 다른 조건이 붙는 것은 그리 좋은 징조가 아니었다. 하지만 금자 열 냥의 유혹은 춘삼에게 그런 것쯤은 무시할 수 있을 만큼 큰 금액이었다.

"좋아요. 무슨 조건이죠?"

"그건 네가 나와 함께 잠시 자리를 옮겨서 내가 묻는 한 가지 질문에 답을 해주는 것이다."

이충산이 가급적 어린 소년이 겁을 집어먹지 않게 부드러운 목소리로 말했다. 대낮이기는 했지만, 검을 찬 무인이 함께 조용한 곳으로 가자고 하는 요구는 나이 어린 소년에게는 제법 두려운 일이었다. 춘삼 역시 이충산의 제안을 듣는 순간 얼굴색이 변했다. 금자도 중하지만 금자보다 중한 것이 사람의 목숨이 아니던가. 그런 춘삼의 기색을 읽어낸 이충산이 다시 입을 열었다.

"혹시 내가 네게 무슨 해코지를 할까 걱정하는 것이라면 그런 걱정은 하지 않아도 좋다. 자리를 옮기겠지만 사람들의 눈이 있는 객잔으로 갈 것이니 말이다."

그러자 춘삼의 얼굴에 안도의 기색이 생겨났다. 그리곤 고개를 끄덕였다.

"좋아요. 그렇게 할게요."

"잘 생각했다. 자, 그럼 지금 즉시 자리를 옮기자꾸나."

이충산이 서둘러 춘삼을 데리고 시전을 빠져나가기 시작했다. 추산과 만불통은 무슨 영문인지도 모른 채 두 사람으로부터 오 장여 거리를 두고 바쁘게 걸음을 움직여 역시 시전을 벗어났다.

이충산은 소년 춘삼을 무불장의 고수들이 머물고 있는 객잔으로 이끌었다. 무불장의 고수들이 머물고 있는 객잔은 운성의 시전에서 제법 떨어진 곳이기는 했으나, 사람들의 왕래가 잦을뿐더러 객잔 안에도 적지 않은 손님들이 있었기에 춘삼은 망설이지 않고 이충산의 뒤를 따라 객잔 안으로 들어섰다.

말을 구하러 나갔던 추산 등 삼 인이 웬 초라한 행색의 소년을 데리고 나타나자 자연스럽게 고검을 비롯한 무불장의 고수들이 한곳으로 모여들었다.

탁!

갑자기 생각보다 많은 사람들이 자신의 주위에 모여들자 금세 겁을 집어먹은 춘삼 앞에 이충산이 하나의 전낭을 내놓았다.

"확인해 보거라."

이충산의 말에 춘삼이 여전히 불안한 기색으로 이충산이 내려놓은 전낭을 들어 안에 든 물건을 확인했다.

"맞아요. 금자 열 냥이에요."

"좋아. 그럼 그 호접잠을 내게 주겠느냐?"

이충산의 말에 춘삼이 손에 들고 있던 호접잠을 한 번 꼭 쥐어보고는 느린 몸짓으로 슬그머니 이충산의 앞으로 호접잠을 밀어냈다. 이충산은 자신 앞에 다가온 호접잠을 집어 들 생각은 하지 않고 한동안 말없이 바라보고만 있었다. 무불장의 고수들은 호기심 가득 담은 눈으로 이충산의 다음 행동을 기다리고 있었지만 이충산은 쉽사리 호접잠을 집어 들지 않았다. 그렇게 얼마간의 시간이 흘렀을까. 이충산이 호접잠을 손에 넣는 대신에 소년 춘삼을 향해 나직한 목소리로 질문을 던졌다.

"이 호접잠은 어디에서 났느냐?"

"예?"

소년 춘삼이 마치 도둑질을 하다 들킨 아이처럼 화들짝 놀란 표정으로 이충산을 바라봤다. 그리고 자신도 모르는 사이에 엉덩이를 반쯤 의자에서 떼어놓았다. 여차하면 도주하겠다는 심산인 듯.

"쯧쯧쯧. 녀석아, 누울 자릴 보고 발을 뻗어라. 네가 날개가 달리지 않는 이상 이곳에서 빠져나갈 구멍은 없어. 그러니 이 대협이 묻는 말에 순순히 대답이나 하거라. 쓸데없는 생각 하지 말고."

추산이 소년 춘삼의 어깨를 지그시 내리눌러 다시 의자에 엉덩이를 붙이게 만들면서 말했다.

"저, 전 아무 잘못이 없어요."

춘삼이 겁에 질린 채 말했다.

"물론 네게 잘못을 추궁할 생각은 없단다. 난 다만 네가 어떻게 이 호접잠을 손에 넣었는지만 알면 된다. 네가 입을 열면 난 널 그대로 보내줄 것이다. 물론 그 금자 열 냥 또한 네 것이 될 것이고……."

이충산이 살짝 방갓을 들어 춘삼을 보며 말했다. 그러자 소년 춘삼이 잠시 머뭇거리다가 어깨를 움츠리며 입을 열었다.

"사실 이 호접잠은 산에서 주운 거예요."

"산에서?"

"네, 운성 서쪽으로 백여 리 가면 호왕산(虎王山)이라는 곳이 있어요."

"알고 있다."

"호왕산을 아세요?"

"산세가 험해 약초를 캐는 산사람들조차 들기를 꺼려하는 곳이 아니더냐?"

"이제 보니 이곳 분이셨군요?"

이충산이 호왕산을 알고 있다는 것을 안 순간 춘삼은 한결 여유를 되찾은 듯 보였다.

"오래전에 잠시 머물렀던 곳이지. 그런데 그럼 이 호접잠을 그 호왕산에서 얻었단 말이냐?"

"예, 아버지가 여러 해 전부터 병을 앓고 있는데 약을 지을 돈이 없어 그동안 집 안의 가재를 내다 팔고 약을 지었어요.

그런데 이젠 내다 팔 집 안 가재도 없어서 어쩔 수 없이 의원님
께 물어 산에서 나는 약초라도 구해볼까 호왕산엘 갔었어요."

"음, 너도 말했듯이 그 호왕산은 숙련된 약초꾼들이 아니면
드나들기를 꺼리는 곳인데 너 혼자 그곳엘 갔단 말이냐? 더군
다나 이 한겨울에? 천지가 눈으로 덮였는데 약초를 캐러 갔다
는 말이냐?"

"그게… 제가 그만큼 급했거든요. 눈 위로 올라와 있는 마른
싹을 찾으면 된다는 말을 듣고… 또, 호왕산은 사람들의 발길
이 뜸해서 귀한 약초가 많이 자란다고 하더라고요."

호왕산은 운성 인근에서 제법 유명한 산이었다. 산서에서
섬서로 넘어가기 위한 지름길이 있는 산인데, 산이 깊고 길이
험해 종종 호랑이가 출몰하여 지나가는 행인을 범하거나, 혹
은 산사람들이 돌아오지 못하는 경우가 있었기에 보통 사람들
로서는 접근을 꺼려하는 곳이었다.

"어린놈이 겁이 없구나."

이충산이 감탄과 책망을 함께 담은 목소리로 말했다.

"아버지는 아프시고, 집에는 쌀 한 톨 없는데 별수있나요?
그리고 요즘은 호왕산에서 호랑이가 사라졌다고 하더라구
요."

"호랑이가 사라졌다고?"

"삼 년 전에 흉년이 들었을 때 일부 유민들이 호왕산으로 들
어가 산적질을 시작했는데, 그들이 호왕산에 자리를 잡은 이
후에는 호왕산에서 호랑이가 사라졌다고 하더라구요."

“하긴, 사람이 자리를 잡으면 영물은 산을 떠나기 마련이지.”

춘삼의 이야기를 듣고 있던 만불통이 고개를 끄덕였다.

“녀석아, 호랑이 대신 산적들이 자리를 잡았다고 위험하지 않다더냐?”

그러자 춘삼이 고개를 저었다.

“그래도 호랑이보다는 낫지요. 어쨌든, 그래서 약초를 캐러 호왕산에 들어갔다가 짐승이 다니는 길목에서 이 호접잠을 주운 거예요. 물론 이게 제 물건은 아니지만 산속에서 주운 물건의 주인을 찾아줄 수는 없잖아요? 그러니 제가 이 물건을 팔려고 한 것이 꼭 잘못이라고는 할 수 없어요.”

춘삼이 나름대로 자신감을 회복했는지 목소리를 높였다.

“물론 네가 잘못했다는 것은 아니다, 말했지만, 난 다만 네가 이 호접잠을 얻게 된 경위만이 궁금했을 뿐이다.”

“그럼 전 이제 그만 가도 되나요?”

춘삼이 조급한 표정으로 자리에 일어나며 말했다. 아무리 담대한 성격을 가진 소년이라고 해도 범상치 않아 보이는 무인들 틈에서 오래 있고 싶은 소년은 없을 터였다.

“잠깐만, 네가 그 호접잠을 주웠다는 곳으로 우릴 데려가 줄 수 있겠느냐?”

자리에서 일어나는 춘삼을 보며 이충산과 춘삼의 이야기를 듣고 있던 고검이 불쑥 물었다. 그러자 춘삼의 얼굴에 낭패한 기색이 드러났다.

"하, 하지만 전 그럴 만한 시간이 없어요. 지금 즉시 약을 구해 아버지께 가봐야 한단 말이에요. 아버지는… 무척 위중하세요."

비록 춘삼이 무불장의 고수들 틈에서 벗어나고 싶기는 하겠지만 이 자리를 벗어나려고 거짓말을 둘러대는 것 같지는 않았다. 춘삼의 얼굴에는 진심으로 아버지에 대한 걱정이 가득 묻어나고 있었던 것이다. 그러자 고검이 잠시 생각에 잠겼다가 부드러운 표정으로 다시 춘삼에게 말을 건넸다.

"이렇게 하면 어떻겠느냐? 지금 우리 중에는 세상 사람들에게 명의(名醫)라 불릴 수 있을 만큼 의술에 조예가 깊은 분이 계시다. 네가 만약 우리를 그 호접잠을 주운 곳으로 안내를 해주겠다면 그분께서 네 아버님의 병세를 보아주실 수 있을 게다. 어떠냐, 내 제안이?"

"명의가 계시다고요?"

춘삼이 놀란 눈으로 고검을 바라봤다. 그러자 고검이 왕민을 가리키며 말했다.

"여기 왕 선생께서는 의술에 무척 능하시지. 아마 운성에 있는 어떤 의원도 왕 선생의 의술을 따라오지 못할 것이다."

고검이 자신있게 말하자 소년 춘삼이 잠시 고민에 빠졌다가 이내 고개를 끄덕였다.

"좋아요. 아버지를 보아주신다면 제가 호접잠을 주운 곳으로 안내를 해드릴게요."

"잘 생각했다. 그런데 네 집은 어디지?"

"마침 운성에서 호왕산 쪽으로 가는 길에 있네요."

"그것 잘됐구나. 우린 오늘 이 객잔에서 쉬고 내일 아침 길을 떠날 생각이란다. 그럼 내일 아침 운성의 서문 앞에서 보면 되겠구나."

"그렇게 할게요."

춘삼이 고개를 끄덕였다.

"좋아. 그럼 이 거래는 성사됐다. 이젠 가봐도 좋다."

"알겠어요. 그럼 내일 아침에 뵐게요."

소년 춘삼이 얼른 자리에서 일어나 꾸벅 고개를 숙여 보이고는 도망치듯 객잔을 벗어났다.

"저 녀석이 과연 내일 아침 우리를 만나러 올까요?"

추산이 미심쩍은 듯한 눈으로 객잔을 벗어나는 춘삼을 보며 중얼거렸다.

"아마도 올 게다. 보아하니 효성이 지극한 녀석 같으니 반드시 올 거야."

고검이 확신하듯 말했다. 그러자 추산이 이번에는 이충산을 보며 물었다.

"그런데 그 호접잠이 이 사건과 무슨 연관이 있는 거죠? 역시 그 비녀는 실종된 홍 부인의 것인가요?"

추산의 질문에 사람들의 시선이 이충산에게로 향했다. 그가 적지 않은 금액인 금자 열 냥을 내놓고 호접잠을 사들인 것이며, 또 소년에게 호접잠의 출처를 물은 것으로 보면 분명 호접잠이 홍 부인과 그 아들의 실종과 무척 밀접한 관련이 있다는 것은 누구나 짐작할 수 있는 일이었다. 그래서 고검 또한 미리 소년에게 호접잠을 주운 곳으로 자신들을 안내해 달라는 부탁을 했던 것이었다. 하지만 역시 당사자의 입에서 호접잠의 내역을 듣는 것은 빠질 수 없는 일의 순서였다.

추산의 질문을 받은 이충산이 느린 손길로 탁자 위에 놓인 호접잠을 집어 들어 자신의 눈앞으로 가져왔다.

"이 호접잠은 칠 년 전 제가 홍 매에게 선물한 것이지요."

말을 하는 이충산의 목소리에 짙은 우수가 깃들어 있다.

"도대체 이 대협과 홍 부인은 무슨 사이요? 보아하니 단순히 한 문파의 사형제 사이만은 아닌 것 같은데……."

왕민이 눈빛을 빛내며 물었다. 그에게도 홍초향과 이충산의 관계는 무척 궁금한 부분이었다. 이충산은 모르지만 그 두 사람은 결국 홍가보, 그중에서도 홍초향이라는 여인으로 연결되어 있기 때문이었다.

"초향은… 초향은 제 정혼녀였지요."

이충산의 말에 사람들이 놀란 눈으로 그를 바라봤다. 이충산이 홍가보 출신이고, 또 그가 홍초향과 그녀의 아들을 찾기 위해 무불장에 청부를 넣었으니 당연히 그가 홍초향과 각별한 사이일 거란 사실은 누구나 짐작할 수 있는 일이었다. 하지만 그가 홍초향의 정혼자였을 줄은 그 누구도 짐작하지 못했던 일이었다.

"그런데 어쩌다……?"

추산이 무심코 입을 열다가 급히 입을 닫았다. 이충산의 눈

에서 흘러나오는 섬뜩한 안광을 보았기 때문이었다. 추산의
질문은 중도에 끊겼지만 이충산은 추산의 질문에 답을 해주었
다.

"난 그들에겐 죽은 사람이니까요. 그녀가 사자문의 육관과
혼인을 한 것은 내가 죽은 것으로 알려진 이후의 일입니다."

"도대체 이 대협은 어쩌다 죽은 사람이 된 건가?"

왕민이 측은한 시선으로 이충산을 보며 물었다.

"그건… 아, 그건 지금 말하고 싶지 않군요."

이충산의 말에 왕민이 고개를 끄덕였다.

"알겠네. 가슴에 묻어두고 싶은 일이라면 그리하는 것도 좋
겠지. 그나저나 장주, 난 잠시 나갔다 와야 할 듯합니다."

"무슨 하실 일이라도?"

"내일 그 아이의 아비를 보기로 했으니 준비를 좀 해야겠지
요."

"진맥을 보시지도 않고 약재를 준비하신단 말입니까?"

"사람의 병은 그 유형으로 나누면 그리 많지 않은 법이지요.
일단 간단히 소용될 약재들을 준비하고, 나머지는 그 아이에
게 처방을 주어 약방에서 지어다 먹이도록 하면 되겠지요. 다
시 약재를 구하러 돌아올 수는 없으니 말입니다. 그 아이도 우
리와 함께 호왕산에 가야 하고, 그리고 아이가 말하는 것을 보
건대 십중팔구 먹지 못해 생긴 병일 가능성이 크지요."

"알겠습니다. 그렇게 하십시오."

고검의 허락이 떨어지자 왕민이 몸을 일으켜 객잔 밖으로

나갔다. 애초에 진맥을 보지 않고 약재를 구하는 의원은 있을 수가 없는 일이다. 하지만 고검은 왕민이 굳이 객잔 밖으로 나가는 것이 꼭 약재를 구하기 위해서만이 아니라는 사실을 알고 있었기에 굳이 그를 말리지 않은 것이다.

"한 가지 알아볼 일이 있습니다."

왕민이 객잔을 벗어나자 고검이 미심을 보며 말했다. 그러자 미심이 고검의 생각을 짐작하고 먼저 입을 열었다.

"호왕산의 산채에 대해 알아봐야겠지요?"

"그렇습니다. 홍 부인의 호접잠이 호왕산에 떨어져 있다는 것은 어쨌든 흉수들의 움직임이 호왕산으로 이어졌다는 의미지요. 그러니 일단 그곳에 있는 녹림도들에 대해 알아보는 것이 우선이겠지요."

"사형은 그럼 홍가보가 호왕산에 있는 산적들에게 습격을 받았다고 보시는 거예요?"

추산이 고개를 갸웃거리며 물었다.

"물론 그렇다고 생각지는 않는다. 흉년을 견디지 못해 산으로 숨어든 녹림도에게 당할 홍가보는 아니었을 테니. 하지만 어쨌든 흔적이 그리로 이어졌으니 그들에 대해 알아봐야 하는 것이 일의 순서가 아니겠느냐? 또, 잘하면 생각지 못한 단서를 찾을 수도 있을 터이고… 그럼 부탁드리겠습니다."

고검이 미심을 보며 말하자 미심이 고개를 까닥이고는 즉시 객잔을 벗어났다.

하룻밤을 객잔에서 보낸 무불장의 고수들은 다음날 아침 일찍 간밤에 마방에서 가져온 말에 올라 객잔을 떠나 운성의 서문으로 향했다. 눈은 그쳤지만 차가운 북풍은 여전한 산서였으므로 말과 사람이 내뿜는 입김이 하얀 서리가 되어 콧등에 붙었다.

"어, 정말 춥네."

추산이 말 위에서 한차례 몸을 떨며 말했다.

"산서의 겨울은 없는 자들에게는 무척 혹독하지요."

이충산이 추산의 말을 받았다. 그리고 이충산의 말을 증명이라도 하듯 서문 밖을 나서자 추위에 떨고 있는 한 명의 소년이 눈에 들어왔다. 춘삼이었다.

"벌써 나와 있었구나."

고김이 흰겨울 북풍을 막아내기에는 너무 낡은 적삼을 입고 있는 춘삼을 보며 말했다. 그러자 춘삼이 손을 호호 불고 있다가 무불장의 고수들을 알아보고 다급한 표정으로 대답했다.

"아버지가 더 안 좋아지셔서요."

"상태가 어떠하시냐?"

왕민이 앞으로 나서며 물었다. 그러자 춘삼이 울상을 지으며 대답했다.

"꼭 돌아가실 것 같아요. 어머니가 돌아가실 때도 그런 모습이셨어요."

"알겠다. 어서 앞장서거라."

왕민이 서둘러 춘삼에게 길을 재촉했다. 지금 상태에서 어린 춘삼에게 환자의 상세한 증세를 듣는 것은 불가능한 일이기 때문이었다. 왕민의 재촉에 춘삼이 얼른 몸을 돌려 앞장서 길을 걸으려 했다. 그러자 갑자기 추산이 훌쩍 말을 몰고 나와 가볍게 춘삼의 허리를 감싸더니 춘삼의 몸을 번쩍 들어 올려 자신의 말에 태웠다.

"이 녀석아, 아버님이 위독하시다는데 언제 걸어서 가겠느냐? 자, 어느 방향으로 가면 되느냐?"

"이 관도를 죽 따라가다 북쪽으로 난 오솔길을 따라 올라가면 돼요."

"오냐. 알았다. 끼랏!"

추산이 춘삼을 자신의 앞쪽에 앉히고는 말에 박차를 가했다. 추산이 타고 있던 말이 한바탕 크게 울음을 울어내고는 힘차게 관도를 따라 질주하기 시작했다. 그 뒤로 무불장의 고수들이 차가운 겨울 공기를 뚫고 말을 달려나갔다.

소년 춘삼의 집은 운성에서 말을 급히 몰아도 반 시진 이상 걸려야 도착하는 거리였다. 그 정도 거리를 걸어서 운성의 서문 밖까지 오려면 아마도 춘삼은 동이 트기 한참 전에 집을 떠났을 터였다.

관도를 따라 달리던 추산의 말이 춘삼의 말에 따라 어느 순간 관도를 벗어나 북쪽으로 방향을 틀었다. 관도의 북쪽에는 높은 산들이 줄지어 이어져 있었는데 춘삼은 그 산들 사이의 계곡을 따라 난 오솔길로 추산을 인도했다. 그렇게 관도를 벗어난 지 일각여가 지나자 작은 계곡과 연한 분지가 나타났다.
그리고 그 분지의 끝에 허름한 초가 한 채가 서 있었다.

"저기예요."

춘삼이 손을 들어 초가를 가리켰다.

"주변에 인가가 없었더냐?"

"예, 아버지와 저만 살고 있어요."

"도대체 왜 이런 산골에 터를 잡은 것이냐?"

"뭐, 처음부터 이곳에 살았던 것은 아니에요. 예전에는 저희
집도 운성 근처에 있었어요. 크지는 않지만 땅도 제법 있어서
네 식구가 먹고살기에는 충분했지요."

"네 식구?"

"본래 아버지와 어머니, 그리고 어린 여동생이 있었어요. 그
런데 삼 년 전 흉년에 어머니와 여동생이 병들어 죽었지요. 그
때 어머니와 동생의 병구완을 하느라 있던 땅도 헐값에 모두
팔아버리고 이 산골로 들어온 거예요."

'어린 녀석이 제법 사연이 많구나.'

추산이 앞에 앉아 있는 춘삼을 측은한 시선으로 내려다보는
사이 두 사람이 탄 말이 어느새 초가의 앞에 당도했다. 그러자
춘삼이 훌쩍 말에서 뛰어내리더니 재빨리 마당을 지나 초가로
뛰어갔다.

"아버지, 아버지, 제가 의원님을 모시고 왔어요!"

춘삼이 큰 소리로 자신의 아비를 부르며 초가의 문을 열고
방 안으로 뛰어들어 갔다. 그런데 잠시 후 춘삼이 뛰어들어 간

방 안에서 넋이 나간 듯한 춘삼의 목소리가 들려왔다.

"아, 아버지… 설마 돌아가신 거예요? 제가, 제가 의원을 모셔왔다구요. 눈을 좀 떠보세요."

방 안에서 들려오는 춘삼의 목소리에 추산이 급히 고개를 돌렸다. 마침 고검과 무불장의 고수들이 막 초가에 당도하고 있었다.

"아무래도 급한 모양이에요."

추산이 왕민을 보며 말하자 왕민이 고개를 끄덕이고는 훌쩍 말에서 뛰어내려 바람처럼 춘삼이 들어간 방 안으로 들어갔다. 그리고 잠시 후 왕민의 목소리가 들려왔다.

"춘삼아, 넌 잠시 나가 있거라."

"의원님, 아버지가… 아버지가 돌아가신 건가요?"

"아니다. 잠시 정신을 잃으신 것뿐이다. 그러니 넌 잠시 나가 있거라."

"그, 그럼 아버지가 돌아가신 건 아니군요?"

"그래, 그러니 걱정 말고 나가 있거라."

"아, 알았어요. 뭐 필요한 건 없나요?"

"지금은 없단다. 필요하면 부르도록 하마."

"아, 알았어요. 그럼 밖에 있을게요."

춘삼이 문을 열고 밖으로 나왔다. 아버지가 정신을 잃은 것에 놀랐던지 춘삼의 얼굴은 파랗게 질려 있었다.

"잠시 기다려 보자. 왕 선생은 뛰어난 의술을 지니고 있으니 걱정하지 않아도 될 거다."

추산이 밖으로 나온 춘삼의 어깨를 두드리며 말했다.

"하지만 워낙 오래 앓아오셔서……."

춘삼은 비록 왕민이 뛰어난 의원이란 소리를 듣기는 했지만 어느 정도 아버지의 병세에 대해 포기한 듯 보였다.

"녀석, 기다려 보자니까 그러네."

추산이 안쓰러운 시선으로 춘삼을 보며 말했지만 그 자신도 긴장이 되는지 왕민과 춘삼의 아버지가 들어 있는 방에서 시선을 떼지 못하는 것이었다.

왕민이 춘삼의 아버지가 누워 있는 방문을 열고 나온 것은 그가 진맥을 시작한 지 이각여가 지난 후였다.

"어찌 되었습니까?"

왕민이 나오는 것을 보고도 혹시라도 좋지 않은 소리를 듣게 될까 봐 겁에 질려 아버지의 상세를 묻지 못하는 춘삼을 대신해 고검이 왕민에게 물었다.

"다행히 위급한 지경은 넘겼습니다. 보아하니 오래전부터 간이 좋지 않았던가 봅니다. 언제 한번 크게 몸을 상한 적이 있었던 듯, 거기에다 흉년으로 먹을 것을 제대로 먹지 못해 몸이 무척 상해 있더군요."

"회복될 수는 있겠습니까?"

"간에 든 병은 무리를 하지 않고 약재를 써서 다스리면 되고, 몸이 약해진 것은 잘 먹고 푹 쉬면 낫는 것이니 딱히 위험한 일은 없을 듯합니다. 또 마침 제가 어젯밤에 구해온 약재들도 허약한 몸의 원기를 북돋우는 것이니 제대로 준비를 한 셈이군요."

"다행이군요. 하면 이곳에 잠시 머물러야겠군요."

"일단 오늘은 이곳에서 지내야 할 듯합니다. 하루면 정신이 돌아올 겁니다."

"알겠습니다. 그럼 오늘은 이곳에 머물도록 하지요."

갈 길 바쁜 무불장의 고수들은 그렇게 또다시 소년 춘삼의 초가에서 하룻밤을 지내게 되었다.

第四章

흑호채(黑虎砦)

孤劍秋山

　춘삼의 아버지 이옥산이 정신을 차린 것은 저녁이 지난 이후였다. 왕민은 일단 침을 써서 이옥산의 정신을 회복시킨 후 운성에서 준비해 온 약재들을 달여 이옥산에게 복용시켰다. 그러자 이옥산은 놀랄 정도로 빠르게 기력을 회복하는 것이었다.

　춘삼은 아버지가 정신이 돌아온 이후부터 왕민의 움직임 하나하나를 경탄 어린 시선으로 보고 있었다. 왕민이 이옥산을 치료하는 동안 춘삼은 항상 왕민을 따라다니며 약을 달이고, 또 이옥산에게 탕약을 먹이는 일을 도왔으므로 춘삼은 왕민의 노련한 손길을 놓치지 않고 볼 수 있었다. 더군다나 왕민은 이옥산의 기력을 좀 더 빨리 회복시키기 위해 일반 민가의 의원은 시전할 수 없는 가벼운 추궁과혈의 수법까지 썼으므로 춘삼의 눈에 왕민이 마치 하늘에서 내려온 전설의 명의처럼 보이는 것은 당연한 일이었다.

"이제 먹는 것만 조심하면 건강하게 살아갈 수 있을 겁니다. 하지만 제가 말씀드린 음식들은 각별히 조심해야 합니다. 또한 급하게 먹거나 과식을 해서도 안 됩니다. 간이 좋지 않으니 가급적이면 육류를 피하고 담백한 음식을 드시고, 술은 드시지 마십시오."

"우리 형편에 술과 고기는 가당치도 않지요. 이렇게 죽을 목숨을 살려주시니 이 은혜를 어찌 갚아야 할지……."

놀라운 속도로 기력을 회복한 이옥산이 왕민을 향해 머리를 조아렸다.

"본래 의술을 가진 자는 환자를 그냥 지나치지 않는 법이지요. 그게 의술을 배운 자의 도리입니다. 그러니 너무 부담스러워하지 마십시오. 더군다나 아드님인 춘삼이가 우리에게 한 가지 일을 해주기로 했으니 공짜로 치료한 것도 아니고 말입니다."

그러자 이옥산이 걱정스런 눈빛을 흘려냈다. 자신의 아들 춘삼은 이제 겨우 십삼 세에 불과한데 무인이 분명한 눈앞의 의원과 그 동료들에게 무슨 일을 해줄 수 있단 말인가?

"아이가 허황된 약속을 드린 것은 아닌지……?"

이옥산의 목소리에 걱정이 묻어났다.

"걱정 마세요, 아버지. 전 단지 이분들을 호왕산까지 안내해

주기로 약속했을 뿐이에요.”

“호왕산!”

춘삼의 말을 들은 이옥산이 깜짝 놀라며 되물었다.

“네, 아버지.”

그러자 이옥산이 왕민을 돌아보며 물었다.

“아니, 그 험한 곳에는 무슨 일로……. 비록 근자에 들어 범이 나타나지 않는다지만 그 대신 산적들이 자리를 잡고 있어 민간인들의 출입은 여전히 힘든 곳인데……?”

“걱정 마십시오. 자기 한 몸 지킬 능력은 있는 사람들입니다. 그리고 아드님도 무사히 돌려보낼 것을 약속드리지요.”

“아니, 제가 의원님을 못 믿는 것이 아니라…….”

이옥산이 미안한 기색을 하며 손을 저었다.

“알고 있습니다, 저희들을 걱정해서 하시는 말씀이란 걸. 하지만 저희는 그곳에서 꼭 해야 할 일이 있으니 가지 않을 수 없는 사정입니다. 그럼 전 밖에 나가 있겠습니다. 한 며칠은 조심해서 몸을 정양해야 할 터이니 무리하지 마시고 누워서 쉬십시오.”

“알겠습니다, 의원님.”

이옥산이 공손하게 머리를 숙여 보였다. 왕민은 그런 이옥산에게 마주 고개를 숙여 보이고는 자리에서 일어나 방문을 열고 밖으로 나서려 했다. 그런데 문득 밖으로 나가려는 왕민을 향해 이옥산의 목소리가 들려왔다.

“죄송합니다만, 결례가 안 된다면 의원님의 존성이라

도……."

그러자 왕민이 고개를 돌려 빙긋 미소를 지으며 대답했다.

"왕민이라고 합니다. 그럼!"

왕민이 자신의 이름을 말하고 방을 벗어나자 이옥산이 큰 충격을 받은 얼굴로 멍하니 왕민이 나간 문 쪽을 바라보고 있었다. 그러자 춘삼이 얼른 이옥산의 머리맡으로 다가앉으며 물었다.

"아버지, 왜 그러세요? 어디 불편하세요?"

"아, 아니다. 그런데 방금 전 의원님이 분명 자신의 이름을 왕민이라고 했지?"

"네, 그래요. 아버지, 분명 그리 말씀하셨어요. 그런데 왜 그러세요?"

그러자 이옥산이 여전히 멍한 얼굴로 대답했다.

"날 못 알아보시는가? 하긴, 벌써 이십 년이 흘렀으니……. 그런데 왕 대협께서 어째서 이십 년 만에 이곳으로 돌아오신 걸까?"

"아버지, 의원님을 아세요?"

춘삼이 놀란 표정을 지으며 혼잣말을 중얼거리는 이옥산에게 물었다. 그러자 이옥산이 천천히 고개를 끄덕였다.

"왕 대협이야 날 기억하지 못하겠지만 난 분명 왕 대협을 기억하지. 저 양반이 홍가보를 떠날 때 제법 시끄러웠으니까. 그때 그 일 이후 왕 대협의 이름을 언급하는 것은 홍가보는 물론 인근 가물현 사람들에게도 금지되어 홍가보의 후인들 중에서 저분의 이름을 아는 이가 없다던가.”

“의원님이 홍가보 사람이란 말인가요?”

“이 애비의 기억이 정확하다면 그렇단다. 세상에는 생김새는 비슷해도 이름까지 같은 사람은 없는 법이니까.”

이옥산과 춘삼이 방 안에서 나직하게 이야기를 나누는 것을 왕민은 방문 밖에서 듣고 있었다. 그리곤 그 두 사람의 이야기가 끝났을 때 피식 웃음을 흘려냈다.

“역시 고향인가? 날 기억하는 사람이 다 있군. 하긴 나도 이제 기억이 나는군. 아마도 홍가보에 마초(馬草)를 대던 사람이었지?”

왕민이 고개를 돌려 이옥산과 춘삼이 들어 있는 방을 바라보고는 이내 발걸음을 옮겨 무불장의 고수들이 머물고 있는 곳으로 이동했다. 그런데 왕민이 발걸음을 옮기고 난 후에 이옥산은 다시 입을 열었다. 하지만 그때는 이미 왕민의 신형이 방에서 멀어져 있었으므로 이옥산의 말을 왕민은 듣지 못했다.

“그런데 홍 여협은 왕 대협을 만났을까?”

“홍 여협이라뇨?”

“그런 사람이 있다. 휴, 그때 그 일만 아니었어도 내 몸이 이렇게 망가지지는 않았을 터인데…….”

한숨 섞인 이옥산의 탄식이 호롱불 불빛을 타고 나직하게 흘러나왔다.

“아이, 그러지 마시고 이야기 좀 해주세요.”

"듣고 싶으냐?"

"네."

"후후후, 녀석. 오냐, 내 말해주마. 네 녀석 팔자와도 관련이 있는 이야기니 말이다."

그렇게 산중의 차가운 밤이 지나고 햇살이 다시 초옥을 비출 때 무불장의 고수들과 춘삼은 초옥을 떠났다. 왕민의 의술은 놀라워서, 그들이 초옥에 도착했을 때는 움직일 수조차 없었던 이옥산이 지팡이를 짚고 초옥의 사리문 앞까지 나와 춘삼과 무불장의 고수들을 배웅했다.

그렇게 이옥산을 초가에 남겨두고 길을 나선 무불장 고수들은 춘삼의 안내를 받으며 서북쪽 산길을 따라 말을 몰았다. 관도와 달리 첩첩산중에 난 길은 여전히 눈에 덮여 있었으므로 무불장 고수들이 움직이는 속도는 그리 빠르지 않았다. 어떨 때는 타고 있던 말에서 내려 사람이 오히려 말을 끌고 이동해야 할 정도였다.

"춘삼이 너, 이런 눈 덮인 산속에서 약초를 캐겠다고 혼자 이곳에 왔었단 말이냐?"

또 하나의 산등성을 넘은 후 길이 조금 평탄해지자 추산이 춘삼에게 물었다.

"네……."

"이 녀석아, 이런 눈밭에서 어떻게 약초를 캐겠다고 이런 곳엘 왔단 말이냐? 얼어 죽지 않은 것이 다행이다."

“하지만 그냥 앉아 있을 수는 없었어요. 아버지가 죽어가고 있었으니까요. 그리고 비록 눈 속이라도 마른 잎을 보고 간혹 좋은 약초를 캘 수도 있다구요.”

“언 땅을 무슨 수로 파고?”

“헤헤, 눈에 덮여 있는 땅은 오히려 제법 파기 쉽다고요.”

“아무튼 앞으로는 그런 무모한 짓은 하지 말거라. 자칫하다간 약초를 캐기 전에 네가 얼어 죽을 수도 있어.”

그러자 춘삼이 시무룩한 얼굴로 대답했다.

“하지만 먹고살자면 어쩔 수 없는 일이에요. 빨리 봄이 와야 할 텐데…….”

“이번에 호접잠을 넘기고 받은 금자가 있으니 그걸로 이번 겨울을 넘길 수 있지 않겠느냐?”

“그렇긴 해요. 하지만 그 돈을 모두 먹고 입는 데 쓸 수는 없잖아요.”

“그럼 어디다 쓸 건데?”

“언제까지 이렇게 살 수는 없으니 금자를 모으면 운성에 점포라도 하나 내려고요.”

“장사를 하겠단 말이냐? 네가?”

“제가 어떻게 혼자 하겠어요. 아버지가 건강을 회복하시면 조금씩 금자를 모아 함께해 봐야지요.”

“흐흠, 장사는 아무나 하는 것이 아닌데…….”

추산이 걱정스런 표정으로 말했다.

“아버지는 과거에 마초 장사를 해본 경험이 있으시니 걱정하지 않아도 될 거예요."

"아버지가 마초 장사를 했었다고?"

"그럼요. 제가 태어나기 전에는 제법 큰 거래도 많이 하셨다
고 하더라구요. 가물현의 대문파였던 홍가보에도 마초를 넣으
셨다고 하던데요?"

춘삼이 말을 하면서 흘낏 앞서 가는 왕민을 바라봤다.

"홍가보와도 거래를 했다고?"

추산이 춘삼의 입에서 의외의 말이 흘러나오자 무의식적으
로 이충산에게 시선을 주며 되물었다.

"네. 그때는 아버지도 제법 큰돈을 굴렸다고 하더라구요."

"아니, 그런데 어쩌다 지금처럼 집안이 어려워진 거지?"

"그게… 거기에는 피치 못할 사정이 있었다고 하시더라구
요."

"피치 못할 사정이라니?"

추산의 물음에 춘삼이 다시 한 번 고개를 들어 왕민을 보고
는 마치 큰 결심이라도 한 듯 입을 열었다.

"그게 다 홍가보와 얽힌 악연 때문이었대요."

"홍가보와의 악연?"

춘삼의 입에서 흘러나오는 이야기는 점점 무불장 고수들의
관심을 끌기 시작했다. 그들은 지금 홍가보주의 딸 홍초향을
찾아 움직이고 있었기에 홍가보와 관련된 이야기가 그들의 관
심을 끄는 것은 당연한 일이었다.

더군다나 고검만이 알고 있는 사실이지만 청부자인 이충산

말고도 홍가보와 인연이 있는 사람이 또 한 사람 있지 않은가. 그래서 고검과 왕민도 걸음을 멈추거나 뒤를 돌아보지는 않았지만 춘삼의 입에서 흘러나오는 이야기를 흘려들을 수 없었다.

"네, 정말 재수가 없는 경우라고 할 수 있죠."

"도대체 무슨 일이기에 그러느냐? 좀 자세히 말해보거라."

추산이 호기심이 잔뜩 동한 표정으로 춘삼을 재촉했다. 그러자 춘삼이 여전히 왕민의 등에서 시선을 떼지 않은 채 잠시 뜸을 들였다가 입을 열었다.

"그러니까 십팔 년 전의 일이었대요. 그날도 아버지는 마초를 가득 싣고 홍가보에 들렀었는데, 마침 일자를 잘못 알아서 마초를 내리지 못하고 다시 싣고 나왔어야 했다더군요."

"그게 문제가 된 기냐?"

"뭐, 당시 아버지는 가물현의 여러 곳에 마초를 대고 있어서 잘못 가지고 간 마초는 다른 곳에 전하면 되니까 날짜를 잘못 맞춰 간 것이 그리 큰 문제는 아니었죠. 그런데 그만 되싣고 나온 마초 더미에 한 사람이 숨어 있었던 게 문제가 되고 만 것이에요."

"마초 더미에 사람이 숨어 있었다고?"

"네. 그것도 아주 중요한 사람이 숨어 있었대요."

"도대체 누가 숨어 있었는데 그러느냐?"

"바로 홍가보주의 동생인 홍미령 소저가 마초 더미에 숨은 채 홍가보를 도망 나왔던 것이죠. 물론 아버지는 도대체 왜 홍

소저가 마초 더미에 숨어 홍가보를 벗어나려 했는지 몰랐지만
홍 소저가 하도 애원하는 바람에 어쩔 수 없이 그 부탁을 들어
줬다나 봐요. 그게 뭐 그리 큰일이랴 싶었던 거죠. 그런데 그
만 그게 아버지나 우리 집안에는 크나큰 불행이 되고 말았던
거예요.”

춘삼의 시선은 여전히 왕민의 등에 가 있었다. 그러나 왕민
에게선 어떤 변화도 느껴지지 않았다. 그러자 춘삼의 얼굴에
작은 실망의 기색이 엿보였다. 하지만 기실 춘삼이 실망할 것
은 없었다. 비록 춘삼의 시선이 닿아 있는 왕민의 등에서는 아
무런 변화를 느낄 수 없었지만 춘삼의 시선이 닿지 않는 그의
얼굴, 그중에서도 그의 눈은 평소의 그답지 않게 심하게 흔들
리고 있었던 것이다.

“그래서 어떻게 되었지?”

추산이 계속해서 춘삼의 이야기를 재촉했다.

“어떻게 알았는지 홍 소저가 아버지의 마차를 타고 홍가보
를 벗어난 지 하루 뒤에 홍가보의 무인들이 아버지를 찾아왔
다고 하더군요. 그리고는 아버지를 죽을 정도까지 폭행했다고
해요. 아버지가 몸이 약해지신 건 그때의 일 때문인데 그 이후
에는 마초 장사도 할 수 없어, 운성 인근에 작은 농지를 구해
농사를 짓게 된 거지요. 하지만 그때부터 계속 가세가 기울었
고, 결국 어머니와 제 동생은 흉년에 병이 들어 죽고 말았지요.
제길, 그때 그 일만 아니었어도 이렇게 살고 있지는 않을 텐데.
하지만 역시 하늘은 나쁜 짓을 한 자들에겐 그만한 벌을 내리

나 봐요. 얼마 전에 들으니 홍가보는 누군가에게 멸문을 당했다고 하더라구요. 누군지 모르지만 정말 고마운 일이죠.”

춘삼의 말이 끝났을 때 추산이 흠칫하며 이충산을 바라봤으나 이충산은 춘삼의 악담에도 아무런 반응을 보이지 않았다.

“그런 일이 있었구나. 그런데 왜 홍가보주의 동생이 네 아버지의 마차를 타고 홍가보를 벗어난 거지?”

“그거야 저도 모르죠. 단지 아버지께서 추측하시기로는 당시 홍가보 내에 작은 분란이 있었다고 하더라구요. 홍가보주의 사형제 중 한 명이 홍가보를 뛰쳐나갔다고도 하고, 홍 소저가 홍가보를 나간 사형제를 찾아 홍가보주 몰래 보를 빠져나간 것이라고도 하고… 뭐, 그야 제가 알 바는 아니죠.”

춘삼이 어깨를 으쓱거렸다. 아마도 아버지에게서 전해 들은 이야기에 왕빈이 제법 관심을 가질 거라고 생각했었는데 왕민의 반응이 전혀 없자 그만 흥미를 잃은 모양이었다.

하지만 춘삼의 이야기가 그리 허무하게 흘러 지나간 것은 아니었다. 춘삼의 이야기가 끝나자 일행은 묘한 침묵 속에 빠져들었다. 특히나 이충산은 이충산대로, 또 왕민은 왕민대로 춘삼이 전하는 이십 년 전 일어났던 이 한가닥의 이야기를 그냥 흘려보낼 수는 없었던지 무척 심각한 표정을 짓고 있었다.

“얼마나 남았지?”

침묵을 깬 것은 고검이었다.

“한 시진만 더 가면 될 거예요.”

춘삼이 자신의 이야기가 끝나고 시작된 침묵이 부담스러웠던지 반가운 기색으로 고검의 질문에 대답했다.

"그곳에서 호왕산의 산채, 흑호채라 했나요?"

말을 하다 말고 고검이 미심에게 물었다.

"네, 흑호채라 불린다더군요."

미심의 대답을 듣고 고검이 다시 춘삼에게 질문을 이었다.

"호접잠이 떨어진 곳에서 흑호채까지는 가깝느냐?"

그러자 춘삼이 고개를 갸웃거리다가 대답했다.

"정확히는 모르겠어요. 저도 산채 사람들이 사는 곳까지는 가본 적이 없어서요. 다만 산채 사람들이 사는 곳을 먼 곳의 봉우리에서 바라본 적이 있는데, 호접잠이 떨어져 있는 곳에서 봉우리 세 개를 넘어가야 산채에 도달할 수 있을 거예요."

봉우리 세 개라는 표현은 산에서 거리를 짐작하기에는 애매한 표현이었다. 봉우리의 크기도 그렇거니와 봉우리를 넘는 길의 유무도 거리에 영향을 줄 수 있었다.

"어느 곳에 산채가 있는지는 알고 있단 말이지?"

고검이 확인하듯 묻자 춘삼이 고개를 끄덕였다. 그런데 일단 고검이 산채에 대한 이야기를 꺼내자 갑자기 사람들의 관심이 과거 홍가보에서 일어났던 일에서 호왕산에 있다는 산적들에게로 바뀌었다.

"흑호채라, 이름은 거창한데요."

추산이 먼저 입을 열었다.

"본래 내세울 것 없는 사람들이 이름이나 겉모습으로 상대방을 위압하려 하지요. 흑호채도 다분히 그렇게 생긴 이름이

에요. 하지만 기실 호왕산에 있는 산채 사람들은 산적이라기
보다는 오히려 산에 터를 잡고 살아가는 산사람들이라고 하는
것이 정확할 거예요. 그들이 그곳에 터를 잡은 것은 삼 년 전
운성 일대에 흉년이 들었을 때부터인데, 대부분 당시의 흉년
을 견디지 못하고 산으로 들어간 양민들이라고 하더군요. 흉
년이라도 관과 지주들이 소작인들의 사정을 보아주는 것이 아
니니 그들을 피해 도망을 간 것이죠. 그러니 그런 사람들이 제
대로 산적질을 할 수나 있겠어요? 그저 뜨내기 장사치들을 위
협하는 정도고, 대부분은 산에서 사냥을 하거나 약재를 캐어
은밀히 운성에 내다 팔아 생활을 이어가고 있다더군요. 관에
서도 그들을 산적으로 취급하지는 않는 모양이에요. 그러니
여태 한 번도 토벌대가 나선 적이 없죠."
  흑호채에 대한 미신의 설명이었다.
  "그야말로 이름만 거창한 산적이군요."
  "하지만 어쨌든 산채를 꾸미고, 간혹 행인들의 물건을 약탈
하는 경우도 있다 하니 양민이라고 말할 수도 없지요."
  "그런 사람들이 과연 홍가보를 공격하고 홍 부인을 납치했
을까요?"
  "호접잠이 호왕산 인근에 떨어져 있었다고 흑호채에서 홍
부인을 납치했다고는 할 수 없죠. 그렇다면 흑호채가 홍가보
를 공격했다는 말인데, 그게 말이 되나요? 홍가보는 운성과 가
물현 인근에선 대적할 곳이 없는 무가였지요. 아니, 당장 삼 년
전까지 농사를 짓던 사람들이 수대에 걸쳐 이어온 무인의 가

문을 친다는 것은 앞뒤가 맞지 않는 일이죠. 그래서 애초에 홍가보에 변이 일어났을 때 북천무맹과 사자문, 그리고 홍가보의 생존자들도 호왕산 흑호채에 대해서는 아예 관심을 갖지 않았다고 하더군요.”

“전혀 조사가 없었나요?”

“처음 사건이 벌어졌을 때 사자문에서 몇 명의 무인을 흑호채에 보내기는 했었다는군요. 산사람들이니 혹여 단서가 될 만한 것을 목격했을 수도 있으니까요. 하지만 흑호채에서는 홍가보가 습격을 당한 일조차도 모르고 있었다고 하더군요.”

미심의 말에 추산이 잠시 생각에 잠겼다가 이내 고개를 저으며 입을 열었다.

“하지만 사람들은 한 가지 사실을 간과하고 있군요.”

그러자 무불장 고수들의 시선이 추산에게로 향했다.

“무엇을 간과하고 있다는 거냐?”

고검이 묻자 추산이 눈빛을 반짝이며 대답했다.

“그런 흑호채라면 누군가가 숨기에 가장 적당한 곳이라는 사실 말이죠. 예를 들면 홍가보를 습격한 자들이 몸을 숨기기에 가장 적당한 곳이라는 거죠. 아무도 흑호채를 의심하지 않을 테니까요. 더군다나 홍가보를 멸문에 가까운 지경으로 몰아넣은 자들이라면 흑호채를 자신들의 수중에 넣는 것도 그리 어려운 일이 아니었을 거예요.”

“하지만 그랬다면 사자문의 고수들이 흑호채에 갔을 때 무슨 낌새라도 채지 않았을까?”

"본래 자기 잘난 줄만 아는 자들은 애초에 하잘것없는 산채
의 사람들이 자신들을 속일 거라고는 전혀 생각지 않았겠죠."

"흑호채라, 한번 조사해 볼 필요는 있겠군."

고검이 천천히 고개를 끄덕였다. 어느새 일행 앞에 다시 하
나의 작은 산등성이가 나타났다. 일행은 저마다 말에서 내려
말을 끌고 산등성이를 오르기 시작했다. 그렇게 이각여를 미
끄러운 눈길과 씨름한 끝에 일행이 산등성이에 올라섰다.

"저기예요."

산등성이에 올라서자 춘삼이 손을 들어 산 아래쪽 음습한
계곡을 가리켰다. 대낮임에도 해가 들지 않는 곳으로 제법 많
은 눈이 쌓여 있는 계곡이었다.

일행은 말에 올라 춘삼이 가리킨 방향으로 이어진 좁은 산
길을 따라 이동하기 시작했다. 길이라야 수일간 내린 눈에 덮
여 그 형체도 알아보기 힘들었기에 말을 몰아가는 것도 그리
쉬운 일이 아니었다. 그렇게 이각여를 더 전진하자 드디어 일
행은 춘삼이 호접잠을 주웠다는 장소에 도착했다.

"그동안 눈이 내려서 사람이 움직인 흔적은 모두 사라졌겠
군요."

추산이 말에서 내려서며 말했다. 그러자 고검이 고개를 저
었다.

"그렇지가 않다. 오히려 눈에 파묻혀 있어서 고스란히 그 흔
적이 남아 있을 수 있지. 정확히 어느 지점인 줄 알겠느냐?"

고검이 춘삼을 보며 묻자 춘삼이 주변을 돌아보니 십여 걸

음 앞으로 걸어가서 걸음을 멈췄다.

"여기쯤인 것 같아요."

"좋아. 수고했다."

고검이 춘삼의 곁으로 다가가 춘삼의 어깨를 가볍게 두드리고는 이내 춘삼이 서 있던 부근의 눈들을 치우기 시작했다. 내공을 담은 고검의 손이 한 번 움직일 때마다 춘삼이 지목한 곳에 쌓인 눈들이 한 뭉텅이씩 허공으로 날아가고, 얼마 지나지 않아 가을에 떨어진 낙엽들이 듬성듬성 그 모습을 드러내기 시작했다.

그렇게 일각여 동안 고검은 오 장여의 공간에 쌓인 눈들을 치워냈다. 그리고는 자세를 낮추어 자신이 만들어낸 공간의 흔적들을 자세히 살피기 시작했다.

흔적을 찾아내는 것은 오랜 청부사 생활에서 체득할 수 있는 좋은 능력 중 하나다. 무불장의 고수들 중 여러 날 전에 움직인 사람들의 흔적을 찾아낼 수 있는 사람을 들자면 고검과 조오현 두 사람이었다.

그러니 조오현이 무불장을 떠난 지금은 고검이 가장 뛰어난 추적술을 지니고 있다고 할 수 있었다. 아니, 어쩌면 지난 세월 천하제이청부사로 불리던 만불통 역시 사람들을 놀래킬 만한 추적술을 지니고 있을지도 몰랐다. 적어도 황금충으로 살아온 세월 면에서 만불통과 견줄 수 있는 사람은 장내에 없으니까.

"보아하니 다섯 정도가 움직인 것 같군. 여기 작은 발자국은 아마도 여인의 발자국 같고……."

역시나 만불통이 먼저 입을 열었다. 그는 고검과는 달리 선 채로 그저 스윽 주변을 둘러봤을 뿐인데 이미 바닥에 남아 있는 흔적들을 단번에 파악했던 것이다.

"모두 계곡 안쪽으로 이동하고 있었습니다. 그리고… 고수들이군요."

이번에는 고검이 몸을 일으키며 말했다. 고검은 아마도 발자국들이 향한 방향과 그 깊이까지 세심하게 살피고 있었던 모양이었다. 사람의 발자국은 그들이 움직인 방향뿐 아니라 무인들의 경우 그 공력의 깊이까지 드러내게 마련이었다.

"그리로 가면 흑호채가 나와요."

이번에는 춘삼이 고검이 가리키는 계곡 안쪽을 바라보며 말했다.

"흑호채가 나온다고?"

"네. 저 계곡 안쪽으로 가면 두 산이 맞닿은 능선이 있고, 그 능선을 넘어 세 개의 봉우리를 지나면 흑호채의 산채가 있어요."

"음… 그렇다면 흑호채로 이동했다는 말이 되는데……."

추산이 고개를 갸웃거렸다. 호왕산에서 호접잠이 발견된 것이나, 호접잠이 떨어져 있던 장소에 남겨진 흔적은 홍가보를 공격하고 홍초향을 납치한 자들이 어떤 식으로든 호왕산 흑호채와 연관이 있다는 것을 말해주고 있었다. 하지만 흑호채는 이런 일을 벌일 만한 힘도 배짱도 없었다.

"역시 누군가 흑호채를 접수한 걸까요?"

추산이 고검을 돌아봤다.

"흑호채가 의심받지 않을 것을 예상하고 흑호채에 숨어 이번 일을 꾸몄다고 한다면 말이 되긴 하지."

"하지만 한 가지 간과하지 말아야 할 것이 있다네."

만불통이 고검과 추산의 대화에 끼어들었다. 그러자 두 사람이 이 노련한 청부사에게 시선을 주었다.

"저희들이 놓친 게 있나요?"

"뭐 놓쳤다라고는 말할 수 없지만, 여기 발자국을 보시게. 모두 합해 다섯 명 정도일세. 물론 여인의 발자국을 빼고 말일세. 그렇다면 홍가보를 공격했던 자들 중 일부만이 이곳을 지나갔다는 말이 되는 것 아닌가? 그 나머지는 어디로 갔을까? 그리고 흑호채를 자신들의 은거지로 만들었다면 왜 오직 다섯 사람만이 그곳으로 움직인 것일까?"

만불통이 내놓은 의문은 제법 중요한 문제였다. 정보에 의하면 홍가보를 공격한 자들은 대략 이십여 명 정도였다고 했다. 그런데 그들이 남긴 흔적으로 보자면 흑호채 방향으로 향한 인원은 겨우 다섯, 나머지 열다섯의 행방은 어디로 향한 것일까?

"그럼 흑호채로 향한 이 흔적은 유인책일까요?"

추산이 고개를 갸웃하며 입을 열었다.

"하지만 강호의 시선을 흑호채로 돌리려는 것이었다면, 어떤 식으로든 흑호채를 주목하게 할 뭔가를 남겼을 것이 아닌가?"

만불통이 추산의 말에 의문을 달았다.

"호접잠이 있잖아요."

"호접잠? 그럼 그들이 일부러 홍 부인의 호접잠을 이곳에 떨어뜨렸다는 밀인가? 사람들의 관심을 흑호채로 돌리려고? 으음, 물론 가능성이 아주 없는 것은 아니지만 내가 보기에는 지나친 비약 같구먼. 그런 목적이라면 호접잠을 적어도 이 호왕산으로 접어드는 관도 위에 떨어뜨렸어야지, 인적 없고 험준한 산중에 호접잠을 떨어뜨려 사람들의 관심을 끌려 한다는 것은……."

확실히 추산의 추측은 무리한 면이 있었다. 대저 사람들의 관심을 끌려는 자들이 그 단서를 이런 오지에 남겨놓았을 리는 없었다. 춘삼같이 멋모르는 어린애가 겁없이 산을 타다 어떨결에 호섭잠을 발견히는 경우는 그야말로 번개 맞을 확률에 지나지 않았다.

"먼저 흑호채를 방문하는 것이 순서겠지요."

고검이 천천히 입을 열었다. 풀리지 않는 수수께끼를 풀 때는 그 끝머리에 나와 있는 한 올의 실을 잡아당기면서 풀어내는 것이 가장 빠른 방법이다. 그리고 지금 무불장의 고수들에게 주어진 그 실마리는 바로 흑호채가 있는 방향으로 이어진 발자국들이었다.

"저, 저도 가야 하나요?"

춘삼이 조금 겁을 집어먹은 목소리로 말했다. 그제야 무불장 고수들도 춘삼의 문제가 의외로 까다롭다는 것을 깨달았다. 춘삼을 계속해서 이 청부행에 동행시키는 것은 무리였다. 이제 겨우 열세 살의 소년에 불과한 춘삼이었다. 더군다나 홍가보를 습격하고 홍초향을 납치한 무리들을 쫓고 있는 그들이었으므로 언제 어느 때 피를 볼지 모르는 상황, 애초에 호접잠이 떨어진 곳까지 안내하는 것으로 충분히 자신의 역할을 다한 춘삼이었다.

그런데 그렇다고 이 눈 덮인 험준한 산길로 춘삼을 홀로 돌려보낼 수는 없는 일이 아닌가? 비록 춘삼이 돌아가는 길을 알고 있다고는 해도 때는 엄동설한의 정월이요, 천지는 눈에 뒤덮여 있었다.

"이제 더 이상 제가 안내해 드릴 필요는 없으실 테니 전 이만 돌아가 볼게요. 아버지도 기다리고 계실 테고……."

춘삼이 난감해하는 무불장의 고수들을 보며 말했다.

"어찌 너와 같은 꼬마를 혼자 보낼 수 있겠느냐?"

만불통이 고개를 저으며 말했다.

"걱정 마세요. 한두 번 오가는 길도 아닌데요 뭐."

춘삼이 혼자 돌아가는 것이 별일 아니라는 듯 말했다.

"정말 혼자 돌아갈 수 있겠느냐? 아마도 하룻밤은 산에서 지내야 할 터인데?"

고검이 걱정스런 표정으로 물었다.

"글쎄, 걱정 마시라니까요. 도중에 하룻밤 보낼 만한 동굴을 전 세 개나 알고 있으니까요."

춘삼이 자신있는 말투로 고검에게 대답했다. 그러자 그동안 가만히 사태를 지켜보고 있던 왕민이 입을 열었다.

"장주, 그렇게 하도록 하시지요. 춘삼이 나이는 어려도 이 근방의 지리에 대해서는 우리보다도 익숙할 터이니 충분히 혼자 돌아갈 수 있을 겝니다."

"헤헤, 왕 의원님 말이 맞아요. 그러니 걱정 마세요."

"돌아가거든 꼭 성내에 나가 내가 적어놓은 처방대로 약재들을 구해 아버님께 달여 드리도록 하거라. 금자 아낄 생각 말고……."

왕민이 춘삼을 보며 당부하듯 말했다.

"알았어요. 제가 아무리 금자를 아낀다고 해도 아버지 약값을 아끼지는 않아요. 그런데 적어주신 처방대로만 하면 아버지는 회복되시는 거지요?"

"오냐. 그건 걱정 말거라. 단지 한동안은 충분히 쉬셔야 한다. 절대 무리를 하면 안 돼."

"겨울이라 특별히 무리하실 일은 없을 거예요."

"오냐. 그럼 조심해서 가보거라. 일이 끝나면 돌아가기 전에 내 다시 한 번 들러보도록 하마."

왕민의 말에 춘삼이 반색을 했다.

"정말 다시 들러주실 수 있나요?"

"꼭 들르도록 하마. 이 왕민은 입 밖으로 낸 말은 반드시 지키는 사람이니까."

"알았어요. 아버지도 그렇게 말씀하셨지요."

"네 아버지가 그리 말하더냐?"

“네.”

“흐흠… 오냐, 알았다. 그럼 이제 떠나거라.”

왕민의 말에 소년 춘삼이 발걸음을 돌리려는 순간 고검이 춘삼의 걸음을 막았다.

“잠깐 기다려 보거라.”

고검이 부르는 소리에 막 장내를 벗어나려던 춘삼이 고개를 돌려 고검을 바라봤다.

“한 가지 일을 더 부탁해도 되겠느냐?”

그러자 춘삼이 의아한 표정을 지으면서도 고개를 끄덕였다.

“제가 할 수 있는 일이라면요.”

“좋아. 오면서 보니까 넌 제법 말을 다룰 줄 아는 것 같더구나.”

“네. 집안 살림이 지금과 같지 않을 때 아버지가 말 타는 법을 가르쳐 주셨었어요. 말씀드렸지만 아버지는 마초 장사를 하던 분이시라 말을 잘 다루셨거든요.”

“좋아. 그럼 우리가 타고 온 이 말들을 초옥으로 끌고 가 우리가 도착할 때까지 보살필 수 있겠느냐? 이곳에서부터는 말을 타고 가는 것이 어려울 것 같구나. 그에 대한 대가는 내 따로 치르도록 하마.”

고검의 손에는 어느새 전낭이 들려져 있었다.

“뭐 그리 어려운 일은 아니네요. 그리고 말을 타고 가면 저도 훨씬 빨리 집에 도착할 수 있으니 오히려 저야 좋죠.”

“좋아. 그럼 그렇게 하도록 하자. 자, 받거라.”

고검이 춘삼에게 전낭을 넘기자 춘삼이 얼떨결에 전낭을 받고는 슬쩍 전낭 안을 살폈다. 그리곤 놀란 눈으로 고검을 바라봤다.

"이렇게 많이요?"

"말들에게 좋은 마초를 구해다 먹이거라."

고검의 말에 춘삼이 신이 나서 대답했다.

"알았어요. 돌아오실 때는 분명 이 말들이 토실토실하게 살이 쪄 있을 거예요."

"오냐. 그럼 이제 가보거라."

"네, 그럼 전 그만 갈게요."

춘삼이 고검과 무불장 고수들에게 꾸벅 고개를 숙여 보이고는 다섯 마리 말들의 고삐를 걸머쥔 후 그중 한 마리의 등 위에 훌쩍 올라탔다. 그리고는 힘껏 박차를 가해 눈 덮인 산길을 되짚어가기 시작했다.

"정말 저대로 보내도 되는 걸까요?"

추산이 걱정스런 표정으로 춘삼을 보며 말했다.

"괜찮을 거네. 강한 아이야."

자신이 나서서 춘삼을 홀로 돌려보낸 왕민이 확신하는 말투로 말했다.

"그런데, 혹 저 녀석의 아버지와 언제 만나신 적이 있나요?"

추산이 고개를 갸웃하며 말했다.

"뭐 딱히 인연이 있는 것은 아닐세. 그런데 왜 그러는가?"

"아뇨. 녀석의 아버지가 했다는 말이 마치 왕 대협을 잘 알고 있는 사람 같다는 느낌이 들어서요."

"자신을 치료해 준 사람이라서 그런가 보지. 자, 그만 가십시다, 장주."

왕민이 재빨리 말꼬리를 돌리며 고검에게 말했다. 그러자 고검이 고개를 끄덕이고는 먼저 걸음을 옮기며 입을 열었다.

"만약 그들이 정말 흑호채에 몸을 숨기고 있다면 분명 흑호채에 이르는 길에 사람을 두어 감시를 하고 있을 겁니다. 그러니 지금부터는 주변 경계를 세심하게 해주시기 바랍니다."

고검의 당부가 있었지만 천지가 눈밭인 산에서 은밀히 이동하는 것은 쉬운 일이 아니었다. 순백의 설원 위에서 움직이는 사람들은 누구에게라도 쉽게 눈에 띄는 것이었다.

고검은 일행을 되도록 큰 나무들이 우거진 숲 아래를 따라 이동할 수 있도록 이끌었지만 감시하는 눈을 피할 수 있을 거란 기대를 하기에는 너무나도 하얀 세상이었다.

"저곳이 흑호채군요."

두 개의 산봉우리를 지나 다시 하나의 산봉우리 위에 올라서자 아늑한 산 중턱에 자리 잡은 제법 큰 산채가 눈에 들어왔다.

"산채라기보다는 그냥 작은 산마을 같은데요?"

추산의 말처럼 멀리서 바라보이는 흑호채는 산채라기보단 산사람들이 모여 사는 산마을이라 부르는 것이 더 어울렸다. 이십여 채의 허름한 초가들이 모여 있는 주위로 일 장 높이로

둘러서 있는 방책만이 그나마 눈에 보이는 마을이 산적들이
거주하는 산채라는 것을 드러내 주는 유일한 증거였다.

"하, 참, 저기 텃밭까지 있네요. 이건 뭐 산채라고……."

추산이 혀를 찼다.

"흑호채란 이름이 불쌍하군."

곁에 있던 만불통 역시 고개를 저었다. 그런데 그때 고검이
조금 나직한 목소리로 입을 열었다.

"보기엔 그래도 산적들이 사는 산채가 맞는 모양이군요."

"왜요?"

추산이 되물었다.

"보거라. 사람들이 분주히 움직이고 있지 않느냐? 이런 한
겨울에는 집 안에 틀어박혀 있어야 할 사람들이 저렇게 부지
런히 움직인다는 것은 곧 누군가 자신들의 산채로 다가오고
있다는 것을 알아챘다는 의미지. 즉, 우리가 저들의 눈에 발각
되었다는 말이다. 우리가 지나친 길목 어딘가에 저들의 정탐
꾼이 있었다는 말이 되겠지. 이런 철저한 경계망을 갖추고 있
는 곳을 어찌 산적이 아니라고 말할 수 있겠느냐?"

고검의 말에 무불장 고수들이 고개를 빼들고 멀리 흑호채를
유심히 살폈다. 그러자 과연 초가에서 나온 사람들이 부지런
히 걸음을 옮겨 흑호채 뒤쪽에 자리 잡은 어두운 숲으로 몰려
가고 있었다.

"아마도 사람들을 피신시키는 모양인데……."

"우린 겨우 여섯에 지나지 않는데, 겨우 우릴 보고 저런 소

란을 일으킨다는 건 역시 산채에 무림인을 상대로 싸울 수 있는 사람이 없다는 의밀까요?"

"만나보면 알겠지."

고검이 간단하게 대답을 하고는 훌쩍 몸을 날려 봉우리 아래로 달려 내려가기 시작했다.

"원, 성미도 급하시지."

추산이 눈 위를 나는 듯 달리는 고검을 보며 한마디 내뱉고는 이내 자신도 고검의 뒤를 쫓기 시작했다.

일단 흑호채 사람들에게 행보가 발견된 이상 무불장의 고수들로서는 그들의 눈치를 살필 필요가 없었다. 오히려 흑호채 무리들이 다른 방비를 하기 전에 최대한 빨리 흑호채에 도달하는 것이 그들에게서 원하는 것을 끌어내기에 더 유리했다. 그래서 고검을 선두로 한 무불장의 고수들은 마치 새가 눈 위를 날 듯 무서운 속도로 산채를 향해 전진했다.

놀라운 것은 청부자인 이충산의 무공이었다. 본시 무불장 고수들은 하나같이 절정의 무공을 지닌 사람들인데 이충산은 전혀 무불장의 고수들에게 뒤처지지 않고 몸을 날리고 있었다. 홍가보가 비록 제법 유명한 문파이기는 하나 이충산과 같은 무공을 지닌 고수를 배출했다는 것은 놀랄 만한 일이었다.

그러자 자연히 또 다른 의문이 찾아들었다. 만약 이충산과 같은 고수를 배출할 수 있는 저력을 가진 문파라면 어째서 단 스무 명의 괴인들에게 멸문에 가까운 피해를 입었을까 하는 문제였다.

'답은 두 개다. 홍가보를 공격한 자들이 하나같이 무서운 무
공을 지닌 자들이었거나, 아니면 이충산 저 사람이 홍가보의
문도들 중 특출나게 뛰어났던 사람이던지. 물론 지금의 상황
을 보자면 후자에 가까울 것 같지만.'

추산이 자신의 앞에서 몸을 날리고 있는 이충산을 보며 내
심 이런저런 생각을 하는 사이, 고검을 선두로 한 무불장의 고
수들은 어느새 흑호채를 둘러싸고 있는 일 장 높이의 나무 방
책 앞에 도달하고 있었다. 그런데 흑호채에서는 생각지 못한
방식으로 무불장의 고수들을 맞아들였다.

"어서 오십시오."

가장 앞에 나신 인물은 육십을 갓 넘어 보이는 초로의 노인
이었다. 행인의 재물을 약탈하는 산적이라고 도저히 생각할
수 없는 행색의 노인. 앙상히 마른 몸에는 추운 겨울을 견디기
에 너무 낡은 마의를 걸치고 있었고, 눈빛은 도검을 들어 누군
가를 베기 위해 반드시 필요한 살기가 전혀 보이지 않는다.

오히려 한겨울 추위에 굶주리면서도 소중히 간직한 씨앗을
봄에 뿌려 가을에 거두는 농군의 순박함이 묻어나는 노인의
모습. 그의 뒤쪽으로 같은 나이 또래의 노인 네 명이 더 있었
으나, 역시 그들의 모습도 농군의 모습 그 이상도 이하도 아니
었다. 아니, 오히려 한겨울 추위 속에 배불리 먹지 못한 것을
드러내 보이기라도 하듯 하나같이 앙상한 뼈들을 드러내고 있

었다.

"이곳이 흑호채요?"

고검이 위협적이지도 그렇다고 부드럽지도 않은 목소리로 물었다.

"그렇습니다."

노인은 전혀 산적답지 않은 공손함으로 고검의 질문에 답했다.

"우린 사람을 찾아왔소이다."

고검이 재차 입을 열자 노인이 짐작하고 있었다는 듯 고개를 끄덕였다.

"그러실 거라 생각하고 있었습니다."

이쯤 되면 이곳에 홍초향과 그의 아들이 머물고 있다는 것이 거의 확실했다.

"그들은 어디 있소?"

고검의 목소리가 조금 차가워졌다. 이들이 홍초향과 그의 아들을 데리고 있다면, 이들은 어쨌거나 홍가보의 습격에 관여한 자들이 되기 때문이다. 그런데 노인의 입에서 그의 외모만큼이나 의외의 대답이 흘러나왔다.

"떠났습니다."

순간 고검과 무불장 청부사들의 눈빛이 번뜩였다.

"떠났다라… 언제 떠났소이까?"

"당신들이 오고 있다는 소식을 들은 즉시 떠났소."

"그들은 어디로 갔소이까?"

그러자 노인이 고개를 저었다.

"그들이 어디로 갔는지는 우리도 모르오."

순간 뒤에 처져 있던 이충산이 천천히 앞으로 걸어나왔다.

"거짓이 있다면 벨 것이오."

이충산의 말투는 다분히 위협적이었을 뿐만 아니라 그의 눈에서는 정말로 시퍼런 살기가 흘러나오고 있었다. 그러나 노인은 그런 이충산의 모습에도 전혀 긴장하지 않는 듯 보였다. 아니, 어떻게 보면 마치 모든 것을 체념한 사람처럼 보였다.

"이 지경에 어찌 대협들을 속이겠소이까. 다만, 이 한 가지만은 알아주시기 바랍니다. 우리도 그들의 위협에 못 이겨 이 산채를 내어주었다는 사실 말입니다. 그러니 우리 다섯 늙은 이의 목숨을 취하는 것으로 노여움을 풀고 다른 가족들일랑은 목숨을 보전해 주시길 부탁드립니다."

순간 무불장 고수들의 얼굴에 당황스런 표정이 드러났다. 이제 보니 이 노인들은 자신들의 목숨을 내놓고 가족들의 목숨을 구하고자 앞으로 나선 모양이었다.

"제길, 누가 당신들의 목숨을 취하겠다고 했나요? 그런 쓸데없는 걱정은 말고 그자들이 어떤 자들이었는지 말해보세요."

추산의 퉁명스런 말에 노인들의 얼굴에 생기가 일어났다.

"그게 정말입니까?"

"글쎄, 우린 함부로 인명을 해치는 사람들이 아니라고요. 더군다나 무공도 익히지 않은 사람들은 더더욱이요. 그러니 어서 그자들에 대해 말해보세요.”

“물론 말씀드리지요. 그놈들! 생각만 해도 치가 떨리는 놈들이었지요.”

죽음 앞에서 생로를 찾은 노인의 얼굴에 이번에는 엷은 분노가 일렁였다.

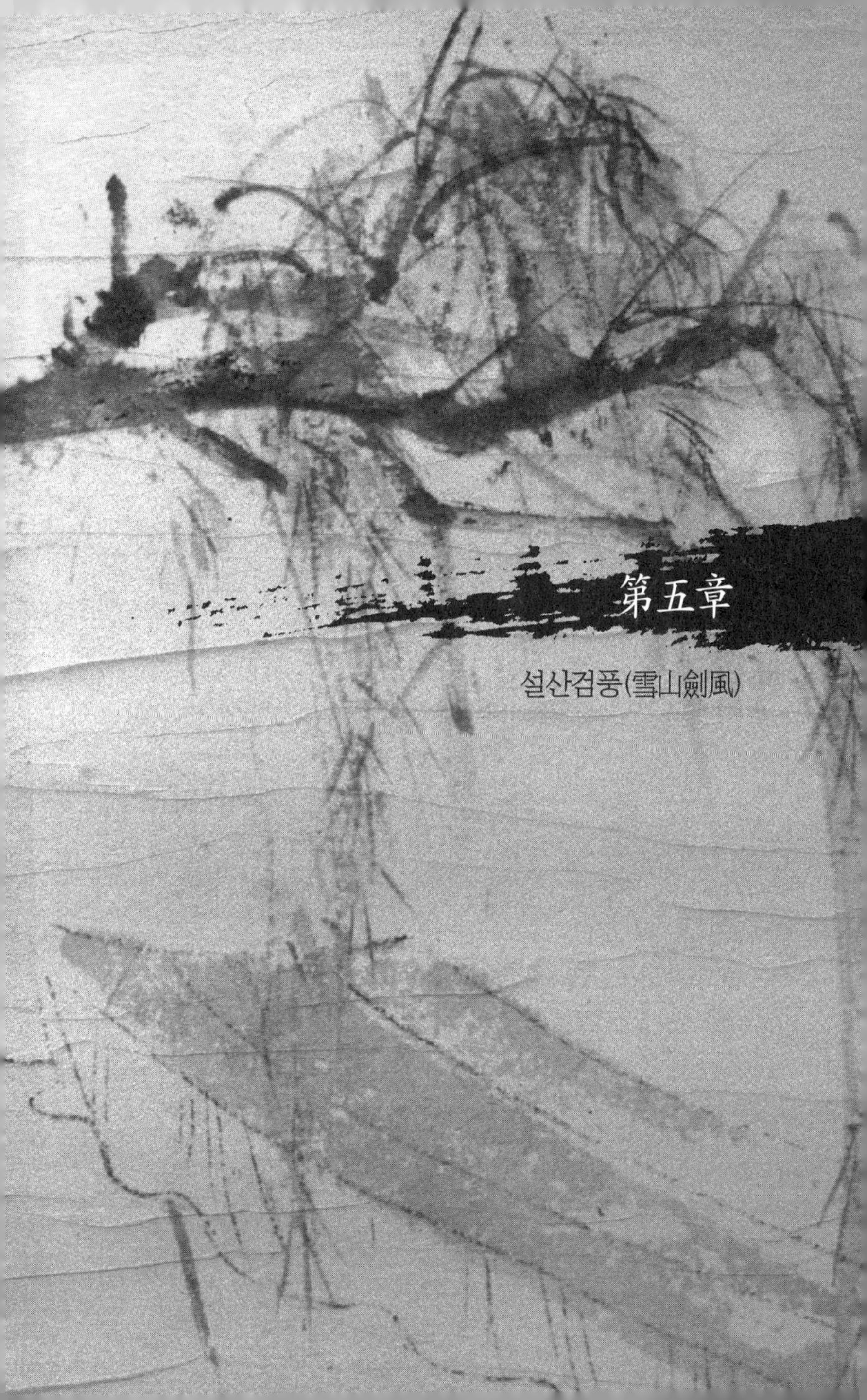

第五章

설산검풍(雪山劍風)

孤劍秋山

흑호채에 괴인 나넛이 찾아든 것은 한 달 보름 전의 일이었다. 그들은 흑호채에 들어서자마자 불문곡직하고 각기 한 명씩, 다섯 명의 흑호채 사람을 베었다.

흑호채의 사람들은 산적이라고는 하나 실상은 순박한 농군에 가까운 사람들이었으므로 비록 다섯에 지나지 않는다고 하더라도 피를 달고 사는 강호무림인들을 감당할 수 없었다. 그렇다고 관(官)이나 다른 곳에다 도움을 청할 수도 없는 것이, 사정이야 어떻든 그들은 명색이 산적이었으므로 토벌의 대상일지언정 보호의 대상은 아니었다.

흑호채는 속절없이 다섯 고수들에게 안방을 내어줄 수밖에 없었다. 흑호채를 차지하고 앉은 괴고수들은 한동안 산채에 들어앉아 움직이지 않았다. 대신 흑호채 사람들을 시켜 산채를 중심으로 사방 십여 리에 걸쳐 촘촘한 감시망을 세웠다.

"그 와중에 그들의 동료들로 보이는 열다섯 명의 무인들이 다시 흑호채에 들었지요. 그리곤 어느 날 불쑥 흑호채를 떠나더니, 삼 일 뒤에 그중 가장 먼저 흑호채를 찾았던 다섯이 한 여인을 데리고 다시 이곳으로 돌아왔습니다. 그리곤 오늘까지 이곳에 머물렀던 것이지요. 물론 주변의 경계를 처음보다 훨씬 더 강화했으므로 우리 흑호채의 남자들은 잠도 제대로 자지 못하는 형국이었습니다. 그러다가 오늘 대협들께서 나타났다는 소식을 듣더니 여인을 데리고 이곳을 떠난 것입니다."

"분명 여인 혼자였소?"

이충산이 냉기가 풀풀 풍기는 목소리로 물었다. 산적 같지 않은 산적, 흑호채의 노인들로서는 견뎌내기 어려운 한기였다.

"분명 여인 혼자였습니다."

"어린애가 함께 있지 않았소?"

그러자 노인이 고개를 저었다.

"아닙니다. 분명히 여인 혼자였습니다."

노인은 거짓을 말하고 있지 않았다. 그건 눈빛을 조금이라도 읽을 수 있는 사람이라면 누구나 알아챌 수 있었으므로 이충산 역시 고개를 한 번 갸웃하고는 뒤로 물러났다.

"떠나면서 별말은 없었습니까?"

다시 고검이 나서며 묻자 노인이 낯빛을 흐리며 대답했다.

"떠나면서 그러더군요. 자신들이 떠난 후 우리도 이곳을 떠나는 것이 좋을 거라고. 그렇지 않다면 아마도 관이 아닌 무림인들이 우리를 토벌하러 올지도 모르겠다고……."

"망할 놈들이 말을 제대로 해주고 떠났네요."

노인의 대답에 추산이 빈정거리며 말했다.

"그게 무슨 말입니까?"

노인이 황급히 되물었다.

"그러니까. 노인장과 이 흑호채 사람들도 이곳을 떠나는 것이 좋다는 말입니다. 노인장, 그자들이 끌고 왔던 여인이 누군지 아십니까?"

"누군지는 모르지요. 단지, 한눈에 보기에도 기품이 있더군요. 그자들에게 끌려왔으면서도 전혀 두려워하는 눈빛이 아니었습니다. 처음 며칠은 식음을 전폐해서 굶어 죽는 것이 아닐까 내심 걱정하기도 했는데, 어느 날부턴가 마음을 바꾼 듯 음식을 먹기 시작했습니다. 그래서 오늘 이곳을 떠날 때는 아주 건강한 모습이었지요. 하지만 그 와중에도 몸가짐에 한 치의 흐트러짐도 없었습니다. 그자들도 그런 그녀를 함부로 대하지 못하더군요."

"노인장, 그녀는 바로 가물현 홍가보주의 따님이십니다. 그리고 지금은 북천십이룡 사자문의 이제자 육관 대협의 부인이고요."

추산이 답답하다는 듯이 말했다. 순간 노인의 얼굴이 파랗게 질려갔다.

"서, 설마 그게 사실입니까?"

"그럼 내가 노인장께 뭣 하러 거짓말을 하겠습니까? 그러니 그자들이 노인장께 한 말은 그저 겁을 주려 한 말이 아니에요. 지금 북천무맹과 홍가보의 생존자들은 그자들과 그녀를 찾으려 눈에 불을 켜고 있어요. 그러니 이곳에 그들이 머물렀다는 것을 알게 되면 북천무맹에서 절대 이 흑호채를 그냥 두지 않을 겁니다."

"하지만 우린 그들의 강압에 못 이겨 어쩔 수 없이 그들에게 산채를 잠시 빼앗겼던 것뿐인데……."

그러자 추산이 답답하다는 표정으로 혀를 차며 말했다.

"하, 참 순진하시네. 이보세요, 노인장. 무림의 인간들이란 결코 마음이 너그럽지 못한 자들이라구요. 아니, 애초에 노인장과 같은 양반들과는 그 사고방식 자체가 다른 사람들이지요. 노인은 흉년에도 세금을 갈취해 가는 관과 지주들이 세상에서 가장 잔인한 자들이라고 생각할지 모르지만 그들이 뺏어 가는 것은 결국 양식에 지나지 않아요. 하지만 무림인들은 다릅니다. 무림인은 직접 도검을 들어 그 생명을 빼앗지요. 북천무맹은 비록 이 흑호채의 사람들이 홍가보를 공격한 자들과 본래부터 아무런 연관이 없는 사람들이란 것을 안다 해도 그들이 이곳에 머물렀다는 이유 하나만으로 흑호채를 세상에서 사라지게 만들 사람들이란 말이에요. 그들은 지금 상처 입은 자존심을 달랠 희생양이 필요하니 흑호채가 얼마나 좋은 먹잇감이겠어요. 그러니 우리 사형 말대로 어서 이곳을 떠나도록 하세요."

"하지만 이 겨울에 어디로……."

"그것까지는 저도 대답해 줄 수 없죠. 하지만 어떤 식으로든 이 흑호채에 그들이 머물렀었다는 것을 북천무맹에서 아는 순간, 이 흑호채의 사람들은 모두 죽은 목숨이 되는 거죠. 더군다나 당신들은 사자문에서 무사들이 나왔을 때 그들이 이곳에 있다는 걸 숨겼으니 아마도 더더욱 위험한 상태란 말입니다."

"그, 그걸 어떻게?"

노인은 추산이 사자문의 무사들이 흑호채에 들렀었다는 사실을 알고 있는 것이 예상 밖이었는지 놀란 눈으로 되물었다.

"훙, 이곳에 오면서 그 정도 조사도 안 하고 왔겠어요? 아무튼, 얼른 이 산채를 비우는 게 목숨을 구명하는 길이니 그리 아세요."

추산이 퉁명스럽게 대답했다. 그러자 노인이 황망한 표정으로 입을 열었다.

"그저 우리 늙은이 몇의 목을 내어놓으면 그들도 사람인데……."

"에구, 그건 좋을 대로 하세요. 뭐, 개중에 제법 인정이 있는 자가 있다면 그 정도로 무마될 수도 있겠지요. 하지만 나 같으면 얼른 가솔들을 이끌고 이 흑호채를 벗어나겠어요. 사형, 우린 그만 그들의 뒤를 쫓아야 하지 않을까요?"

추산이 더 이상 노인을 설득할 생각이 없는지 고검을 보며 말했다. 그러자 고검이 고개를 끄덕였다.

"그래야겠지. 다행히 천지가 눈밭이니 추격을 하는 것은 그리 어렵지 않을 것 같구나. 그들은 어느 방향으로 움직였습니까?"

고검이 여전히 넋을 놓은 채 정신이 없는 노인에게 묻자 노인이 퍼뜩 정신을 차리고는 손을 들어 서남쪽을 가리켰다.

"저 방향으로 떠나갔습니다."

"저리로 가면 황하가 나오는데……."

만불통이 중얼거렸다.

"서둘러야겠군요. 그들이 물길을 따라 움직인다면 쉽게 그 뒤를 추격할 수 없을 겁니다."

이충산이 조급한 감정을 드러내며 말했다.

"이 겨울에 강물도 모두 얼었을 텐데요 뭐."

추산이 말하자 이충산이 고개를 저었다.

"그렇지가 않습니다. 이 근방의 강은 강이라기보다는 협곡이라고 할 수 있지요. 해서 유속이 빠르고, 또 고원에서 섞여든 황토 때문에 한겨울에도 강물이 얼지 않지요. 적어도 그런 계곡이 수십 리에 걸쳐 이어졌으니 그들이 계곡에 당도하는 순간 그들을 추격하는 것은 거의 불가능하게 될 겁니다."

"그게 그런가요?"

추산이 머리를 긁적이는 사이 고검은 이미 신형을 옮기고 있었다.

"어르신, 제 당부를 잊지 마세요. 괜히 이곳에 남아 있다 몰살당하지 말고 얼른 이곳을 피하세요. 알았죠?"

추산이 멀어지는 고검을 보고는 급하게 다짐받듯 노인에게
말을 건넸다.

"하, 하지만……."

"하지만은 무슨 하지만이에요. 어디 가서 비럭질을 하더라
도 일단 살고 봐야죠. 얼른 이곳을 떠나세요. 그럼 난 갑니다."

추산이 다시 한 번 노인에게 경고를 하고는 이미 십여 장 앞
쪽에서 움직이는 무불장 고수들의 뒤를 쫓아 신형을 날렸다.

"아, 도대체 이 겨울에 어디로 가란 말인가? 삼 년 전 흉년을
피해 이 호왕산에 들어와 이제 겨우 자리를 잡으려는 이때
에……."

노인이 무불장 고수들이 사라진 방향을 허망한 눈으로 바라
보며 힘없이 한탄을 흘려냈다.

추격은 어렵지 않았다. 아무리 고수들이라고 하더라도 이런
설산에서 전혀 흔적을 남기지 않고 이동할 수는 없었다. 더군
다나 그들은 홍초향을 데리고 있었다. 홍초향도 무가의 자식
이니 당연히 무공은 익히고 있을 테지만 그녀 스스로 움직이
는 것이 아닌, 누군가에 의해 강제로 이동하는 것이므로 그녀
의 걸음이 빠를 리 없었다. 당연히 그녀에 의해 남겨진 흔적이
가장 많았다.

그렇게 그녀의 흔적이 또렷이 드러날 때마다 이충산의 움직
임은 조금씩 빨라졌다. 그래서 어느 사이엔가 이충산은 고검
을 제치고 그 스스로가 일행의 가장 선두에서 적을 추격하고

있었다.

차가운 북풍은 여전히 매서웠고, 맑았던 날씨는 어느 순간부터 회색빛으로 물들기 시작했다. 이대로 가다가는 또다시 눈이 내릴 태세였다. 그럴수록 적을 추격하는 발길은 다급해졌다. 눈이 내리면 그동안 추격에 큰 도움을 주었던 눈은 오히려 쫓기는 자들의 가장 큰 무기가 될 것이다. 그들의 모든 흔적을 덮어줄 것이므로…….

휘이잉!

잿빛 구름을 무겁게 이고 있는 거대한 산봉우리에 오르자 살을 에일 듯한 한풍이 몰아쳤다. 눈앞에 펼쳐진 끝없는 설산, 그 끝 자락에 희미하게 검은 강줄기가 보였다. 그리고 그 강줄기를 향해 움직이는 깨알처럼 작은 검은 점 여섯 개가 무불장 고수들의 눈에 들어왔다.

"찾았군요."

추산이 긴장한 얼굴로 입을 열었다.

"서둘러야겠어. 저 정도 거리면 우리가 미처 따라잡기 전에 저들이 먼저 강에 도달할 수도 있겠어."

만불통이 살짝 인상을 찡그리며 말했다.

"가죠."

고검의 입에서 짧게 한마디 말이 흘러나왔다. 그리곤 갑자기 고검의 신형이 한줄기 바람처럼 앞으로 솟구쳐 나가기 시작했다. 고검과 무불장 고수들 사이의 간격이 순식간에 벌어졌다.

"아이고, 사형이 제대로 경공을 펼치기 시작했으니 사형을 쫓아가려면 죽을힘을 내야겠군."

추산이 투덜거리며 고검의 뒤를 쫓아 몸을 날리기 시작했다. 그러자 나머지 사람들도 뒤질세라 신형을 날려 높다란 산봉우리를 달음질쳐 내리 달리기 시작했다.

고검의 신형이 무서운 속도로 폭사했다. 그의 앞에는 무거운 눈을 이고 있는 아름드리나무들이 즐비하게 늘어서 있었으나 고검은 마치 바람이 나무를 스치고 지나가듯 아름드리나무들 사이를 능숙한 움직임으로 지나치고 있었다. 무불장의 고수들은 하나같이 절정의 무공을 지닌 인물들이었지만 진면목이 빌휘된 고검과 보조를 맞춘 인물은 없었다. 그나마 만불통 정도가 어렵게 어렵게 고검의 신형을 놓치지 않고 뒤따르고 있었고, 다른 사람들은 그런 만불통의 모습을 보며 설원을 치닫고 있었다.

점이었던 자들이 사람의 형체로 보이기 시작한 지 이각, 드디어 흑호채에 머물렀던 자들도 고검의 추격을 알아챘다. 검게 보이던 강물이 누런 황색으로 변해 있었고, 강이 백여 장 앞으로 다가온 지점에서였다.

고검의 신형은 여전히 무서운 속도로 돌진하고 있었다. 그의 뒤쪽을 어렵게 따라붙던 만불통조차도 이제는 그 모습이 보이지 않았다. 그러니 다른 사람들은 거론할 필요도 없었다.

그런데 이렇게 탁월한 고검의 무공이 흉수들을 추적하는 데 예상치 않은 도움이 되었다. 왜냐하면 도주자들은 자신들을 추격하는 사람이 고검 한 명뿐인 줄 알고 가던 걸음을 멈추고 오히려 달려오는 고검을 기다리기로 결정했기 때문이었다.

사삭!

고검의 신형이 허공으로 높게 도약하더니 작은 눈 무더기를 넘어 가볍게 눈 위에 내려섰다. 반 시진 넘게 폭주하던 고검의 신형이 멈춰졌다. 그리고 그의 앞에는 오 인의 중년인과 한 명의 여인이 서 있었다.

"북천무맹에서 나왔는가?"

기다리고 있던 오 인 중 반백의 머리에 듬직한 체구를 지닌 오십대 후반의 사내가 여유가 흐르는 목소리로 물었다. 사내의 물음에 고검이 천천히 고개를 저었다.

"그럼… 홍가보? 아니지. 홍가보에서 그대 같은 고수를 보지 못했어. 누군가? 왜 우리의 뒤를 쫓는 것인가?"

"무불장의 고검이라 하오. 홍 부인을 찾아달란 청부를 받았소. 홍 부인을 넘겨주면 그대들의 길을 막지 않겠소."

순간 사내의 얼굴에 낭패의 기색이 깃들었다.

"무불장! 실수했군. 무불장이 나섰다면 그대 혼자 오지는 않았을 터, 이곳에서 그댈 기다리는 것이 아니었어. 아니, 애초에 흑호채를 떠난 게 실수군. 북천무맹의 인물들이 아니었다면 차라리 그곳에서 승부를 볼 것을……!"

사내가 마치 속임수에 당했다는 듯한 표정을 짓고는 고개를 돌려 여인을 둘러싸고 있는 동료들을 보며 입을 열었다.

"어차피 이리된 것, 다시 흑호채로 돌아갈 수는 없소. 그러니 행보를 늦출 필요가 없을 듯하오. 모 형께서는 나와 함께 이곳에서 잠시 시간을 벌고, 다른 사람들은 홍 부인을 데리고 배가 있는 곳으로 가주시오. 일이 급박하게 되었으니 최대한 빨리 움직여야 할 것이오."

그러자 나머지 사 인의 중년인 중 한 명이 앞으로 나섰다. 그리고 나머지 삼 인은 사내를 향해 고개를 끄덕여 보이고는 여인을 재촉했다.

"갑시다."

그런데 이상한 것은 홍초향으로 보이는 여인의 행동이었다. 자신을 구하러 온 사람이 있다면 분명 사내들의 재촉에 반발을 해야 정상인데 여인은 순순히 사내들을 따라 장내를 벗어나는 것이었다. 그것도 그녀의 발걸음은 무척 빨라 조금이라도 사내들에게 방해가 되지 않았다. 그건 도저히 타의에 의해 끌려가는 사람이라고 생각할 수 없는 행동이었다.

'무슨 사연이 있는 것인가?

고검이 홍초향의 행동을 의문스럽게 바라보는 사이, 뒤에 남은 두 중년 사내가 나란히 고검 앞에 섰다.

"언제부터인가 강호무림에 무불장 고 장주의 무공이 천하 팔대고수의 경지를 바라보고 있다는 소문이 돌기 시작하더구려. 물론 소문이란 항상 과장되기 마련이지만, 그런 소문이 났다는 것은 결국 무불장주께 그만한 능력이 있기 때문일 것이

오. 비록 오늘 한쪽은 쫓기고, 한쪽은 쫓는 입장이지만 이렇게 강호무림에 무명(武名)을 떨치고 있는 무불장주와 일검을 나누게 되었으니 무인으로서 영광이 아닐 수 없구려.”

‘이들은 왜 이번 일을 저지른 것인가?

사내의 말을 들으며 고검의 머릿속에 불현듯 이런 의문이 떠올랐다. 그건 지금 사내가 보여주고 있는 행동이 한밤중 어둠을 틈타 타인의 문파에 침입해 살겁을 저지르고 여인을 납치한 자라고는 생각할 수 없을 만큼 당당한 면이 있었기 때문이었다.

스르릉!

그 와중에 이미 두 사내는 검을 빼 들고 있었다.

‘역시 고수들이군.’

절제된 움직임, 상대를 내려다보지도 그렇다고 긴장하지도 않는 눈빛, 다급히 쫓기는 상황에서도 두 사람은 무공을 익힌 자가 싸움에 임해 지켜야 할 기본적인 것들을 온전하게 지켜내고 있었다. 이런 행동은 하루 이틀에 만들어지는 것이 아니다. 수많은 고련과 강호 경험이 어우러져야 나올 수 있는 행동이었다.

“어디서 나오신 분들인지 물어도 되겠소?”

질문을 던지면서 고검도 자신의 검을 빼 들었다. 고검의 손에 들린 마검이 천지를 하얗게 덮은 눈 속에서 요기롭게 번뜩였다. 고검의 질문을 받은 두 사내 중 고검과 대화를 나누던 자가 고개를 저었다.

"말해줄 수 있었다면 굳이 흑호채를 떠나지도 않았을 것이오."

사내의 말에 고검이 가볍게 고개를 끄덕였다. 이미 예상하고 있던 답이다. 그렇다면 급한 것은 역시 한판의 승부, 이들을 넘어야 홍 부인을 데리고 간 자들을 추격할 수 있었다.

고검이 검을 들어 자신의 앞에 수평으로 세웠다. 그러자 두 사내가 천천히 좌우로 움직여 서로의 거리를 벌리더니 고검과 삼각형을 이루는 지점에서 멈춰 섰다.

승천공의 기운이 고검의 등줄기를 타고 올랐다. 고검의 승천공은 이미 십이성의 경지에 이르러 있었으므로 진기를 끌어올리는 그의 몸에서는 아무런 기운도 느껴지지 않았다. 하지만 그런 고검을 상대하는 두 사내의 기세는 고검과 사뭇 달랐다.

우우웅!

두 사내가 끌어올린 진기가 그들 주변에 작은 바람을 일으켰다. 그러자 두 사람 주변의 눈들이 천천히 일렁이는가 싶더니 한순간 몇 개의 눈송이들이 땅에서 하늘로 떠오르기 시작했다.

'절정의 고수들이다. 어디서 이런 자들이 나왔단 말인가? 천하사패를 제외하곤 이런 고수들을 출도시킬 곳이 많지 않은데……'

고검의 머릿속에 상대에 대한 의문이 구름처럼 일어났지만 지금 급한 것은 상대의 정체가 아닌 승부였다.

"조심하시오. 다른 때라면 모르겠지만 지금은 우리도 갈 길이 바쁘니 합공을 하겠소."

말하는 품새는 여전히 당당하다. 절대 강호의 뒷골목을 전전하며 타 문파를 습격하는 흑도의 무리들이 아니었다.

'해답은 일이 끝난 후 얻어도 늦지 않다.'

고검이 머리에 이는 의문들을 한순간에 털어버리고는 자신의 검과 상대의 검에 집중하기 시작했다. 고검의 눈에서 맑고 투명하면서도 차가운 한기가 느껴지는 안광이 흘러나오기 시작했다. 고검의 안광을 목도한 두 사내의 눈에 은은한 감탄의 기색이 어리더니 한순간 동시에 두 사람의 신형이 움직였다.

파팟!

미세한 소음이 두 사람의 발끝에서 일어났다. 그러나 그 미세한 소음과 달리 그들의 움직임이 일으킨 파장은 컸다.

콰아아!

순식간에 그들의 발아래 있던 눈들이 눈 폭풍을 만들며 고검의 시야를 가렸다. 그 순간 고검의 신형도 움직였다. 고검의 신형이 빠르게 뒤로 물러나며 두 사내가 일으킨 눈바람 속에서 벗어났다.

쐐액!

그런데 고검이 막 눈바람 속에서 신형을 뽑아내는 순간 갑자기 고검의 좌우 측면에서 날카로운 파공음이 들려왔다. 예상치 못한 방향에서의 공격, 누구나 자신들이 만들어낸 눈바람 속에 숨어 검을 뻗어낼 것이라 예상할 수밖에 없는 상황에서 그들은 상대의 예측을 미리 계산해 한 박자 빠르게 신형을 이동해 고검의 좌우 방위를 점하고 공격을 가했던 것이다.

두 사내의 검(劍)도 무림에서 흔히 볼 수 없을 만큼 날카로 웠다. 두 사내가 뻗어내는 검끝에 걸려 몇 개의 눈송이들이 산산이 부수어지며 수증기로 변했다. 검에 깃든 막강한 공력 탓이리라.

그렇게 두 고수의 예상을 벗어난 공격을 받은 고검의 신형이 당황한 듯 잠시 멈칫거렸다. 하지만 그건 당황이 아니라 다음 움직임을 위한 준비였다. 잠시 멈칫거렸던 고검의 신형이 번개처럼 하늘로 솟구쳤다. 그 움직임이 너무도 빨라 양쪽에서 고검을 공격해 들어오던 두 사람은 한순간에 고검이 아닌 서로를 향해 검을 겨누는 형국이 되어버렸다.

하지만 두 사람 역시 절정의 무공을 지닌 고수들, 두 사람의 검날이 서로를 교묘하게 비껴 지나쳤다. 두 사람의 신형이 순식간에 교차해 각기 상대편이 서 있던 곳에 내려섰다. 아니, 내려섰다고 생각하는 순간 두 사람은 이미 하늘로 솟아오른 고검을 향해 설원을 박차고 있었다.

팡!

검객(劍客) 고검이 장력(掌力)을 쓰는 경우는 극히 드물다. 언제나 고검은 싸움의 승패를 검끝에 거는 사내였다. 그런데 그런 고검의 왼손에서 묵직한 장력이 만들어졌다.

승천공의 진기가 한껏 배인 고검의 장력이 왼쪽 아래에서 자신을 향해 날아오는 사내를 향해 뻗어나갔다. 그러자 사내

가 고검의 장력을 무시하지 못하고 재빨리 몸을 틀어 고검의
장력을 피하면서 동시에 검을 휘둘러 고검의 장력을 막아갔
다.

콰쾅!

고검의 장력과 사내의 검기가 격돌하면서 묵직한 충돌음을
만들어냈다. 그리고 자연스럽게 두 사람의 신형은 충돌의 반
탄력으로 서로에게서 멀어졌다. 고검은 좀 더 높은 하늘 위로,
사내는 자신이 떠올랐던 설원 위로. 그리고 다음 순간 하늘로
조금 더 떠오른 고검의 검이 무서운 속도로 회전해 여전히 오
른쪽에서 자신을 향해 떠오르고 있는 다른 한 사내를 향해 뻗
어나갔다.

우웅!

예의 그 마검이 만들어내는 검음이 음울하게 울려 나왔다.
어찌 보면 마기를 잔뜩 머금은 듯한 마검의 검음은 상대로 하
여금 불식간에 경계심을 일으키게 한다. 그리고 그런 경계심
을 품은 상대는 자신도 모르는 사이에 약간의 멈칫거림을 보
이게 마련이었다.

고검의 오른쪽을 공격해 올라오던 사내 역시 그 범주에서
벗어나지 않았다. 요기롭게 번뜩이는 투명한 흑색 검, 그 검이
만들어내는 범상치 않은 검음(劍音), 공격을 가하던 사내가 신
형이 멈칫하며 순식간에 공세에서 수비 초식으로 자신의 검을
변화시켰다. 그러나 그 찰나의 선택이 싸움의 승패를 결정했
다. 고검은 상대가 초식의 변화를 일으키는 그 짧은 순간 만들

어진 사내의 빈틈을 놓치지 않았던 것이다.

쩌적!

고검의 마검이 단번에 두 사람 사이의 공기를 찢어놓았다.

"쿡!"

강력한 일격을 속절없이 허용한 사내의 입에서 비명도, 그렇다고 기합성도 아닌 음성이 흘러나왔다. 동시에 사내의 신형이 고검에게서 멀어졌다. 고검의 눈에 자신에게서 멀어지는 사내의 갈라진 가슴이 들어왔다. 싸한 한기가 고검의 심장을 스치고 지나갔다.

사람을 벤다는 것은 무인의 숙명, 하지만 언제나 담담할 수 없는 것이 또한 피를 보는 것이다. 하지만 강호를 살아가는 무인에게 자신이 벤 상대에 대한 연민 같은 것은 사치에 지나지 않는다. 낭상 잠시 움직임을 멈춘 고검을 향해 고검의 장력에 밀려났던 또 다른 적이 검을 뻗어오고 있지 않은가?

'죽이지 않으면 죽는 것이 강호다!'

고검의 눈빛이 차갑게 가라앉았다. 마음에 인 한순간의 상념 또한 깨끗하게 사라져 버렸다. 고검의 신형이 번개처럼 회전했다. 그의 옷 옆구리에서 등에 이르게 미세한 균열이 생겨났다. 비록 몸을 상한 것은 아니지만 잠시의 상념이 만들어낸 결과였다. 상대는 고검 정도의 고수조차도 한순간 방심에 목숨을 잃을 수 있는 고수인 것이다.

한차례의 위기를 벗어난 고검이 마검을 다시 하얀 설원을 배경으로 번뜩였다. 그러자 크게 원을 그린 검끝이 고검의 곁을 스쳐 지나는 상대의 등을 향해 폭사했다.

우우웅!

검음이 일으키는 진동이 두 사람 주변의 흰 눈을 소용돌이치며 일어나게 만들었다. 뒤쪽으로 다가드는 격렬한 살기에 놀란 상대가 다급하게 고개를 돌려 자신의 후방을 확인했다. 그의 눈에 어느새 방향을 틀어 자신의 등 바로 뒤까지 다가온 고검과 그의 마검이 들어왔다.

"음……!"

사내의 입에서 작은 침음성이 흘러나왔다. 자신의 등을 노리고 있는 고검의 마검을 도저히 피할 자신이 없었던 것이다. 이런 경우 취할 수 있는 방법은 하나다. 가장 피해를 적게 입는 것. 사내가 고검의 검을 피하지 않고 그 자리에서 재빨리 신형을 돌려 고검과 마주 서려 했다. 동시에 그의 검이 머리 위쪽에서 아래로 떨어져 내렸다. 공격이 곧 방어, 최선의 공격으로 고검의 검을 무디게 하려는 사내의 의도였다.

그러나 다음 순간 사내는 자신이 상대하고 있는 자가 사실은 자신이 상상했던 것 이상의 존재임을 깨달았다.

"음……!"

다시 한 번 사내의 입에서 신음성이 흘러나왔다. 그의 검, 자신을 베어오는 고검을 향해 떨어져 내리던 그의 검이 한순간 허공에서 정지한 채 더 이상 고검을 향해 다가가지 못하고 있었던 것이다.

고검의 마검은 정확하게 사내의 검끝에 닿아 있었다. 검과

검의 끝을 마주한 두 사람의 시선이 허공에서 엉켜들었다. 사내의 동공이 한차례 떨려왔다. 자신의 검을 통해 전해지는 상대의 공력, 그것은 그가 지금껏 경험하지 못한 종류의 것이었다.

"너, 넌 누구냐?"

사내의 입에서 당혹스런 음성이 흘러나왔다. 싸움 중에는, 그것도 일초에 승부가 갈리는 고수들 간의 싸움에서는 절대 하지 말아야 할 행동이었다. 더군다나 그는 이미 고검의 정체를 알고 있지 않던가.

"말하지 않았소. 일개 황금충일 뿐이라고."

고검의 입에서 무감정한 음성이 흘러나왔다.

그그긍!

동시에 그의 검이 사내의 검신을 타고 흘러내려 갔다. 고검의 검에 깃든 막강한 공력에 사내의 검이 조금씩 뒤로 밀려 나갔다.

팟!

그리고 다음 순간 고검의 검이 무서운 속도로 사내를 베고 지나갔다. 사내는 그 모든 것을 한순간도 놓치지 않고 응시하고 있었으나 결코 고검의 검을 피해내지 못했다.

"큭!"

사내의 입에서 고통스런 신음성이 흘러나왔다. 그리고 그제야 두 사람의 신형이 서서히 간격을 벌렸다. 하지만 그러면서도 여전히 두 사람은 서로의 눈을 바라보고 있었다.

파파팟!

그사이 어느새 장내에 도착한 무불장 고수들이 고검과 사내의 신형을 스치고 지나갔다. 이미 장내로 달려오면서 고검과 두 사내가 벌이는 싸움의 결과를 보았으므로 걸음을 멈춰 시간을 지체할 필요가 없었다. 아스라이 저 멀리 보이는 홍초향과 세 명의 사내를 추격하는 것도 그리 여유있는 상황이 아니었기 때문이다.

그렇게 무불장의 고수들이 두 사람을 스쳐 지나가는 사이에도 여전히 고검과 고검에게 일검을 허용한 사내는 서로를 응시하고 있었다. 그렇게 얼마의 시간이 흘렀을까. 타인이 보았으면 찰나의 시간이었지만 두 사람에게는 그리 짧지 않게 느껴지는 시간이 흐르고 사내가 천천히 하얀 설원 위에 두 무릎을 꿇었다.

"단지 황금충일 뿐이라고?"

사내가 중얼거리듯 말했다. 고검이 대답없이 가볍게 고개를 끄덕였다.

"그렇군. 정말 단지 황금충일 뿐인지도 모르겠군. 하지만 어째서 그 비천한 황금충들 중에 너와 같은 고수가 탄생했단 말인가?"

사내의 입에서 허탈한 뇌까림이 흘러나왔다. 순간 고검은 사내가 평생 동안 무도에 매진한 인물임을 알아챘다. 그가 어떤 경위로 홍가보를 침범한 무리들 속에 속해 있었는지는 모르겠지만, 지금 그는 평생 무도를 추구한 자신이 한낱 황금충에 미치지 못했다는 것에 대한 자괴감에 휩싸여 있었다. 죽음을 앞에 두고 이런 회한에 빠져들 인물이 누가 있겠는가? 오직 한 부류의 인간들만이 이런 반응을 보일 수 있다. 바로 무도를 추구하며 살아온 순수한 무인들만이 말이다.

"난 천검 능운백의 제자요."

고검이 나직한 목소리로 말했다. 물론 무불장주 고검이 천검의 제자임은 천하가 다 아는 사실이었다. 하지만 고검은 굳이 그것을 다시 한 번 죽어가는 사내에게 확인시켜 주고 있었다. 그런데 고검의 대답을 들은 사내의 얼굴이 놀랄 만큼 편안하게 바뀌었다.

"그렇군. 천검의 제자였지. 천검은 천하팔대고수, 그러니 비록 황금충이라 할지라도 그 제자가 사부의 경지에 이르지 못하리란 법은 없겠지. 후후후, 하지만 그래도 여전히 이해할 수 없는 것이 무(武)야. 어찌 그대와 같은 나이에 천하팔대고수의 경지를 넘볼 수 있단 말인가? 하하, 무(武)라… 무(武)란 도대체 뭐란 말인가……?"

침묵이 찾아왔다. 사내의 숨이 끊겼다. 고검의 한쪽 가슴에 무엇엔가 얻어맞은 듯 둔중한 아픔이 밀려왔다. 한 무도자의 죽음을 보고 있는 그의 마음은 착잡했다. 그리곤 잠시 후 그의 입에서 나직한 목소리가 흘러나왔다.

"무도자인 그대가 왜 강호의 혈사에 끼어들었단 말이오? 누구나 자신에게 주어진 몫을 살아가는 것이 가장 좋은 법이거늘……."

고검이 천천히 사내의 시신에서 시선을 돌려 하늘을 바라봤다. 어느새 회색빛 하늘은 눈송이들을 토해내고 있었다. 그리고 그 눈송이들 중 하나가 고검의 이마에 떨어져 내렸다. 순간그 냉기에 고검이 흠칫 몸을 떨었다.

"후… 남 걱정할 때가 아니군. 내 자리는 황금충이니 일을 계속해야겠지. 제법 다급하게 되었어."

고검의 시선이 다시 설원 위로 돌아왔다. 멀리 치열한 추격전을 벌이고 있는 무불장 고수들의 뒷모습이 들어왔다. 고검의 신형이 가볍게 설원 위로 떠올랐다. 그리곤 쏘아진 화살처럼 설원 위를 짓쳐 나가기 시작했다.

*　　　*　　　*

협곡의 물살은 거칠고 탁해 마치 지옥으로 쏟아져 내려가는 것처럼 광포했다. 강의 양쪽은 가파른 절벽이었다. 그 절벽 위에는 겨우내 내린 눈이 쌓여 하얗게 얼어붙어 있었다. 하지만 강물은 북방의 강추위에도 얼지 않고 맹렬하게 하류를 향해 달려 내려가고 있었다.

그런 협곡의 한 부분에 어느 순간 네 사람의 신형이 모습을 드러냈다. 한 명의 여인과 세 명의 중년 사내들, 그들은 길이 끊긴 절벽 위에서 우뚝 신형을 멈췄다. 그리곤 재빨리 뒤를 돌아 자신들이 달려온 설원을 바라봤다. 그러자 삼십여 장의 거리를 두고 달려오는 오 인의 모습이 눈에 들어왔다.

"생각보다 대단한 자들이구려. 강호에 무불장의 명성이 높긴 하지만, 한낱 황금충일 뿐이라 치부했건만 저 정도일 줄은 몰랐소이다."

검고 긴 수염을 가슴 어림까지 기른 자가 입을 열었다. 그러자 그의 곁에 있던 두둑한 살집이 있는 자가 되물었다.

"모 형과 상 형은 어찌 되었을까요?"

"저들이 이곳에 나타났다는 것은 두 사람이 무사치 못하다는 말이겠지요."

"음, 북천무맹이나 홍가보의 생존자들을 예상하고 있었는데, 생각지도 않은 황금충들이라니. 누가 청부를 넣은 걸까요?"

"글쎄올시다. 이 일에 관해 청부를 넣을 곳이라고는 홍가보와 사자문, 그리고 그 두 곳이 속한 북천무맹 정도인데……."

"그들이 황금충을 이 일에 불러들일 이유가 없지 않소이까? 북천무맹의 자존심도 있고……."

"천하사패가 청부사들을 움직이지 않는 것은 아니지요. 특히나 무불장의 경우 심심찮게 사패로부터 청부를 받는다고 알고 있소이다만……."

"음, 듣고 보니 그럴 수도 있겠구려. 하지만 오늘날 우리가 한낱 강호의 청부사들에게 쫓길 줄은 몰랐소이다."

긴 수염의 사내가 허탈한 음성을 흘려내자 가만히 두 사람의 대화를 듣고 있던 깡마른 사내가 차가운 목소리로 입을 열었다.

"어서 갑시다. 이곳에서 저들을 기다릴 수는 없는 일이
니……."

그러자 긴 수염의 사내가 고개를 끄덕였다.

"생각 같아서는 강호제일의 황금충이라는 자들의 실력을
보고 싶지만 지금은 그럴 때가 아니지요. 가십시다."

삼 인의 중년 사내들이 이번에는 걸음을 강의 하류 쪽으로
옮기기 시작했다. 그런데 그들과 함께 서 있던 여인이 움직일
생각을 않고 멀리서 달려오는 무불장 고수들을 바라보고 있었
다.

"홍 부인, 가야 할 시간이오."

긴 수염의 사내가 은근한 위협이 섞인 목소리로 여인에게
말했다. 그러자 여인이 차가운 눈으로 사내를 한 번 응시하고
는 고개를 끄덕였다.

"가죠."

"알고 계시겠지만 다른 생각은 하지 않는 것이 좋을 거요.
아이를 생각한다면 말이오."

순간 여인의 눈에 파란 분노가 서렸다.

"물론 그런 걱정은 하지 말아요. 하지만 아쉽군요. 어린아
이까지 인질로 삼아 타인을 위협할 정도로 타락한 인물들은
아닌 것으로 보았는데……."

"후후, 우리도 우리 처지가 이렇게까지 추하게 될 줄은 몰랐
소이다. 하지만 강호란 어쩔 수 없는 곳이더구려. 큰일을 도모
하자면 더러운 물에도 손을 담가야 하는 곳이 강호더이다. 자,

어쨌든 이왕 시작한 일이니 서로 난처한 상황을 만들지 말도록 하십시다."

"당신들만 약속을 지키면 될 거예요."

"물론 홍 부인만 우리의 지시대로 따르면 아이의 목숨은 안전할 거요."

"그 아이에게 무슨 일이 생기면 그대들도 절대 무사치 못할 거예요."

"물론 어련하시겠소이까? 대북천무맹 사자문의 혈육인데. 껄껄껄."

사내가 제법 호탕한 웃음을 터뜨리고는 눈짓으로 여인의 발걸음을 재촉했다. 그러자 여인이 사내를 한 번 노려보고는 이내 누런 강물이 내려다보이는 협곡의 한쪽 측면을 따라 걸음을 옮기기 시작했다.

"조금 힘을 써야 할 거요."

어느새 여인의 곁으로 다가온 사내가 서서히 공력을 끌어올려 속도를 높이며 말했다. 그러자 여인이 아무런 대꾸도 하지 않고 사내의 속도에 맞춰 경공을 펼치기 시작했다. 그렇게 다시 움직이기 시작한 사 인이 하류로 밀려 내려가는 탁류와 보조를 맞춰 나는 듯이 절벽 위를 달리기 시작했다.

"하류로 가는군요."

추산이 달리는 속도를 늦추지 않고 소리쳤다.

"아마도 어딘가에 배를 숨겨둔 곳이 있을 걸세. 이 협곡에서 배를 타고 내릴 만한 곳은 그리 많지 않을 테니 말일세.”

만불통이 대답했다.

“얼른 따라잡아야겠군요. 자칫하다가는 놓치겠어요.”

추산이 좀 더 공력을 끌어올려 가장 선두에서 달리고 있는 이충산을 추월했다.

“허, 볼수록 대단한 사형제란 말이야. 아직도 힘이 남아 있었던가?”

쏜살같이 앞으로 달려나가는 추산을 보며 만불통이 감탄사를 흘려내고는 뒤질세라 추산의 뒤를 따랐다.

거대한 설원의 중앙을 붉은 황토물이 가로지르고, 그 강줄기를 따라 두 무리의 강호고수들이 치열한 추격전을 벌이고 있었다. 쫓기는 쪽의 무공도 대단하기는 했지만 그중 여인이 포함되어 있어 쫓는 쪽과의 거리는 시간이 지날수록 좁혀졌다.

이제 얼마 지나지 않으면 양측의 거리가 손에 닿을 듯 가까워질 찰나, 갑자기 쫓기는 자들이 방향을 틀었다. 그들은 무모하게도 수십 척이 넘는 절벽을 향해 몸을 날렸던 것이다. 멀리서 보자면 더 이상 도주할 길이 없어 스스로 협곡의 황톳물에 몸을 던져 자살이라도 하려는 듯한 모습. 하지만 그들의 행동에 더 조급해진 쪽은 쫓는 자들이었다.

“저곳에 배가 있나 보군.”

만불통이 급한 목소리를 흘려냈다. 적과의 거리는 아직 십여 장 밖에 있었다. 만약 누군가 절벽 아래쪽에서 배를 대고 기다리고 있다면 무불장 고수들이 절벽 아래에 도착하기 전에 적이 떠날 수도 있었다.

순간 누가 먼저랄 것도 없이 무불장 고수들의 신형이 허공으로 솟구쳤다. 모두들 마지막 공력을 쏟아 부어 도주하는 자들의 뒤를 추격하는 것이었다.

허공으로 치솟은 추산의 눈에 용트림을 하며 쏟아져 내려가는 탁류가 들어왔다. 그 탁류가 협곡을 이루는 절벽의 한쪽 면과 만나는 지점에 한 척의 검은 배가 강물에 흔들거리며 떠 있었다. 그리고 어느새 절벽 아래에 도착한 삼 인의 중년 사내와 여인이 막 배에 오르려 준비하고 있었다.

“멈춰라!”

순간 추산의 곁을 스치며 이충산이 절벽 아래로 떨어져 내려갔다.

“무모하다.”

추산이 살짝 인상을 찡그렸다. 만약 절벽 아래에 발 디딜 곳이 없다면, 또 적이 떨어져 내리는 이충산을 향해 반격을 가해 온다면 속절없이 큰 위험에 처하게 될 이충산의 행동이었다. 하지만 추산의 걱정과 달리 절벽 아래쪽으로는 배가 정박해 있는 곳으로 이어지는 위태롭지만 작은 길이 존재했다.

이충산은 가볍게 절벽 아래로 이어지는 길에 내려서더니 재차 허공으로 솟구쳤다. 그렇게 단 두 번의 도약으로 이충산은 어느새 삼 인의 중년인과 여인이 있는 곳에 도달하고 있었다.

차차창!

이충산이 배가 정박한 곳에 도착하는 순간, 삼 인의 중년인 중 깡마른 사내가 이충산을 향해 마주 달려나오며 거칠게 도를 휘둘렀다. 이충산의 검과 사내의 도가 불꽃을 일으키며 번개처럼 격돌했다. 순간 협곡을 달려 내려가는 거친 격류의 소음 속에서 맹렬한 충돌음이 터져 나왔다.

일합의 충돌을 마친 두 사람이 재빨리 삼 장여의 간격을 두고 멀어졌다. 그리고 그사이 무불장의 고수들이 추산을 선두로 이충산의 뒤에 도착하고 있었다.

"겨우 따라잡았군. 좋아, 도주는 이곳까지다. 검을 들어 생사를 겨룰지, 아니면 순순히 여인을 내어놓든지 결정을 내려라."

만불통이 지체하지 않고 이충산의 앞으로 나서며 삼 인의 중년인을 향해 소리쳤다.

"후후, 물론 우리도 천하제일청부사들이라는 무불장의 고수들과 손속을 나누어보고 싶은 마음이 없는 것은 아니오. 하지만 갈 길이 바쁘니 한 수의 인연은 다음 기회로 미뤄야겠소."

수염을 가슴 어림까지 기른 사내가 여유있는 표정으로 만불통의 말을 받았다.

"홍 부인을 두고는 이곳을 떠나지 못할 것이다."

만불통이 자신의 애병, 철곤을 어깨에 척 들쳐 메며 경고하듯 말했다. 그러자 사내가 가벼운 미소를 지으며 대답했다.

"물론 무불장 고수들의 무공이 대단하다는 것을 모르는 것은 아니오. 하지만 오늘 우리가 가는 길을 막지는 못할 거요."

말을 하면서 사내가 왼손을 들어 올렸다. 순간 협곡의 탁류에 거칠게 흔들리고 있던 흑선에서 불쑥 삼 인의 신형이 솟아올랐다. 그들은 배 위로 신형을 드러내자마자 불문곡직하고 무불장 고수들을 향해 수십 개의 암기를 던져 냈다.

파아앙!

고수의 진기가 깃든 암기는 흉한 물건이다. 그것도 협곡 아래 작은 공간에 서 있는 사람들에게는 더더욱. 추산을 비롯한 무불장 고수들이 날아드는 암기를 피해 분분히 허공으로 치솟아올랐다.

따다당!

무불장 고수들이 병기를 들어 날아오는 암기를 막아내는 소리가 거칠게 울려 퍼졌다.

"하하, 그럼 우린 가겠소."

그 틈을 이용해 협곡 아래 작은 공터에 서 있던 삼 인의 중년 사내와 여인, 그러니까 무불장 고수들이 찾고자 했던 홍가보주의 딸, 홍초향이 급히 배 위로 오르기 시작했다. 그 와중에도 배 위의 삼 인은 계속해서 암기를 던져 내며 무불장 고수들이 배 위로 올라오는 삼 인의 중년 사내와 홍초향을 방해할 기회를 주지 않는 것이었다. 그렇게 속절없이 상대를 보내줘야 하는 상황이 전개되고 있을 때,

"그대로 보내줄 수 없다."

갑자기 한마디 노성이 터져 나왔다. 그리곤 한 사람의 신형이 폭우처럼 쏟아지는 암기들을 향해 솟구쳤다.

"위험해!"

무불장 고수들의 입에서 다급한 경고성이 터져 나왔다. 암기의 폭우 속으로 뛰어든 인물은 이충산이었다. 그리고 당연하게도 무불장 고수들을 향해 쏟아지는 암기들은 이제 이충산 한 사람에게로 집중되기 시작했다.

아무리 이충산의 무공이 뛰어나다고 해도 괴인들이 자신 하나를 향해 던져 대는 암기들을 뚫고 무사히 전진할 수는 없는 일. 이충산의 신형이 순식간에 암기들의 폭우 속에 노출되었다.

"제길!"

추산이 허공으로 솟아오르며 다급하게 자신의 검을 뻗어냈다.

차르르릉!

추산이 뻗어낸 검에서 십여 줄기의 검기가 뻗어나가면서 이충산을 향해 날아드는 암기들과 충돌했다. 그 덕에 암기의 폭우 속에 갇혀 있던 이충산에게 조금의 공간이 만들어졌다.

쐐애액!

그러자 이충산이 추산의 검기에 의해 만들어진 빈틈을 뚫고 무서운 속도로 흑선을 향해 날아갔다.

"막앗!"

흑선 위에서 누군가의 외침이 들려왔다. 동시에 다시 한 무더기의 암기가 이충산을 향해 날아들었다.

"하앗!"

순간 이충산의 입에서 한마디 기합성이 흘러나왔다. 동시에 그의 검이 폭풍처럼 휘둘러졌다. 그의 검기에 부딪친 암기들이 사방으로 비산했다. 그러나 모든 암기를 막아낼 수는 없었다. 이충산의 검기에 걸리지 않은 몇 개의 암기가 이충산의 몸 이곳저곳에 박혀들었다.

"큭!"

이충산의 입에서 작은 신음성이 흘러나왔다. 하지만 이충산은 그 와중에도 신형을 멈추지 않았다. 그리고 그렇게 암기의 폭우를 뚫고 날아간 이충산의 신형이 막 흑선에 오르려는 여인, 홍초향과 삼 인의 중년 사내의 중간 지점에 내려섰다.

第六章

연인(戀人)

孤劍秋山

"스스로 죽기를 원하는군."

삼 인의 중년인이 자신들과 홍초향 사이에 뛰어든 이충산을 향해 노성을 터뜨리며 가차없이 검을 뻗어냈다. 삼 인이 만들어내는 차가운 검기가 이충산의 전신을 노리며 닥쳐들었다. 그런데 이충산은 마치 스스로 죽음을 선택한 사람처럼 상대의 공격에 아무런 대응도 하지 않았다.

죽음을 도외시한 이충산의 시선은 자신의 눈앞에 서 있는 여인, 홍초향에게 고정되어 있었다. 언제나 그의 얼굴을 가리고 있던 방갓은 여전히 그의 머리에 씌어져 있었지만 홍초향과 중년 무사들 사이로 날아내리는 와중에 그 끝이 조금 위로 올라가 방갓에 가려져 있던 이충산의 얼굴은 이제 그의 눈어

림까지 드러나 있었다.

쐐애액!

이충산의 등 뒤로 죽음의 검날이 일으키는 파공음이 음산하게 일어났다. 그러나 서로의 얼굴을 대면한 이충산과 홍초향은 그들 주변에서 일어나는 죽음의 기운을 완전히 외면한 채 서로의 눈을 바라보고 있었다.

"죽어랏!"

삼 인의 중년 사내 중 살집이 두툼한 자의 검이 가장 먼저 이충산의 등에 도달했다. 그의 입에서 차가운 살기를 담은 음성이 터져 나오며 그의 검이 그대로 이충산의 등 정중앙으로 꽂혀들었다. 그런데 그때 갑자기 무불장 고수들이 서 있는 방향에서 한줄기 투명한 빛줄기가 번쩍였다. 그리고 그 빛줄기는 막 이충산의 등을 꿰뚫으려는 사내의 검을 그대로 관통했다.

깡!

동시에 이충산의 등에 닿았던 사내의 검신 중심 부근에서 청명한 파열음이 일어나더니 이내 검이 두 동강이 나버리는 것이었다.

"흡!"

이충산을 공격하던 사내의 입에서 한줄기 다급성이 토해졌다. 동시에 사내와 함께 검을 뻗어내던 긴 수염의 사내와 깡마른 사내 역시 급히 검을 거두고는 몇 걸음 뒤로 물러났다.

"뒤로 물러나십시오, 이 대협!"

절체절명의 위기에서 목숨을 건진 이충산의 귀에 얼음장처럼 차가운 음성이 들려왔다. 그리고 그제야 이충산이 퍼뜩 정신을 차리며 목소리가 들려온 쪽으로 고개를 들었다.

그러자 이충산의 눈에 한 마리 새처럼 날아오는 고검의 신형이 들어왔다. 고검이 자신과 시선이 마주친 이충산을 향해 무겁게 고개를 끄덕였다. 그러자 이충산이 바람처럼 앞으로 달려나가더니 가볍게 홍초향의 허리를 감싸 안고 무불장 고수들이 서 있는 방향으로 날아갔다.

"서랏!"

고검의 일검에 놀라 잠시 뒤로 물러났던 삼 인의 중년 고수들이 노성을 터뜨리며 앞으로 달려나왔다.

"당신들의 상대는 나요."

이충산과 홍초향이 물러나는 곳을 향해 달려가던 삼 인의 사내 앞에 고검의 신형이 뚝 떨어져 내렸다. 그러자 삼 인의 사내가 다시 몸을 움찔하며 그 자리에 멈춰 섰다. 그리곤 차가운 살기가 깃든 눈으로 고검을 노려봤다. 고검은 그런 삼 인의 시선을 여유있게 받아넘기며 마검을 들어 올려 자신의 앞쪽에 세웠다. 그의 얼굴은 평소보다 조금 하얗게 보였는데, 그건 이충산의 목숨을 노리던 자의 검을 부러뜨린 그 일초식의 검초를 전개하면서 무리하게 공력을 운용했기 때문인 듯했다. 하지만 과거 검끝에 검기를 모아 발출하는 초식을 전개했을 때처럼 극심한 피로감을 느끼지는 않는 모양이었다.

"네가 이 검을 부러뜨린 것이냐?"

삼 인의 중년 사내 중 고검의 검환에 의해 검이 부러진 자가 반 토막 난 자신의 검을 들어 올리며 고검에게 물었다. 그러자 고검이 대답 대신 가볍게 고개를 끄덕였다.

"모 형과 상 형은 어찌 되었느냐?"

이번에는 수염 긴 사내가 고검에게 물었다.

"내가 이곳에 있다는 것이 답이 아니겠소?"

고검이 담담한 목소리로 대답했다.

"무불장이 강호의 황금충 중 제일이라더니 과연 대단하구나. 하지만 오늘 우리의 일을 방해한 것을 두고두고 후회하게 될 것이다."

"본시 황금충은 내일을 생각지 않는 법이외다. 오늘을 살아가는 것이 힘겨워 황금충이 된 것이니 말이오."

고검이 살짝 미소를 지으며 대답했다. 창백했던 그의 얼굴에 어느새 혈색이 돌아오고 있었다. 소모되었던 공력은 이미 정상으로 돌아와 있었다. 그러나 삼 인의 중년인이 고검을 상대할 좋은 기회를 흘려버렸다는 사실을 알 턱이 없었다.

"그런데 과연 너희들이 저 여인을 데려갈 수 있을까?"

갑자기 수염 긴 자가 고검을 보며 괴이한 질문을 던졌다. 홍초향이 그동안 홍가보를 습격한 자들에게 잡혀 있었다는 것은 모두가 아는 사실, 이제 무불장의 고수들에 의해 자유의 몸이 된 그녀를 어째서 데려갈 수 없단 말인가.

"이미 그녀는 그대들의 손에서 벗어나 있소."

고검이 담담한 목소리로 대답했다.

"후후, 물론 그렇지. 하지만 그동안 그녀가 억지로 우리에게 잡혀 있었던 것은 아니야. 그렇지 않소, 홍 부인?"

수염 긴 자가 이충산과 함께 서 있는 홍초향을 보며 물었다. 그러나 홍초향에게서는 아무런 대답이 없었다.

"너희들 말은 홍 부인이 그동안 스스로 원해서 너희들과 함께 있었단 말이냐?"

어느새 고검과 삼 인의 중년인이 대치한 곳으로 다가온 만불통이 사내를 보며 물었다. 그러자 수염 긴 사내가 여유있는 미소를 머금은 채 입을 열었다.

"물론 우리가 그녀를 납치한 것은 맞소. 하지만 그동안 우리가 강제로 그녀를 억압하고 있었던 것은 아니오. 당신들도 보았겠지만 우린 그녀의 혈도를 제압한 것도 아니고, 그녀를 밧줄로 묶어놓은 것도 아니오. 그녀는 자유롭게 무공을 사용할 수 있는 몸이란 말이오. 그런데 당신들이 우리의 앞길을 막아서는 순간에도 그녀는 우리에게 반항하거나 탈출을 시도하지 않았소. 뭔가 이상하지 않소?"

그런 의문은 무불장의 고수들도 이미 가지고 있던 것이었다. 무불장의 고수들과 자신을 납치한 자들 간에 싸움이 벌어지는 와중에도 그녀는 그들로부터 도주할 생각을 하지 않았었다.

"그녀는 아마도 우리와 함께 가길 원할 것이다. 안 그렇소?"

수염 긴 사내가 홍초향을 보며 다시 한 번 물었다. 그러자 홍초향이 입술을 잘근 깨물고는 천천히 고개를 끄덕였다.

"그래요. 난 당신들과 함께 갈 거예요."

“초향!”

순간 이충산의 입에서 당황스런 음성이 흘러나왔다. 그러자 홍초향이 이충산과 무불장의 고수 모두가 들을 수 있는 목소리로 입을 열었다.

“그들에게 내 아들이 잡혀 있어요.”

순간 장내의 모든 사람들은 홍초향의 상황을 깨달았다. 그녀가 자신을 납치한 자들에게서 벗어나려 하지 않은 것은 그녀의 아들이 그들의 손에 잡혀 있기 때문이었던 것이다.

“하지만!”

홍초향이 득의한 표정을 짓고 있던 삼 인의 중년인을 향해 단호한 음성을 흘려냈다.

“하지만 당신들은 나에게 잠깐의 시간을 주어야겠어요.”

순간 삼 인의 얼굴이 순식간에 굳어졌다.

“지금 시간을 달라고 했소?”

“그래요.”

홍초향이 단호하게 고개를 끄덕였다.

“그럴 수 없다면?”

“그럼 당신들은 이곳을 떠날 수 없겠죠.”

“당신의 아들이 죽을 텐데?”

“그게 운명이라면… 그 아이도 내가 자신을 위해 최선을 다했다는 것을 알 거예요.”

그러자 수염 긴 자가 잠시 홍초향을 노려보더니 이내 한마디 냉소를 흘려냈다.

"흥, 독한 모정이로고…… 좋소. 일각의 시간을 드리겠소."

그러자 홍초향이 고개를 저었다.

"아뇨, 사형과 난 제법 할 이야기가 많아요. 이각 동안 기다리세요."

누가 누구를 납치한 것인지 모를 상황이 전개되고 있었다. 수염 긴 자의 얼굴이 벌레 씹은 것처럼 찡그려졌다. 하지만 이내 그의 고개가 끄덕여졌다.

"좋소이다. 홍 부인이 간계를 꾸밀 사람이 아니라는 것은 알고 있으니 그리하리다. 대신 우리의 시선이 닿는 곳에 머물러 있어야 하오."

"그렇게 하죠."

홍초향이 가볍게 고개를 끄덕였다. 그리고는 천천히 시선을 돌려 이충산을 바라봤다. 그리곤 감회 어린 음성을 흘려냈다.

"사형, 우린 할 이야기가 있겠지요?"

"물론……."

"자리를 옮기는 게 좋겠죠?"

"그러는 것이 좋겠지."

이충산이 고개를 끄덕였다. 그러자 두 사람의 신형이 누가 먼저랄 것도 없이 절벽 사이로 난 길을 따라 날아오르기 시작했다.

"우리의 시선에서 벗어나지 마시오."

수염 긴 자의 경고가 터져 나왔다. 그러나 그가 걱정할 필요는 없었다. 이충산과 홍초향은 모두의 시선이 닿는 곳, 굽이진 절벽 위, 협곡이 내려다보이는 곳에서 걸음을 멈췄기 때문이다. 물론 협곡을 흐르는 거친 물소리에 묻혀 두 사람의 목소리는 들려오지 않았지만……

　눈발이 조금 더 거세졌다. 어느새 한바탕 추격전이 벌어졌던 설원 위의 자취들도 내리는 눈에 묻혀 그 흔적을 지운 지 오래였다. 매섭게 몰아치는 북풍은 여전히 칼처럼 날카로웠다. 그 눈바람 속에 과거 한 사문에 몸담고 있던 두 남녀가 서 있었다.

　그들의 시선은 서로를 보고 있지 않았다. 두 사람 모두 수십 척 아래서 꿈틀거리며 흐르고 있는 탁류를 바라보며 이야기를 나누고 있었다. 그리 많은 이야기가 오가는 것 같지는 않았다. 누군가 한마디를 흘려내면 한동안 침묵이 이어지다가 다시 또 누군가가 입을 여는 식이었다.

　하지만 협곡 아래에서 그들을 바라보고 있는 사람들은 두 사람에게서 눈을 뗄 수 없었다. 특히나 무불장의 고수들은 더더욱 그랬다. 왜냐하면 홍가보에는 죽은 사람으로 알려진 이충산이 오 년의 시간을 건너 괴인들에게 납치당한 홍초향을 찾아온 이유를 그들은 알고 있었기 때문이다. 정인의 죽음을 뒤로하고 다른 남자와 혼인을 한 여인, 그리고 죽음 속에서 다시 살아온 남자. 둘 사이의 대화가 어찌 심상치 않겠는가.

　"도대체 무슨 이야길 하는 걸까요?"

　추산이 절벽 위 두 사람을 보며 입을 열었다.

"알 수 없는 일이지. 하지만 저들이 단순히 한 문파에 몸담았던 사형제 간 이상의 사이였으니 할 말이 많겠지."

만불통이 대답했다.

"과거의 연인이라……."

"본시 남녀 사이란 오직 한 가지 인연만이 쇠줄처럼 질긴 법이야. 바로 정염의 인연 말이야."

"만불통 어른께서는 혼자 사시는 분이 어떻게 그런 걸 다 아세요?"

"후후. 이봐, 추 소협. 나라고 어찌 젊은 시절이 없었겠나. 사람은 누구나 젊은 시절이 있고, 청춘에 어여쁜 여인네와 정분 한 번 나보지 않은 사람이 있을까."

"만불통 어른께서도 과거 연인이 있었단 말이군요? 그런데 어쩌나 이렇게 홀로 늙어가는 신세가 되신 거죠?"

"지금 날 놀리는 건가?"

"그럴 리가요? 궁금해서 그렇죠."

"묻지 마시게. 추 소협도 세상을 살다 보면 가끔은 어긋나는 인연이 있다는 것을 알게 될 터이니 말이야."

만불통이 답을 회피하자 추산도 더 이상 만불통의 과거사를 붙들고 늘어질 수는 없었다. 그래서 다시 고개를 돌려 절벽 위 눈바람 속의 두 남녀를 바라봤다.

그런데 바로 그때, 이충산이 홍초향의 말에 놀란 듯 홱 신형을 돌려 홍초향의 어깨를 두 손으로 움켜잡았다. 그리곤 무엇인가를 되물었다. 그러자 홍초향이 천천히 고개를 끄덕였다.

그러자 이충산이 맥이 풀린 사람처럼 천천히 홍초향의 어깨에서 손을 내려놓고는 비틀거리며 신형을 돌리는 것이었다.

그런 이충산에게 홍초향이 다시 무슨 말인가를 건넸다. 그러자 이충산이 흔들리던 몸을 바로잡고는 고개를 돌려 협곡 아래 요란하게 흔들리고 있는 흑선을 노려봤다. 그의 눈에서 한가닥 차가운 한광이 흘러나오는 것을 협곡 아래에 있던 무불장의 고수들조차도 알아볼 수 있었다.

"이각이 지났소."

그때 마침 이충산과 수염 긴 중년 고수의 시선이 허공에서 마주쳤는지 수염 긴 자의 입에서 은은한 내기가 느껴지는 목소리가 흘러나왔다. 정말 그의 말처럼 어느새 시간은 흘러 약속한 이각이 모두 지나갔던 것이다.

그러자 홍초향이 천천히 신형을 돌려 이충산에게서 멀어지기 시작했다. 그렇게 홍초향의 신형이 이충산으로부터 오 장여의 거리로 떨어졌을 때, 이충산이 갑자기 홍초향에게 무슨 말인가를 건넸다. 그러자 홍초향이 이충산을 돌아보면서 가볍게 고개를 저었다. 그리고는 이번에는 좀 더 단호한 발걸음으로 걸음을 옮기기 시작했다.

"가죠!"

이충산을 뒤로하고 협곡 아래로 내려온 홍초향이 자신을 납치했던 삼 인 앞으로 다가오더니 차갑게 말을 내뱉었다.

"후후, 역시 믿을 만한 분이오. 정확히 약속을 지키다니."

수염 긴 자가 홍초향을 보며 말했다.

"그쪽도 약속을 지키길 바라겠어요."

"물론 약속은 지켜질 거요."

수염 긴 자가 고개를 끄덕였다. 그러자 홍초향이 두 사람 사이에 무심한 표정으로 서 있는 고검에게로 시선을 돌렸다.

"무불장주시라 했던가요?"

"그렇습니다."

"사형께 이야기를 들었습니다만… 전 이들을 따라가야 될 것 같군요."

"결정은 제가 아니라 청부자가 하겠지요."

고검이 고개를 돌려 여전히 절벽 위 눈바람 속에 서 있는 이충산을 바라봤다. 그러자 이충산이 한동안 갈등을 하는 듯하다가 천천히 고개를 끄덕였다. 그러자 고검이 다시 홍초향을 바라봤다.

"청부자가 홍 부인을 보내는 것에 동의했으니 홍 부인의 행보를 막을 이유는 없습니다. 하지만… 제 개인적인 생각으로는 좋은 결정이 아닌 듯하군요."

홍초향이 씁쓸한 미소를 지었다.

"가끔은… 가끔은 어쩔 수 없이 해야 하는 일이 있게 마련이지요."

그러자 고검이 이내 고개를 끄덕였다.

"그리 결정하셨다면 더 이상 만류하지 않겠습니다."

고검이 걸음을 옮겨 홍초향에게 길을 내주었다. 그러자 홍초향이 주저하지 않고 흑선으로 걸음을 옮겼다.

"이리되면 오늘의 승리는 우리의 것이 되는구려. 하하!"

긴 수염의 사내가 고검을 보며 호탕한 목소리로 말했다. 그는 이미 흑선에 올라 있었다.

"황금충에게 승패는 중요치 않소. 청부의 수행 여부만이 중요할 뿐. 우린 이미 청부자의 청부를 수행했고, 그가 홍 부인을 보낼 것을 결정했으니 청부사로서 우리의 일은 실패하지 않았소."

"후후, 그렇게 되는 건가? 좋소. 어쨌든 오늘 무불장의 위력에 새삼 감탄하지 않을 수 없었소. 하지만 조심하는 게 좋을 거요. 오늘 설원에 뿌려진 두 동료의 피를 잊지 않을 것이니 말이오."

수염 긴 자가 경고하듯 말했다. 그러자 고검이 피식 웃음을 흘려냈다.

"황금충이 청부를 받아 한 일에 원한을 두겠다? 그야 어떻든 좋소. 하지만 그리되면 그대가 속한 곳은 본 장을, 그리고 천하팔대고수 중 한 명을 적으로 돌려야 할 게요. 음… 내가 생각하기에 당신이 모시는 그분은 결코 일이 그렇게 되는 것을 원치 않을 것 같소이다만."

순간 수염 긴 자의 눈에서 차가운 한광이 흘러나왔다. 그리고 서늘한 살기가 배인 목소리로 입을 열었다.

"그 말은 우리가 어디에서 온 사람들인지 알고 있다는 말 같구려."

"이 협곡을 오르내릴 수 있는 배는 그리 많지 않소. 그리고 그 배를 몰 자도 강호천하에 그리 많지 않소. 그런데 난 이런 배를 한 번 본 적이 있소. 그리고 이 협곡을 왕래할 만한 사람들이 존재하는 곳 또한 짐작할 수 있소."

고검의 말에 수염 긴 자가 대답을 않고 한동안 고검을 노려봤다. 그리곤 잠시 후 씹어뱉듯 입을 열었다.

"황금충의 일은 거론치 않을 수도 있소. 하지만 입 조심하는 것이 좋을 거요."

"이 사람 걱정은 마시길……."

고검이 뜻 모를 미소를 머금은 채 가볍게 고개를 숙여 보였다. 그러자 홍초향의 복귀로 득의양양했던 수염 긴 자가 쫓기듯 명을 내렸다.

"가자!"

그의 명령이 떨어지자 배 안에서 무불장 고수들을 향해 암기를 날리던 자들이 재빨리 협곡에 자란 나무에 묶여져 배를 지탱하고 있던 줄을 끊어버렸다. 그러자 배가 격류에 휘말려 순식간에 무불장의 고수들로부터 멀어졌다.

배의 끝머리에는 세 명의 중년인과 홍초향이 서 있었는데 중년인들은 고검에게 시선을 주고 있었고, 홍초향은 아직도 여전히 그녀와 이야기를 나누던 곳에 서 있는 이충산에게 시선을 고정시키고 있었다. 그러다 배가 점점 멀어지자 체념한 사람처럼 그녀의 시선이 이충산에게서 벗어났다.

그런데 그렇게 이충산에게서 벗어난 그녀의 시선이 문득 고검의 뒤쪽에서 처연한 표정을 지은 채 자신을 바라보고 있는 왕민과 마주쳤다. 순간 그녀의 고개가 살짝 기울어졌다. 그건 마치 왕민을 어디서 본 것 같은데 어디서 보았는지 기억이 나지 않는다는 표정 같았다. 그런데 막 서로의 얼굴을 더 이상 자세히 볼 수 없을 만큼 멀어졌을 때 그녀가 뭔가를 깨달은 듯 놀란 얼굴로 다시금 왕민을 바라봤다.

다음 순간 그녀의 입에서 뭔가 작은 목소리가 흘러나왔다. 물론 격류의 거친 용음에 섞여 그녀의 말은 들려오지 않았다. 아니, 어쩌면 애초에 그녀는 입 밖으로 소리를 내지 않았는지도 몰랐다. 하지만 왕민은 그녀의 말을 알아들은 듯 가볍게 고개를 끄덕였다.

그 와중에도 흑선은 무서운 속도로 하류로 떠내려가고 있었다. 흑선은 거친 물살에 금세 뒤집힐 것 같으면서도 묘하게 균형을 유지했다. 그리곤 잠시 후 협곡의 한 모퉁이를 돌아 무불장 고수들의 시야에서 순식간에 그 모습을 감추는 것이었다.

"결국 가버렸군."

만불통이 뭔가 못마땅한 표정으로 입을 열었다.

"별수없지요. 그녀 스스로 가기를 원했으니……."

"그럼 이 청부는 어떻게 되는 건가? 우리야 그녀를 찾아주긴 한 것 아닌가?"

만불통이 고개를 돌려 여전히 절벽 위 눈바람 속에 서 있는 이충산을 바라보며 말했다. 이충산의 청부, 홍가보를 습격한 자들로부터 홍초향을 찾아달라는 청부는 오늘 완료되었다고 할 수 있었다.

　무불장은 흉수들을 찾아냈고, 치열한 추격 끝에 홍초향을 그들로부터 구해냈다. 청부는 완벽하게 수행된 것이다. 그러나 그녀는 스스로 다시 그들의 인질이 되길 원했다. 물론 그녀의 아들이 그들에게 잡혀 있기에 그녀가 그런 결정을 내릴 수밖에 없었다는 것은 이해할 수 있었다. 하지만 청부사로서 중요한 것은 이 청부가 일단 완벽하게 수행되었다는 것이었다.

　"올라가시죠. 가서 그의 말을 들어봐야 할 것 같습니다."

　고검이 만불통을 보며 말했다.

　"그러세. 원 참, 이상한 인질에 이상한 청부자일세."

　만불통이 고개를 갸웃거리며 앞서서 협곡을 이룬 절벽 사이로 난 작은 길을 따라 협곡 위쪽으로 올라가기 시작했다. 고검은 그런 만불통의 뒤를 따라가다가 왕민의 앞에서 걸음을 멈췄다. 왕민의 시선은 여전히 흑선이 사라진 방향으로 향해 있었다.

　"그만 가시죠."

　"그래야지요."

　"그녀가… 알아보던가요?"

　"마지막 순간 알아보더군요. 아마 몹시 놀랐을 겁니다. 근 이십여 년 만에 보는 것일 테니. 기억을 하고 있다는 것만도 대단한 일이지요."

　왕민이 감회 어린 음성으로 말했다. 그러자 고검이 잠시 뜸을 들였다가 다시 입을 열었다.

"이제 어찌하면 좋겠습니까?"

그러자 왕민이 고검을 보며 말했다.

"그야 장주께서 결정하셔야지요. 저야 장주의 결정을 따르면 그뿐입니다."

그러자 고검이 고개를 끄덕이다가 시선을 돌려 협곡 위 이충산을 바라봤다.

"일단 그의 말을 들어봐야겠군요."

*   *   *

밤이 되어서도 눈은 여전히 내리고 있었다. 아니, 오히려 눈발이 굵어져 마치 세상을 파묻기라도 할 듯 퍼부어대고 있었다. 깊은 산중의 낡은 사당에도 역시 눈이 내리고 있었다. 사당이 너무 낡아 자칫 지붕에 쌓인 눈의 무게를 이기지 못하고 무너져 내릴까 걱정해야 할 정도였지만 사당 안에선 훈훈한 불빛이 새어 나오고 있었다.

무불장 고수들은 산속의 낡은 사당 안에 모여 있었다. 사당 가운데에서 모닥불이 피어오르고 있어 매서운 한파에 눈바람까지 몰아치는 사당 밖과는 달리 사당 안은 훈훈한 온기가 감돌았다.

무불장의 고수들은 그 온기에 몸을 녹이며 눈의 무게를 이기지 못하고 삐거덕대는 지붕의 비명 소리에 섞여 들려오는 이충산의 이야기에 귀를 기울이고 있었다.

홍가보를 공격했던 자들과 홍초향이 탄 흑선을 속절없이 떠나보내고 나서 이충산은 새로운 청부를 고검에게 청했다. 물론 처음 무불장을 찾아와 내놓았던 것과 똑같은 보석이 든 전낭을 다시 내어놓고서. 추산은 그런 이충산을 보며 도대체 이충산에게 그런 보석이 얼마나 있을까를 궁금해했지만, 고검은 이충산에게서 다른 이야기를 듣기를 원했다.

청부사는 청부자에게서 청부와 관련된 모든 정보를 들어야 한다. 그 철칙을 어길 경우 청부사는 자신의 의도와 상관없이 쓸데없는 분란에 휘말릴 수 있고, 또 누군가의 한낱 도구로 전락해 버릴 수 있기 때문이었다.

그래서 고검은 새로운 청부를 내어놓는 이충산에게 그와 홍가보, 그리고 홍초향의 관계에 대한 좀 더 자세한 이야기를 들을 필요기 있을 것 갇다고 말했다. 이충산은 고검의 요구에 쉽게 답하지 않았다. 아마도 자신과 홍가보에 얽힌 세세한 이야기를 타인에게 하는 것이 결코 쉽지 않은 모양이었다.

이충산의 침묵은 꽤 길었다. 그의 침묵이 길어진 만큼 그의 새로운 청부에 대한 고검의 결정 역시 늦어졌다.

그들은 그렇게 애매한 문제를 남겨두고 협곡을 떠났다. 그리고 미처 운성으로 이어지는 관도에 도착하기도 전에 산중에는 밤이 찾아왔고, 마침 발견한 산중의 낡은 사당에서 하룻밤을 보내게 된 것이었다.

이충산이 입을 연 것은 사당 안에 모닥불을 피우고 운성에서 준비해 온 육포(肉脯)로 요기를 마친 후, 잠시의 시간이 흐른 뒤였다.

"말씀드렸지만 난 홍가보주의 제자였지요."

침묵 속에서 불쑥 이충산이 입을 열자 무불장 고수들의 신형이 굳어지며 이충산에게로 시선이 쏠렸다. 그가 드디어 이번 일에 얽힌 자신의 과거사를 좀 더 자세히 말할 결심이 섰다는 것을 깨달았기 때문이었다.

"그리고 낮에 보았던 초향, 그러니까 홍가보주의 무남독녀인 초향과는 서로 연모하여 혼약을 약속한 사이였지요."

여기까지는 무불장의 고수들도 이미 알고 있던 사실이었다. 홍초향의 이름을 입에 올릴 때 잠시 흔들렸던 이충산의 동공은 금세 침착함을 되찾았다.

"우리 두 사람의 관계는 보주뿐 아니라 홍가보의 모든 사람들이 알고 있었고, 암묵적으로 인정을 하고 있었지요. 그래서 모두들 우리 두 사람이 언젠가 혼인을 하게 될 것이라는 걸 기정사실로 받아들이고 있었습니다. 그러던 어느 날 보주께서 저와 제 위의 두 분 사형을 부르셨지요. 그리곤 한 가지 일을 우리들에게 맡겼습니다."

홍가보주와 두 사형의 이야기를 입에 올리면서 이번에는 이충산의 눈에 차가운 한광이 스치고 지나갔다.

이충산과 그의 두 사형, 관산과 장무빈은 홍가보주로부터 태원에 다녀올 것을 명받았다. 태원 남쪽 장흥산에는 홍가보가 가물현에 터를 잡을 때부터 인연을 맺은 부림산장이 있었는데, 마침 부림산장의 장주인 노검객 천택호가 칠순을 맞았기에 홍가보에서도 축하의 사절을 보내야 했기 때문이었다.

"보주의 명을 들으면서 전 잠시 의문이 들었지요. 부림산장의 장주 천 노사의 칠순 축하라면 의당 사부나 사백들 중 한 분이 동행하셔야 하는데 그러지 않으셨으니 말입니다. 더군다나 천 노사의 칠순 잔치에 참석하는 것치고는 그 행장이 너무 단출했습니다. 분명 적지 않은 선물이 준비되어야 하는 관계임에도 불구하고 말입니다. 하지만 어쨌든 명을 받았으니 떠나지 않을 수는 없었지요. 그리고 당시 제가 그런 문제를 심각하게 생각지 못했던 것은 사부가 명을 내리면서 제게 한 말 때문이었습니다. 사부는 태원에서 돌아오면 곧 나와 초향의 혼사를 진행하시겠다고 말씀하셨지요. 사실 그때 이미 우리 두 사람은 혼기가 꽉 찬 사람들이었지만 사부의 말씀이 없어 혼인을 미루고 있던 실정이었지요. 그러니 제가 사부의 말씀에 어찌 기뻐하지 않을 수 있었겠습니까? 다른 문제는 신경 쓸 상황이 아니었지요."

그렇게 몇 가지 의문이 있기는 했지만 이충산은 홍초향과의 혼인이 가까웠다는 생각에 그런 의문들을 머릿속에서 지워 버리고 흥겨운 기분으로 태원으로 향했다.

가물현에서 태원으로 가는 길은 분하를 따라 배를 타고 거슬러 오르거나, 혹은 말을 타고 육로를 따라가게 마련이었다. 이충산과 그의 두 사형은 육로를 택해 태원으로 향했다. 세 명의 사형제는 젊은 혈기를 앞세워 쉬지 않고 말을 몰아 가물현을 떠난 지 며칠 지나지 않아 벌써 부림산장이 있는 장홍산 근방에 도착할 수 있었다.

"예정보다 닷새 정도 일찍 장홍산 어귀에 도착한 우리는 바로 부림산장으로 가지 않고 장홍산 서쪽에 위치한 통혼벽을 구경하기로 했지요. 통혼벽이란 분하를 내려다보고 서 있는 수백 척 높이의 절벽이었는데, 그곳에서 남녀가 혼인을 약속하면 백년해로를 할 수 있다는 전설이 깃든 곳이었지요. 두 사형 또한 제가 태원에서 돌아가면 초향과 혼인할 것을 알고 있었으므로 제 혼인을 축하해 주기 위해 통혼벽을 한번 둘러보자고 제안을 했던 것입니다. 저로서야 당연히 거절할 이유가 없는 제안이었지요."

이충산과 그의 두 사형이 통혼벽에 도착했을 때는 어둑한 저녁 무렵이었다. 일반인들이라면 통혼벽의 험준한 절벽을 피해 통혼벽 아래로 내려갈 시간. 그러나 무공을 익힌 세 사람에게는 어둠이 문제될 것이 없었다. 더군다나 때마침 보름이라 초저녁부터 솟아오른 보름달이 사위를 비추고 있어 그 정취가 남다르기도 한 밤이었다.

삼 인의 사형제는 다른 사람들이 내려오는 통혼벽을 되짚어 올라갔다. 그렇게 한 시진을 걸어 통혼벽에 올랐을 때 통혼벽 위에는 그들 말고는 아무도 존재하지 않았다.

"그날 밤은 몹시 아름다웠지요. 하늘에는 보름달이 떠 있었고, 그 달빛에 비추인 수백 척의 절벽과 그 아래를 유유히 흐르는 강물은 그야말로 평생 보기 드문 절경이었던 겁니다. 그런데……."

홍초향과의 혼인에 대한 기대로 자못 기분이 들떠 있던 이충산이 통혼벽의 아름다움에 취해 모든 긴장을 풀어놓고 있던 그 순간, 그가 상상조차 하지 못했던 일이 그에게 벌어졌다. 바로 그의 두 사형, 관산과 장무빈이 돌연 검을 빼 들더니 다짜고짜 그를 향해 살검을 휘둘러 댔던 것이다.

"처음에는 그저 절 놀리려는 사형들의 장난인 줄 알았지요. 하지만 전 금세 깨달을 수 있었습니다. 두 사형이 정말 절 죽이려 한다는 사실을 말입니다. 저도 얼떨결에 검을 빼 들고 두 사형의 공격에 대항할 수밖에 없었지요."

그렇게 선남선녀들이 미래를 약속하는 아름다운 장소, 통혼벽에서 세 사형제는 목숨을 건 싸움을 시작했다.

본시 홍가보주 홍대남의 다섯 제자 중 이충산의 무공이 가장 뛰어났다. 가끔 이충산의 무공을 본 강호의 고수들은 그가 홍가보의 제자인 것을 안타까워할 정도로 그의 무공은 다른 네 사형제와는 완전히 다른 경지에 올라 있었던 것이다.

하지만 이충산은 평소 자신의 무공을 온전하게 드러내지 않았다. 그건 사형제들에 대한 그의 배려 때문이었다. 자신의 뛰어남을 숨겨 사형제들이 좌절에 빠지지 않게 하기 위한… 어쩌면 또한 그 스스로가 사형제들로부터 멀어지지 않기 위한 행동이었을 수도 있었다.

하지만 두 사형으로부터 목숨을 위협받으면서도 자신의 무공을 숨길 필요는 없었다. 그는 두 사형으로부터 공격받자 자신의 모든 능력을 끌어냈다. 그래서 두 사형의 협공을 받으면서도 이충산은 두 사람의 공격을 수월하게 막아낼 수 있었다.

그의 두 사형, 관산과 장무빈은 그런 이충산의 무공에 크게 당황했다. 애초에 자신들의 사제가 자신들보다 훨씬 뛰어난 무공을 지니고 있다는 것을 알고 있었지만 두 사람의 합공을 받아낼 만큼 강할 것이라고는 생각지 못했던 것이었다. 그런데 자칫 잘못하면 사제 이충산이 아닌 자신들이 이충산의 검에 무릎을 꿇을 위기에 처하게 된 것이었다.

"왜 날 죽이려 하는 것이오?"

두 사형과의 대결에서 우위를 점하자 이충산이 마음에 이는 의문을 입에 올렸다.

"널 죽이려 하는 것은 모두 홍가보를 위한 것이다."

관산이 차가운 눈초리로 이충산을 쏘아보며 말했다. 관산의 눈초리에는 그동안 그가 이충산에게 내보이지 않았던 감정들, 뛰어난 사제에 대한 질투의 감정이 담겨 있었다.

"어째서 내가 죽는 것이 홍가보를 위하는 것이오?"

"흥, 그건 네가 너무 잘났기 때문이지. 너의 그 잘난 무공 말이야. 사형 둘을 상대하고도 여유가 있는 이 무공 말이다."

이번에는 장무빈이 대답했다.

"나의 무공이 어째서 홍가보에 해가 된다는 것이오? 혹, 나의 무공에 대한 사형들의 시기심 때문이라면 이건 너무 지나치지 않소이까? 사부께서 이 일을 아시면 아마도 크게 노하실 것이오."

그런데 이충산의 질책에 관산의 입에서 이충산으로서는 상상도 하지 못한 대답이 흘러나왔다.

"흥, 이 일은 이미 사부님도 알고 계시는 일이다."

관산의 입에서 흘러나온 말을 듣는 순간 이충산은 큰 충격을 받고 흔들거렸다. 사부도 아는 두 사형의 살수! 도대체 자신에게 무슨 일이 벌어지고 있는 것인지 이충산의 머릿속은 큰 혼란에 빠져들었다. 그리고 자연스럽게 그의 검식 또한 흔들리기 시작했다. 이충산이 정신적인 타격을 받은 것을 확인한 두 사형은 득의한 표정을 지으며 계속해서 이충산의 가슴에 비수를 꽂아 넣었다.

"흥, 사부뿐인 줄 아느냐? 사매 또한 이번 태원행에서 네가 돌아오지 못할 것이란 걸 알고 있단 말이다."

장무빈의 냉소가 피할 수 없는 검처럼 이충산의 가슴을 후벼 팠다. 장무빈이 말한 사매는 곧 홍가보주의 딸이자 자신의 정혼녀인 홍초향을 이르는 말이었다.

순간 이충산이 거칠게 검을 휘둘러 두 사형을 밀어내고는 움직임을 멈췄다. 그의 얼굴은 하얗게 질려 있었고, 두 눈은 경악으로 부릅떠져 있었다.

"도대체, 도대체 내게 무슨 일이 벌어진 것이오?"

이충산이 검을 늘어뜨리고는 두 사형에게 물었다.

"좋다. 지난 십여 년의 세월 동안 사형제로 살아온 정리를 생각해 말해주도록 하마. 오늘날 네가 이 지경에 처한 것은 네가 홍가보의 발전에 걸림돌이 되었기 때문이다."

"도대체 왜 내가 홍가보에 걸림돌이 된단 말이오?"

"그건 바로 네가 사매의 정인이기 때문이다."

"초향의 정인이기 때문이라니, 그게 무슨 말이오?"

"다시 말해 넌 결코 사매의 짝이 될 수 없다는 말이다."

"이해할 수 없소. 초향과 나의 관계는 사부께서도 인정하신 것이오. 그런데 내가 사매와 짝이 될 수 없다니……."

"보름 전만 해도 네 말은 맞는 말이었다. 하지만 보름 전 한 곳에서 사매에게 청혼이 들어온 이후 넌 죽을 수밖에 없는 신세가 된 것이다. 이번 청혼은 도저히 거절할 수 없는 곳에서 온 것이니까."

"그 말은… 결국 사매와 날 떼어놓기 위해 내 목숨이 필요했다는 말이구려. 하지만 목숨이라니… 그저 우리의 혼인을 허락지 않으면 그뿐인 것을……."

"사부께서는 사매의 과거를 깨끗하게 지워 버리길 원하셨지. 그게 사매에게 청혼을 한 곳에 대한 예의라고 생각하신 거지."

"도대체… 도대체 얼마나 대단한 곳이기에 제자의 죽음까지 필요한 것이오?"

"대단한 곳이지. 북천십이룡, 사자문이 바로 홍가보와 인연을 맺기를 원하는 곳이다. 그것도 사자문주의 이제자 육관 대협이 말이다. 그러니 어찌 사부께서 이 청혼을 거절할 수 있었겠느냐?"

　순간 이충산은 두 다리에서 힘이 쭉 빠져나가는 것을 느꼈다. 북천십이룡 사자문, 거기에다 사자문의 이제자 육관. 이충산 역시 이 명칭들이 가지는 의미를 알고 있었다.

　어린 시절 홍가보에 몸을 의탁하게 된 이충산은 자라나면서부터 특출난 재능을 보였다. 그 재능은 무공에만 국한된 것이 아니었다. 그의 두뇌 역시 명석하기 이를 데 없었다. 그래서 그는 일찌감치 사부이자 홍가보주인 홍대남의 사람됨을 깨닫고 있었다.

　그의 판단으로 사부 홍대남은 절대 찾아온 기회를 놓칠 사람이 아니었다. 홍대남은 언제나 야망에 불타고 있었다. 북천무맹의 중심부로 진출할 기회를. 하지만 홍대남에게는 그 야망을 스스로의 힘으로 이룰 만한 능력이 없었다.

　홍가보는 대대로 전통있는 무가(武家)였지만, 홍대남의 대에 와서는 그 무명이 많이 퇴락해 있었다. 그도 그럴 것이, 홍대남의 대에 들어 홍가보를 대표할 만한 특출한 고수를 배출하지 못하고 있었기에 홍가보의 무명은 자연스럽게 퇴락할 수밖에 없었다.

　홍가보주 홍대남도, 그의 유일한 사제로 알려진 육기룡도 전대 홍가보주 홍룡이 이룬 무학의 절반도 깨우치지 못했다는 것이 홍가보를 알고 있는 사람들의 평가였다.

　물론 홍가보에 전대 보주 홍룡의 진산절학을 이을 만한 기재가 없었던 것은 아니었다. 그는 홍대남의 사제였다고 하는

데, 어쩐 일인지 젊은 시절 홍가보를 뛰쳐나갔다고 했다. 이후 그의 이름을 거론하는 것이 홍가보에서는 불문율로 되어 있었기에 이충산도 그의 이름을 알지는 못했다. 하지만 이충산은 간혹 홍가보의 늙은 문인들이 비록 이름을 입에 올리지는 않았지만 과거 홍가보를 뛰쳐나간 홍대남의 사제에 대해 쉬쉬하며 아쉬움을 토로하는 것을 본 적이 있었다.

어쨌든 무공으로는 자신의 야망을 이룰 가능성이 없다는 것을 알고 있던 홍대남은 무공 대신 다른 길을 선택했다. 다행히 홍대남은 무공의 성취가 부족한 대신 이재(理財)에는 뛰어나게 밝아, 가물현과 운성의 상권을 차곡차곡 접수해 매년 막대한 재물을 끌어 모았다. 그리고 홍대남은 그렇게 모은 막대한 재물을 북천무맹의 유력 문파들과 인연을 맺는 데 쏟아 부었다.

북천무맹의 중추 세력인 북천십이룡 사자문의 청혼은 바로 그런 홍대남의 노력이 거둔 최초의 의미있는 성과였다. 물론 그 대신 그에게 가장 부족한 무공에 탁월한 재능을 지닌 제자를 포기해야 했지만…….

'사부는 제자를 위해 야망을 포기할 분이 아니지.'

홍대남의 성정을 익히 알고 있는 이충산은 현실을 인정했다. 하지만 그로서도 받아들일 수 없는 현실이 있었다.

"정말 홍 매도 이 사실을 알고 있소?"

이충산의 눈에서 한줄기 한광이 번쩍였다. 순간 그의 두 사형, 관산과 장무빈이 흠칫 몸을 움츠렸다. 마치 거짓말을 하다

들킨 사람들처럼…….

"무, 물론 사매도 이 일을 알고 있다. 사매 역시 자신의 과거를 깨끗하게 지우기를 원했다."

관산이 반발하듯 이충산을 향해 소리쳤다. 하지만 이충산은 관산의 말을 믿을 수 없었다. 그가 태원으로 떠나오던 전날 밤에도 그녀는 자신에게 사랑의 밀어를 속삭이지 않았던가.

"난 그 말을 믿을 수 없소. 내 눈으로, 내 귀로 그녀에게서 확인하는 순간까지는……."

그러자 두 사형의 얼굴에 차가운 미소가 깃들었다.

"흥! 하지만 넌 결코 그녀를 만날 수 없을 것이다. 왜냐하면 오늘 이곳이 네 무덤이 될 테니."

"사형들의 무공으로는 이 사제를 제압할 수 없소."

이충산이 무뚝뚝하게 밀했다. 그리자 관산과 장무빈의 얼굴이 치욕으로 일그러졌다.

"물론 그렇겠지. 네가 얼마나 잘난 놈인지 알고 있으니까. 하지만 바로 그것 때문에 네놈은 이곳에서 살아갈 수 없을 것이다. 우린 항상 너의 그 잘난 모습을 보며 자괴감에 빠져 살았지. 물론 홍가보 역시 네 것이 될 게 분명했고. 그러니 우리가 어찌 오늘 이 기회를 놓칠 수 있겠느냐?"

그러자 이충산이 다시 고개를 저었다.

"내가 살고자 한다면 두 사형은 결코 날 죽일 수 없소."

여전히 무뚝뚝한 이충산의 목소리. 그의 목소리에서는 자신감과 죽지 않겠다는 굳은 의지가 묻어났다.

"후후, 아니, 넌 결코 살아날 수 없다. 왜냐하면 지금 네 공력은 평소의 절반에도 미치지 못할 테니까."

관산이 음침한 미소를 지으며 말했다. 순간 이충산이 재빨리 공력을 끌어올렸다. 그러나 그의 단전에 느껴지는 공력은 관산의 말처럼 평상시의 절반에도 미치지 못하는 것이었다.

"도대체 무슨 짓을……?"

"후후후, 애초에 네 무공이 강하다는 것을 알고 있는 우린데 허술히 준비했겠느냐? 이곳에 올라 네가 마신 한 잔의 술 속에는 산공독이 들어 있었다. 이제야 그 효과가 나타나는가 보구나."

순간 이충산의 머릿속에 통혼벽의 정상에 올랐을 때 관산이 건넨 술 한 잔이 떠올랐다.

"자, 이젠 그만 가거라!"

이충산의 공력이 흩어지고 있다는 것을 확인한 관산과 장무빈이 이충산을 향해 범처럼 달려들었다. 공력이 온전했을 때는 몰라도 절반 이상의 공력이 상실된 지금 아무리 이충산의 무공이 뛰어나다고 해도 두 사람의 협공을 감당할 수는 없었다.

"그리하여 난 하늘에 내 명을 맡겼지요. 바로 통혼벽 아래로 몸을 날린 것입니다. 통혼벽의 높이는 수백 척. 내가 살아날 확률은 그야말로 일 푼도 되지 않았지만 선택의 여지가 없는 결정이었지요."

이충산은 거기까지 이야기를 하고는 입을 닫았다. 하지만 그다음은 더 이상 이야기하지 않아도 충분히 짐작할 수 있는 일이었다. 일 푼의 가능성은 그의 목숨을 살렸고, 오늘 그는 홍초향을 만났던 것이다.

"그런데 왜 이렇게 오래 걸린 거죠? 오 년이라는 시간은……."

그러고 보니 설명되어지지 않은 부분이 있었다. 그는 지난 오 년 동안 무엇을 하고 있었던 것일까? 왜 바로 홍가보를 찾아와 홍초향을 만나지 않았던 것일까?

"통혼벽에서 떨어진 나는 통혼벽 아래, 사람의 발길이 닿지 않는 곳에 은거하고 있던 한 분의 기인에게 목숨을 구원받았습니다. 하지만 목숨이 살아난 대신 기억을 잃었지요. 그리고 잃어버린 기억을 찾는 데 오 년이 걸린 겁니다."

무거운 침묵이 사당 안을 휩쓸고 지나갔다. 이충산이 겪은 고난은 이루 말할 수 없이 참담한 것이었다. 그가 기억을 찾았을 때 그는 또 얼마나 큰 좌절을 맛보았을 것인가? 사부와 사형제, 사랑하는 정인에게 버림받은 아픔을 그는 어떻게 견뎌냈을 것인가.

모든 사람들이 이충산에 대해 깊은 동정심을 느끼고 있을 때 고검이 입을 열었다.

"그녀는… 무슨 말을 했습니까?"

순간 무불장의 고수들은 깨달았다. 정작 중요한 이야기를 아직 듣지 못했다는 사실을…….

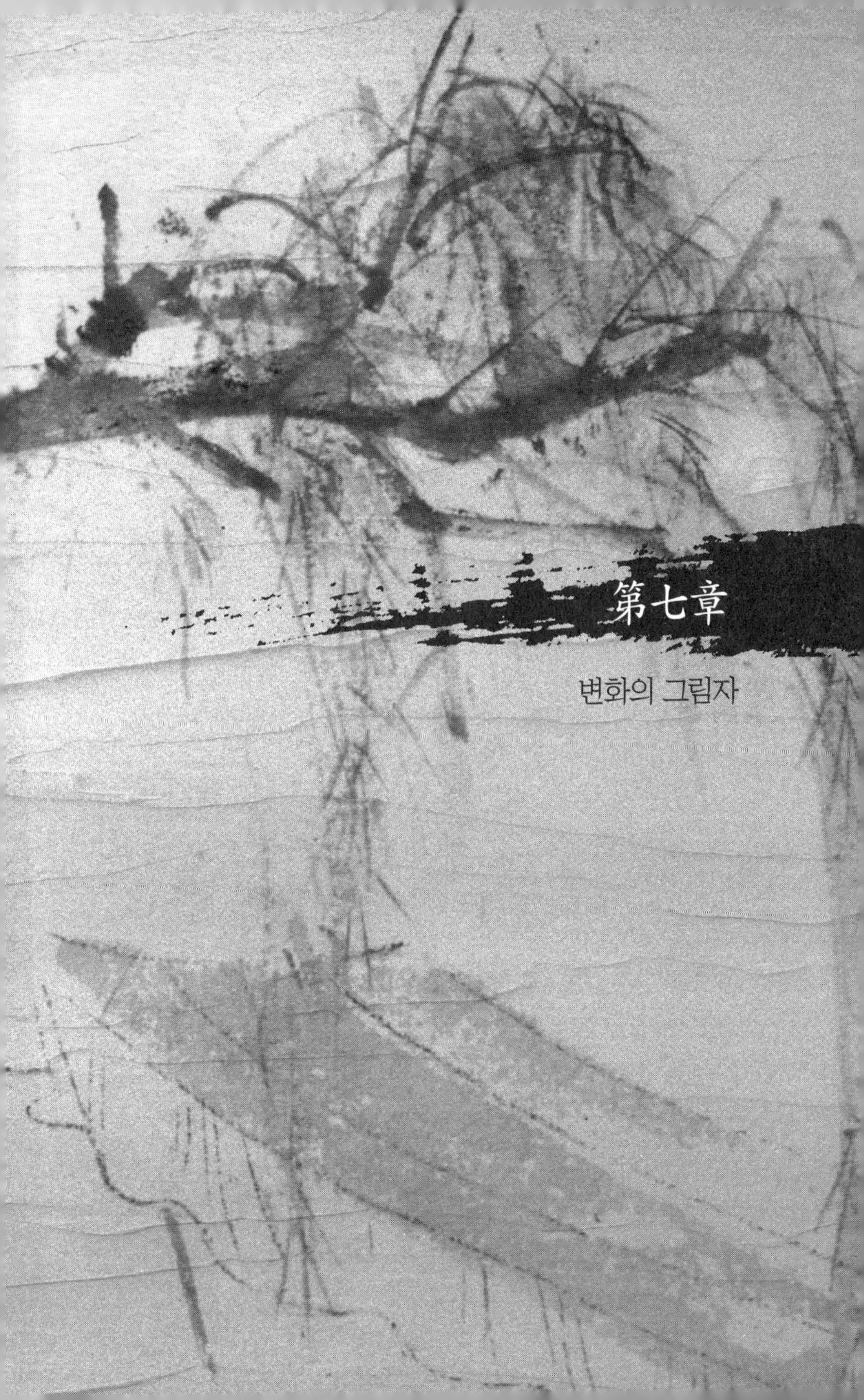

第七章

변화의 그림자

"그녀는 이렇게 말했지요. 우리의 아이를 위해 가야 한다고……!"

이충산의 입에서 이 말이 흘러나왔을 때 사람들은 잠시 그 말의 의미를 깨닫지 못하고 무심히 그의 말을 받아들였다. 하지만 다음 순간 사당 안의 사람들은 마치 약속이라도 한 듯 화들짝 놀라며 이충산을 바라봤다.

우리의 아이, 그녀가 말하는 우리란 도대체 누굴 말하는 것인가. 홍초향과 육관? 아니다. 이충산의 말속에 포함된 그 진지한 떨림은 결코 그 우리가 홍초향과 사자문 이제자 육관을 말하는 것이 아니었다. 그렇다면 우리라는 단어의 또 다른 조합이 가능하다. 바로 홍초향과 이충산! 사람들의 시선이 이충산에게서 벗어나지 않았다. 모두들 이충산의 대답을 듣고 싶어했다. 그녀가 말한 우리가 누군지를…….

"그 아이는 바로 제 아들입니다."

이충산은 사람들이 자신에게 무언의 시선으로 묻고 있는 것이 무엇인지 알고 있다는 듯 말했다.

"음……."

"흐흠……."

장내에 몇 마디 침음성이 흘러나왔다. 이건 그 누구도 예상하지 못한 일이었다. 흉수들에게 납치된 아이가 이충산과 홍초향의 아이라는 사실은 이번 청부를 완전히 새로운 방향으로 몰아갈 수 있었다.

"도대체 어떻게 일이 그리된 건가?"

침착하기로는 강호제일이라 해도 모자랄 왕민조차 흥분한 얼굴로 이충산에게 물었다. 그는 청부 기간 내내 의식적으로 이충산을 멀리하고 있었다. 이충산에게 자신 또한 홍가보 출신이란 사실을 알리고 싶지 않았기 때문이었다. 하지만 지금은 이충산에게 묻지 않을 수 없었다. 아무리 악연이었다 해도 그 역시 홍가보 출신이 아니던가?

"제가 태원으로 떠나기 전날 밤을 우리는 함께 지냈지요. 그때 아이가 생긴 모양입니다. 무가의 여인은 아이가 생겼다는 사실을 민가의 여인들보다 훨씬 빨리 알아차리지요. 초향에게 제 죽음이 전해졌을 때, 초향이 육관과의 혼인을 거부하고 아이를 키우며 홀로 살겠다고 하자 사부가 초향에게 말했다고 하더군요. 태어날 아이를 죽일 것인지, 아니면 하루라도 빨리 사자문의 육관과 혼인하여 아이를 사자문의 사람으로 키울 것인지를!"

"어떻게 자신의 외손자를!"

미심이 여인의 모성으로 분노를 일으켰다.

"후후, 사부라면 충분히 그럴 수 있는 사람이지요."

이충산이 씁쓸한 미소를 흘려냈다. 그리고 이충산의 말은 옳았다. 태어날 아이는 결국 자신의 명에 의해 살해된 이충산의 핏줄. 혹여라도 훗날 그 아이가 이충산의 죽음에 관한 진실을 알게 되었을 때를 생각하면 홍대남으로서는 아이를 이충산의 핏줄로 키우느니 죽이는 것이 낫다고 생각할 수 있었다. 그리고 홍대남은 그 정도의 일은 눈 한 번 깜짝하지 않고 실행에 옮길 수 있는 사람이었다.

"초향도 사부의 성정을 잘 알고 있었지요. 그래서 초향은 한 달 만에 사자문의 육관에게로 출가했던 것입니다."

"사자문에서는 전혀 의심을 하지 않았을까요? 아이가 열 달을 채우지 못하고 태어났을 터인데?"

추산이 고개를 갸웃하며 물었다.

"무림의 여인들은 본시 행동이 과한 편이라 한두 달 일찍 출산하는 경우가 종종 있지요."

미심이 추산의 궁금증에 이충산 대신 답을 해줬다.

"그렇군요. 어쨌든 아이를 위해선 잘된 일이었군요."

추산이 고개를 끄덕였다. 그런데 이충산이 고개를 저었다.

"그런데 그게 그렇지 않았던 모양입니다. 육관은 어디서 초향과 나의 이야기를 들었던지 아이가 태어난 이후에는 전혀 초향과 아이를 만나러 오지 않았다고 하더군요. 또한 다른 여인을 두 번째 부인으로 맞아들이기도 하고 말입니다. 그러면서도 초향이 사자문을 나서는 것은 절대 허락지 않았답니다. 거의 감금과 같은 생활을 해왔던 것이지요. 이번에 홍가보에 들른 것이 초향이 혼인을 한 이후 이루어진 첫 번째 외출이었다고 하더군요. 물론 사자문에서 막대한 금자를 홍가보에 요구하기 위해서였지만 말입니다. 아마 사자문은 초향의 과거를 문제로 사부를 옥죄고 있었던 모양입니다. 어쩌면 사자문은 이미 초향과 육관을 혼인시키기 전에 이런 모든 사실을 알고 있었는지도 모르지요. 그들이 필요한 것은 결국 초향이 아니라 가물현 인근의 상권을 장악한 홍가보의 재력이었으니 초향의 과거는 오히려 그들에게 좋은 기회를 준 것이라 할 수 있지요."

"결국 홍가보 입장에서는 자승자박이 되었군요."

"사부의 욕심이 화를 부른 것이지요. 물론 그 화보다 더한 화를 당해 지금은 멸문의 상태에 이르렀지만 말입니다."

이충산이 씁쓸한 표정으로 대답했다.

그렇게 이충산의 이야기는 끝이 났다. 어느새 사당 안에 피워놓은 모닥불은 사그라져 있었다. 추산이 준비해 두었던 마른 나무토막을 몇 개 모닥불 위에 얹었다. 그러자 잠시 후 하얀 연기가 일어나더니 다시 모닥불이 활활 타오르기 시작했고 이내 사당 안에 후끈한 열기가 일어났다. 그 열기가 사람을 흥분시켰을까. 이충산이 한동안 닫았던 입을 다시 열었다.

"전, 제 여자와 아이를 찾고 싶습니다."

누구에게랄 것도 없이, 어쩌면 스스로에게 다짐하듯 던져 낸 말이었다. 그러자 고검이 예의 그 무감정한 목소리로 물었다.

"그게 새로운 청붑니까?"

"그렇습니다."

"홍 부인과 아이를 찾으면 어찌하실 생각입니까? 누가 뭐래도 지금 그 두 사람은 사자문의 사람들입니다."

그러자 이충산이 입술을 깨물며 다짐하듯 말했다.

"또다시 죽은 사람이 될 수는 없지요. 다시는 그녀를 놓치지 않을 겁니다."

그러자 고검의 낯빛이 어두워졌다.

"쉽지 않은 일입니다."

"어차피 한 번 죽은 목숨이니까요."

아마도 이충산은 무불장의 고수들이 청부를 거부한다 해도 혼자라도 홍초향과 아이를 찾아 나설 것이다. 그의 표정과 말투에서 어떤 난관에도 물러서지 않겠다는 의지가 묻어나고 있었다.

고검이 그런 이충산에게서 시선을 돌려 왕민을 바라봤다. 왕민 역시 고검과 이충산을 바라보고 있었던지 두 사람의 시선이 허공에서 마주쳤다. 그러자 왕민이 작게 고개를 저었다. 무불장이 관여하기엔 지나치게 위험한 일이었다.

본시 무불장은 사패 내부의 일에 관여된 일은 맡지 않는 것이 그간의 철칙이었다. 왕민도 그 사실을 잘 알고 있었기에 그 스스로가 이충산과 홍초향 두 사람과 끊어질 수 없는 인연을 가지고 있음에도 이충산의 새로운 청부에 대해 부정적인 의사를 내비친 것이다. 어쨌든 홍가보는 그의 과거이고, 무불장은 그의 현재이기 때문이었다. 하지만 왕민의 속마음은 그렇지 않을 것이란 걸 고검은 알고 있었다.

"무척 까다로운 일이 될 겁니다."

고검이 천천히 입을 열었다. 순간 사당 안의 사람들이 놀란 눈으로 고검을 바라봤다. 고검은 지금 이충산의 새로운 청부를 받아들이겠다는 의사를 간접적으로 표시한 것이다.

"장주, 이건……?"

왕민이 서둘러 입을 열었지만 고검이 손을 들어 왕민의 말을 가로막았다.

"그간 무불장이 지켜온 원칙에 어긋나기는 하지만… 이 청부는 계속하기로 하지요."

고검이 다시 한 번 단정적으로 말했다.

"고맙습니다."

이충산이 자리에서 일어나 재빨리 고검에게 포권을 취해 보였다.

"어차피 시작한 청부이니 끝을 보자는 생각일 따름입니다."

고검이 이충산에게 마주 고개를 숙여 보이며 대답했다.

"그나저나 문제는 놈들이 어디로 도주했는가를 찾는 것인데……. 장주는 그자들이 떠나갈 때 그자들의 정체를 짐작하는 듯한 말을 했었는데, 혹 그들이 누군지 알고 있는 건가?"

만불통이 고검에게 물었다. 이미 수락한 청부, 이제는 청부를 온전히 수행하기 위해 고민할 때였다.

"단서가 될 만한 것이 있기는 하죠."

만불통의 물음에 답한 것은 고검이 아니라 추산이었다.

"사제도 역시 그들에게서 뭔가를 찾아냈느냐?"

"그 배가 단서가 될 것 같아요."

"후후, 역시 놓치지 않았구나."

고검이 추산의 말에 고개를 끄덕이며 미소를 지었다.

"배기 단서라니, 그게 도대체 무슨 말들인가?"

만불통이 두 사람이 하는 말을 알아듣지 못하겠는지 고개를 갸웃거리며 물었다.

"어르신께서는 오늘 낮 그자들과 싸움을 벌였던 그 협곡에 배가 올라올 수 있었다는 것이 이상하지 않으셨나요?"

추산이 만불통에게 되물었다. 그러자 만불통이 고개를 끄덕였다.

"그러고 보니 이상한 일이군. 그 협곡은 워낙 물살이 거세서 배를 타고 내려가기도 어려운 곳인데 그곳까지 배가 올라왔다니 말이야. 그곳에서 배를 만든 것이 아니라면 정말 이상한 일이군. 도대체 어떻게 그곳까지 거슬러 올라 배를 숨겨놓을 수 있었을까?"

"그래서 그 배가 바로 단서가 된다는 거지요. 사형과 저는 그런 격류를 뚫고 올라올 수 있는 배를 만들 수 있는 자들을 알고 있거든요. 아마 강호에 그런 능력을 가진 자들은 그들 말고는 없을 거예요."

"도대체 그자들이 누구지?"

만불통이 여전히 짐작이 가지 않는다는 얼굴로 중얼거렸다.

"그들은 바로 암옥이에요."

"암옥? 수룡맹(水龍盟) 말인가?"

"아, 이젠 암옥이 아니라 수룡맹이라고 불러야겠군요."

추산이 고개를 끄덕였다.

"음, 물론 그들이 자칭 수룡맹이라 이름 지은 것을 보면 그자들이 물길을 터전으로 삼으려 한다는 것을 알겠지만, 그들이라고 그런 격류를 뚫고 협곡을 거슬러 오를 배를 만들 수 있을까?"

"우린 이미 그런 배를 보았어요. 그리고 우리뿐 아니라 제법 많은 사람이 그 배를 보았을걸요?"

"도대체 어떤 배를 말하는 건가?"

"그야 조금만 생각해 보면 쉽게 짐작할 수 있지요. 암옥을 대표하는 이름이 뭐겠어요. 바로 암옥귀선이죠."

"암옥귀선!"

그제야 만불통도 어느 정도 이해가 간다는 듯 고개를 끄덕였다. 하지만 그의 얼굴에 금세 다시 의문이 깃들었다.

"나도 암옥귀선이 대단한 배라는 이야기는 들었네. 보통 단단하게 만들어진 것이 아닐뿐더러 어떤 외부의 침입도 막아낼 기관들이 설치되어 있다는 이야기 말일세. 하지만 그렇다고 해도 과연 낮에 보았던 그런 협곡의 격류를 거슬러 올라올 수 있을까?"

"암옥이 위치한 양천곡으로 가자면 등천협이라는 협곡을 지나야 하지요. 처음 암옥이 만들어졌을 때는 그 등천협을 거슬러 오를 배가 없었기에 암옥의 고수들도 등천협 입구에서 배를 내려 도보로 이동했다고 하더군요. 하지만 지금은 암옥귀선을 탄 채 배에서 내리지 않고 등천협을 거슬러 오를 수 있어요. 그간 암옥에서는 끊임없이 암옥귀선을 개량해 격류를 거슬러 오를 수 있는 배를 만든 거지요."

"그 등천협이라는 협곡이 낮에 보았던 협곡만큼 험한가?"

"아마도 거의 비슷할걸요. 물론 그 폭으로 보자면 등천협이 더 넓기는 하지만… 어쨌든 그런 등천협을 거슬러 오를 암옥귀선을 만들 수 있는 자들이니 또 다른 배를 만들지 못할 리는 없는 거죠. 낮에 보았던 그 흑선처럼 말이에요."

"음, 그러고 보니 배의 생김새가 다른 배들과는 사뭇 다른 점이 있긴 하더군."

만불통이 고개를 끄덕였다.

"그렇다면 이번 일에 암옥, 그러니까 수룡맹이 관여됐다는 말이 되는 것인가?"

추산과 만불통의 건너편에 앉아 있던 왕민이 심각한 표정으로 중얼거렸다. 수룡맹은 현 강호의 폭풍의 핵이었다. 수룡맹의 행보가 어떻게 결정되느냐에 따라 강호는 천하사패의 시대에서 천하오패의 시대로 변할 수도 있고, 혹은 과거 백마대전 때처럼 일대 혈풍이 불어올 수도 있었다. 따라서 지금 천하인의 이목은 온통 수룡맹에 집중되어 있었다. 그런 수룡맹을 상대로 움직여야 하는 청부라면 결코 쉽지 않은 일이 될 터였다.

"결국은 수룡맹이 이번 홍가보를 공격한 자들의 뒤에 있다고 봐야겠지요."

고검이 고개를 끄덕였다. 그러자 미심이 보충하듯 말을 이었다.

"수룡맹이라면 충분히 홍가보를 공격할 이유가 있지요. 지금 강호의 수로는 거의 수룡맹에 의해 장악된 것으로 알려져 있어요. 장강은 물론이고 강남과 강북을 잇는 대운하와 황하의 중하류는 모두 수룡맹에 가입한 문파들이 장악하고 있지요. 그 문파들 중에는 우리와 인연이 있는 문파들도 있고요."

"우리와 인연이 있는 곳이라뇨?"

"가장 최근에 인연을 맺은 곳은 등주의 칠웅문이죠."

순간 추산이 놀란 표정으로 미심을 바라봤다.

"아니, 칠웅문이 수룡맹에 가입했단 말인가요?"

"그렇다고 하더군요."

"흠… 어떻게 암옥과 인연을 맺었을까?"

"아마 칠웅문의 일곱 문주 중 여섯이 죽은 이후 그 문세가 급격히 약해지자 북천무맹과 동궁 모두 칠웅문에게서 등을 돌린 모양이에요. 그때 암옥이 칠웅문에 손을 내민 거겠죠. 칠웅문 역시 등주에서 자신들의 기반을 잃지 않기 위해서는 누군가의 도움이 절실했을 테니 암옥의 손길을 거부할 수 없었을 거예요."

미심의 말에 추산이 뭔가 떠오른 표정으로 입을 열었다.

"그러고 보니 칠웅문을 떠날 때 우리와 엇갈려 칠웅문 쪽으로 향하던 배가 있었던 기억이 나네요. 어쩌면 그들이 암옥의 사람들이었을지도……."

"만약 그렇다면 암옥에서는 오래전부터 칠웅문을 눈여겨보고 있었다는 말이 되겠지. 일이 생기자마자 그들을 방문한 것을 보면."

고검이 나직이 말했다.

"이쨌든 그런 식으로 안옥, 즉 수룡맹은 천하의 물길을 장악해 온 것 같아요. 아마도 천하의 물길 중 암옥의 세력이 미치지 못하는 곳은 극히 적을 거예요. 그리고 그런 곳 중 하나가 바로 홍가보의 세력권인 가물현과 인근의 수로였고요."

"음… 듣고 보니 수룡맹에서 홍가보를 공격할 이유는 충분하군. 하지만 홍가보는 엄연히 북천무맹의 중견 문파이니 대놓고 공격을 할 수는 없었을 테고… 결국 소수의 절정고수를 동원해 정체를 숨긴 채 한밤에 홍가보를 공격한 것이로군."

만불통이 천천히 고개를 끄덕였다.

"그러나 이 모든 것은 추측해 지나지 않습니다. 좀 더 조사를 해봐야 이번 사건의 진상을 명백하게 알아낼 수 있을 겁니다. 일단 이 호왕산을 벗어난 후 홍가보가 사라진 가물현 인근 수로를 어느 곳에서 장악했는지를 알아봐야겠지요. 그리고 그 자들을 조사하면 결국 이 일의 전말을 짐작할 수 있을 겁니다.”

고검이 침착한 목소리로 말했다.

“흠, 그러면 되겠군. 생각보다 일이 쉽게 풀릴 수도 있겠는데?”

만불통이 고개를 끄덕였다.

“이 일은 미 부인께서 수고를 해주셔야겠습니다.”

고검이 미심을 보며 말하자 미심이 가벼운 미소와 함께 고개를 끄덕였다.

“걱정 마세요. 이미 호왕산에 들어오기 전에 부탁을 해놓았으니까요.”

“그럼 돌아가면 바로 소식을 들을 수 있겠군요.”

“아마도 그럴 수 있을 거예요.”

“좋습니다. 그럼 일은 그렇게 진행하기로 하고… 만약 이 일에 수룡맹이 관련되어 있다면 우린 무척 조심해서 움직여야 할 겁니다. 더군다나 이런 산중이 아닌 사람들의 이목이 있는 곳에서 움직이게 된다면 북천무맹의 고수들과도 마주칠 수 있으니 각별히 조심해야겠지요. 우리가 홍 부인의 뒤를 쫓고 있다는 것을 북천무맹이나 사자문에서 알게 되면 조금 골치 아픈 일이 일어날 수도 있을 테니 말입니다.”

골치 아픈 일이라면 하나밖에 없었다. 무불장에서 홍초향을 납치한 자들을 쫓고 있다는 것을 사자문이나 홍가보의 생존자들이 알게 되면 당연히 무불장에 청부를 한 사람에 대해 궁금해할 것이고, 그리되면 이충산의 존재가 드러날 수도 있었다. 지금 같은 상황에서 이충산의 존재가 드러나는 것은 청부를 수행하는 데 하등의 도움도 되지 않았다.

이야기를 주고받는 사이 밤은 깊어져 있었다. 사당 밖에서는 여전히 매서운 눈바람이 불고 있었다.

*　　　*　　　*

멀리 눈 속에 파묻힌 산채가 시야에 들어왔다. 눈이 와서인지 산채 주변에는 사람의 인적을 찾을 수 없었다.

"모두 떠난 걸까요?"

추산이 중얼거리듯 물었다. 이틀 전 방문했던 흑호채였다.

"글쎄. 모르지, 초가 안에 틀어박혀 있을지. 눈이 이렇게 징그럽게 오니 저들인들 초가 밖으로 나오고 싶겠는가?"

"하지만 방책을 지키는 사람도 보이지 않는데요? 명색이 산적들이 사는 산채인데……."

"흠, 듣고 보니 그도 그렇군. 그럼 이 눈보라를 헤치고 정말 산채를 떠났단 말인가? 정착할 곳도 없을 텐데……."

"또 그 나름대로 살길을 찾겠죠."

"휴, 추운 겨울을 어찌 넘기려는지……."

만불통이 혀를 찼다. 이런 한겨울에 거처를 떠나 정착할 곳이 어디 있겠는가? 그중 몇몇은 아마도 이 겨울을 버티지 못하고 숨을 거둘지도 몰랐다.

"하여간에 무림인들은 보통 사람들에게는 전혀 도움이 되지 않는 족속인 모양이에요. 산채를 보니 어느 정도 터가 잡힌 것 같던데……."

"우리도 무림인이 아닌가?"

"헤, 그러게요."

추산이 실없는 웃음을 흘려냈다.

"그만 가시죠. 눈이 이렇게 계속 온다면 산에서 길을 잃을 수도 있습니다."

고검이 잠시 걸음을 멈추고 흑호채를 바라보고 있던 무불장 고수들의 걸음을 재촉했다.

쉬지 않고 눈보라가 몰아쳤다. 덕분에 무불장 고수들이 소년 춘삼의 집에 도착하기까지는 그들이 호왕산에 갈 때보다 곱절의 시간이 걸렸다.

"아, 돌아오셨군요."

마침 춘삼은 방에서 나와 어디서 구했는지 질 좋은 마초를 무불장 고수들이 돌봐주길 부탁한 말들에게 던져 주고 있었다.

"그래, 고생이 많구나. 이 눈 속에 용케 마초를 구했구나."

고검이 춘삼의 머리를 쓰다듬으며 말했다.

"예전에 아버지가 마초 장사를 할 때 알던 분들이 있어서 쉽게 구할 수 있었어요. 그런데 가셨던 일은 잘 끝나신 건가요?"

"그럭저럭… 그나저나 아버님은 좀 어떠시냐?"

고검의 물음에 춘삼의 얼굴이 금세 밝아졌다.

"정말 왕 선생님은 명의이신 모양이에요. 왕 선생님께서 처방해 주신 약을 지어다 드시게 했더니 오늘은 한 시진 가까이 산책까지 하셨지 뭐예요. 이렇게 가면 내년 봄에는 충분히 일을 하실 수 있을 것 같아요."

"잘됐구나. 그나저나 오늘 하루 또 신세를 져야 할 것 같은데 괜찮겠느냐?"

"그럼요. 저야 대환영이죠."

춘삼이 밝은 얼굴로 고개를 끄덕였다.

그렇게 무불장의 고수들은 다시 춘삼의 초옥에서 하룻밤을 보내게 되었다. 그날 밤 왕민은 다른 때보다도 더 정성껏 춘삼의 아버지를 치료했다. 자신의 진기를 소모하며 추궁과혈까지 하는 것을 본 추산이 저렇게까지 할 필요가 있을까 하고 의문을 가졌지만, 어쨌든 왕민은 자신이 할 수 있는 모든 것을 춘삼의 아버지에게 쏟아 붓는 것이었다.

그렇게 눈보라가 매섭게 몰아치는 밤이 지나고 아침이 밝았을 때, 하늘은 거짓말처럼 파란 속살을 드러내고 있었다.

"요지경 속이로세. 하늘의 뜻은 알다가도 모르겠어. 언제 눈이 왔나 싶지 않은가 말이야."

일찍 아침을 지어 먹고 춘삼의 초옥을 떠나기 위해 방을 나선 만불통이 하늘을 보며 중얼거렸다.

"그나마 다행이에요. 눈이 계속 왔으면 꼼짝없이 며칠 갇혀 있을 뻔했는데……."

추산이 초옥 한쪽에 매여져 있던 말의 고삐를 풀며 말했다.

"그러게 말이야. 지금으로선 시간이 금이지. 어챠!"

만불통이 추산의 말에 맞장구를 치며 훌쩍 말 등에 뛰어올랐다. 그러자 무불장 고수들도 하나둘 말 등에 몸을 실었다.

"이젠 정말 가시는군요?"

춘삼이 자신의 아버지와 함께 무불장 고수들을 전송하기 위해 눈 덮인 초옥 마당에 나와 있다가 서운한 기색으로 말했다.

"인연이 있다면 또 만나게 될 것이다. 아버님 잘 모시거라."

고검이 춘삼을 보며 당부했다.

"혹시 나중에라도 대협님들을 뵈려면 어디로 가야 하나요?"

춘삼이 다급하게 물었다.

"혹여라도 네가 이 운성을 떠나 세상에 나오게 된다면 개봉 무불장을 찾아라. 그러면 우릴 만날 수 있을 것이다. 그럼 잘 있거라."

말을 마친 고검이 말을 몰아 눈 덮인 산길을 달려나가기 시작했다.

"잘 있거라. 춘삼, 나중에 다시 보자."

추산이 춘삼에게 눈을 찡긋해 보이고는 이내 고검의 뒤를 따랐다. 그러자 연이어 무불장 고수들이 눈보라를 일으키며 설원을 달려나가는 것이었다.

“정말로 갔군요.”

춘삼이 풀 죽은 목소리로 말했다.

“그들은 강호의 사람들, 애초에 우리 같은 사람들과는 다른 세계를 살아가는 사람들이란다.”

이옥산이 춘삼의 어깨를 가만히 감싸 안았다. 두 사람은 무불장 고수들이 설원에서 사라질 때까지 그 자리에 서 있었다. 그러다 더 이상 사람의 모습이 보이지 않게 되자 춘삼이 입을 열었다.

“대협들이 묵어간 방을 치워야겠어요.”

“그리하려무나.”

이옥산이 고개를 끄덕였다. 어쩌면 아들은 무불장 고수들의 체취를 좀 더 느껴보고 싶은 것인지도 몰랐다. 그런데 잠시 후, 무불장 고수들이 묵었던 방을 치우겠다고 들어간 춘삼이 놀란 목소리로 이옥산을 향해 소리쳤다.

“아버지, 이것 보세요! 대협들이 금자를 놓아두고 갔어요! 그것도 무척 많아요! 이건 한 백 냥은 되겠어요!”

춘삼의 초옥을 떠난 무불장 고수들은 운성으로 향하지 않았다. 홍수와 홍초향이 탄 배는 황하의 협곡을 따라 내려갔으므로 그들이 도착할 곳도 황하와 접한 어느 한곳일 터였다. 그래서 일단 무불장 고수들은 황하에 접한 포구 중 가장 가까운 곳에 위치한 가물현으로 길을 잡았다.

“그 정도 금자면 충분히 두 부자가 기반을 잡고 살아갈 수 있을 겁니다.”

어느새 일행의 선두는 만불통과 추산이 맡고 있었다. 고검과 왕민은 가장 뒤쪽에서 말을 몰고 있었는데, 두 사람이 어깨를 나란히 하게 되었을 때 고검이 나직한 목소리로 왕민에게 말했다.

“장원으로 돌아가면 장주께 빌린 금자는 바로 갚도록 하지요.”

왕민이 대답했다.

“하하, 저도 빌려 드린 돈을 안 받을 생각은 없습니다. 그나저나 이젠 마음이 좀 편해지셨습니까?”

그러자 왕민이 고개를 저었다.

“금자 백 냥으로 어찌 두 부자에게 진 빚을 다 갚을 수 있겠습니까? 따지고 보면 오늘날 그 두 부자가 그런 어려운 지경에 처하게 된 것은 모두 홍가보 때문이라고 할 수 있는데 말입니다. 그들이 겪어온 고난을 생각하면 금자 백 냥으로는 도저히 그들에 대한 빚을 갚을 수 없는 것이지요. 나 또한 춘삼이 가족의 불행에서 자유로울 수 없는 사람이지요. 아니, 오히려 제가 그들 불행의 원인이랄 수 있지요. 미령이 그렇게 홍가보를 떠난 것은 결국 제가 홍가보를 떠났기 때문이었을 테니 말입니다.”

“이미 이십 년이 다 되어가는 일, 이제는 좀 자유로워지실 수도 있지 않겠습니까?”

“후후, 평생을 가슴에 묻고 살아가야 할 아픔도 있는 법이지요. 제가 지금 다시 가물현으로 향하는 것도 다 과거의 인연 때문이지 않습니까."

고검이 고개를 끄덕였다. 사람마다 평생 가슴에 안고 살아가야 할 아픔이 있다는 왕민의 말이 새삼스레 가슴에 와 닿았다. 고검 또한 고가장의 멸문을 아직도 생생히 기억하고 있지 않은가.

"그런데 당시 홍가보를 떠나신 홍미령 여협은 어디에 계신 걸까요?"

"글쎄요. 알 수 없지요."

"미 부인께 부탁을 드리면 혹 실마리를 찾을 수 있을지도……."

그러자 왕민이 고개를 저었다.

"아닙니다. 만약 우리의 인연이 끊어지지 않았다면 언젠간 만나게 되겠지요."

왕민의 말에 고검이 순순히 고개를 끄덕였다. 이 문제는 고검이 깊이 관여할 문제가 아님을 알고 있기 때문이었다. 그렇게 잠시 말없이 길을 가던 중 고검이 다시 입을 열었다.

"한편으로는 아쉽군요."

"무엇이 말입니까?"

"홍가보의 쇠락이 말입니다. 왕 선생님도 그렇고, 이 대협도 그렇고… 홍가보는 문파 내 최고 기재들을 하나같이 밖으로 내치는군요."

그러자 왕민이 씁쓸한 미소를 지었다.

“이 모든 것이 한 사람의 시기심 때문이지요. 전대 보주께서 홍가보를 이끌 때는 비록 그 세력이 큰 것은 아니었지만 문파의 고수들은 무공에 일로매진했지요. 해서 개인이 지닌 무공으로 보자면 북천무맹의 어느 문파에도 뒤지지 않는 실력을 지니고 있었다고 할 수 있었지요. 그런데 전대 보주께서 돌아가시고 현 보주가 홍가보를 맡으면서 홍가보는 전통의 무가에서 이재를 추구하는 문파로 변하기 시작했지요. 그러니 후인을 키우는 데 소홀할 수밖에요. 더군다나 전대 보주가 심혈을 기울여 키운 고수들조차 제대로 지키지 못해 보를 떠나게 만들었으니, 어찌 지금의 몰락을 남의 탓으로 돌릴 수 있겠습니까? 자업자득이지요.”

“그의 무공은 어찌 보셨습니까? 홍가보의 진산절학을 이은 것 같습니까?”

고검이 앞서 걷는 이충산을 보며 물었다. 그러자 왕민이 고개를 갸웃했다.

“조금 다르더군요. 아마도 통혼벽에서 추락한 후 다른 깨달음을 얻었든지, 아니면 다른 무공을 익혔든지……”

“왕 선생님과 비슷한 경우군요.”

“후후, 저와는 조금 다르지요. 저야 전대 홍가보주께 이미 홍가보 무공의 정수를 전수받은 상태였으니까요. 이후 강호에 나와 익힌 것은 모두 잡기(雜技)에 불과할 뿐입니다. 제 무공의 근본은 여전히 홍가보의 무공이지요. 그런데 저 아이는 조금 다른 것 같습니다. 홍가보의 정통심공인 홍락양(紅珞陽)의 기운이 거의 느껴지지 않는 것을 보면……."

"전혀 다른 무공을 익혔다는 건가요? 저 나이에?"

이미 형성된 자신의 무공을 버리고 다른 무공을 새롭게 익히는 것은 죽은 사람이 다시 살아나는 것처럼 어려운 일이다. 그래서 본시 강호명문에서 재능있는 제자를 고를 때는 그 나이가 이십 세가 넘지 않은 소년들을 들이는 것이 아니던가.

"그가 기억을 잃었었다고 하니 새로운 무공을 익히기에는 오히려 좋은 조건이었겠지요."

"하지만 어디서 그런 절정무결을 얻을 수 있었을까요? 그의 무공은 평범한 것이 아닙니다."

"저 아이를 구한 사람이 통혼벽 아래에 은거한 기인이라고 했으니, 아마도 무림인이 아니었을까요?"

왕민의 말에 고검이 고개를 끄덕였다.

"그럴 수도 있겠군요. 하하, 역시 세상일은 정말 모르나 봅니다. 불행의 끝에서 기인을 만났으니 오히려 무인으로서는 복이랄 수 있을까요?"

"하지만 역시 사랑하는 여인을 잃은 것에 비할 수 있겠습니까."

왕민이 쓸쓸한 표정으로 말했다.

"그런데 이 대협께는 왕 선생께서 홍가보 출신이란 걸 끝까지 숨길 생각이십니까?"

"청부를 수행하는 도중에는 그럴 생각입니다. 청부 중에 내가 홍가보 출신이란 걸 알면 서로 불편해질 수도 있을 테니 말입니다."

　무불장 고수들이 가물현에 어귀에 도착한 것은 해가 뉘엿뉘엿 서산으로 넘어가고 있을 때였다. 한겨울의 매서운 추위와 며칠 동안 내린 폭설로 인해 가물현으로 이어지는 대부분의 길이 끊겨 있었기에 평소 황하를 오르내리는 상인들로 북적하던 가물현은 조용한 침묵에 잠겨 있었다.
　"현 내에는 사람들의 이목이 있을 테니 외곽의 조용한 객잔에 드는 것이 어떻겠나?"
　앞서 가던 만불통이 가물현이 눈에 들어오자 고개를 돌려 고검에게 물었다.
　"그게 좋겠군요."
　고검이 고개를 끄덕이자 이충산이 입을 열었다.
　"제가 적당한 곳을 알고 있습니다. 그리로 가시지요."
　"적당한 곳을 알고 계시다니 다행이군요."
　고검이 고개를 끄덕이자 이충산이 앞서서 무불장 고수들을 인도하기 시작했다.

　소래객잔의 주인 유씨는 오늘도 텅 빈 객잔 안을 돌아보며 한숨을 내쉬고 있었다. 올 겨울 들어 유난히도 많이 내린 눈으로 인해 손님이 뚝 끊겼을 뿐 아니라, 가물현의 터줏대감 홍가보의 멸문으로 홍가보로 이어지는 가물현 외곽의 관도 변에

위치한 소래객잔은 그야말로 파산 일보 직전까지 몰려 있었
다.

"어떻게 올 겨울만 지나면 버틸 수도 있겠구만……."

이미 두 명 있던 점소이도 내보냈고, 셋을 두었던 주방의 인
원조차 숙수 한 사람만 남기고 모두 그만두게 한 지 오래였다.
그 스스로 객잔에 드는 손님을 접대해야 하는 상황이었지만
그렇게라도 하지 않으면 이미 객잔의 문을 닫았을지도 모르는
일이었다.

그런데 궁즉통이라고 했던가. 수일간 손님이라곤 어른거리
지 않던 객잔의 문밖에서 사람의 말소리가 들려오는가 싶더
니, 이내 객잔 문이 열리며 여섯 명이나 되는 사람이 객잔 안으
로 쏟아져 들어왔다.

"아이고, 어서 오십시오."

객잔 주인 유씨가 화색을 하며 달려나가 얼른 손님을 맞았
다. 이런 불경기에 여섯 명이나 되는 손님이 들었으니 그야말
로 하늘이 돌보신 일이라 할 수 있었다. 그러니 당연히 손님도
하늘이 보낸 사자와 같이 대접해야 하지 않겠는가?

"자자, 이리로 앉으시지요."

유씨가 연신 허리를 굽실거리며 손님들을 소래객잔에서 가
장 좋은 자리로 인도했다.

"하루 묵어갈 것이고, 밖에 말이 있소. 마초를 좀 가져다주
시오."

손님 중 한 명이 말하자 유씨가 얼른 대답했다.

“걱정 마십시오. 말을 타고 오시는 손님을 위해 좋은 마초를 항시 준비해 놓고 있습지요. 그런데 식사는……?”

유씨가 슬쩍 고개를 들어 말을 건넨 사내를 바라봤다. 그 순간 유씨는 눈앞에 있는 손님이 얼마 전 이곳에 들렀던 사람이란 걸 깨달았다. 다른 때라면 몰라도 이렇게 가뭄에 콩 나듯 손님이 드는 상황에서 얼마 전 들렀던 손님을 기억하지 못할 리 없는 유씨였다. 더군다나 상대가 쓰고 있는 낡은 천을 두른 커다란 방갓은 유씨의 기억을 되살리는 데 결정적인 단서가 되었다.

“아, 이제 보니 얼마 전 오셨던 손님이시군요?”

유씨가 반가운 듯 아는 척을 했다.

“기억하고 계시는군요.”

“하하, 본래 본 소래객잔은 손님을 왕처럼 모시는 곳인지라 한 번 들른 손님은 언제나 기억하고 있습지요. 하하!”

유씨가 아부성 짙은 웃음을 흘려낼 때 갑자기 손님 중 한 명이 불쑥 입을 열었다.

“정말 한 번 들른 손님은 분명히 기억하나요?”

분명 시비조의 음성이다. 유씨가 얼른 방갓을 쓴 사내에게서 시선을 돌려 시비를 건 손님을 바라봤다. 이제 겨우 이십대 초중반의 청년이 빙글거리며 유씨의 대답을 기다리고 있었다. 추산이었다.

‘요런 머리에 피도 안 마른 녀석이!’

유씨는 내심 자신의 말에 딴죽을 걸고 나오는 청년에게 부아가 났으나 손님은 손님, 여전히 웃는 얼굴로 입을 열었다.

"물론 저도 사람인지라 모든 손님을 다 기억할 수는 없지요. 하지만 대부분의 손님은 기억을 하는 편이지요. 그런데 식사는 어찌하실는지……?"

그러자 추산이 여전히 장난기 가득한 얼굴로 다시 입을 열었다.

"하하, 무척 똑똑하신 분이군요. 자, 뭘 먹는다? 사형, 오랜만에 객잔에 들렀으니 제대로 된 요리를 한번 먹어보죠? 매일 육포만 먹었으니까요."

"사제가 좋을 대로 시키거라."

고검이 대답하자 추산이 얼른 제법 값이 나가는 요리들을 빠른 속도로 줄줄이 불러댔다.

"…그리고 산서 명주 분주 다섯 병까지! 머리가 좋으시니 모두 기억하셨죠?"

추산이 유씨를 보며 물었다. 물론 유씨가 추산이 말한 모든 요리를 기억할 리 없었다. 추산의 말이 워낙 빨랐기 때문이기도 하지만, 개중에는 유씨가 생전 처음 들어보는 요리의 이름이 섞여 있기 때문이었다.

'요런 망할 녀석이!'

유씨는 추산이 자신을 놀리고 있다는 것을 알고 머리끝까지 화가 났으나 그렇다고 귀하디귀한 손님에게 화를 낼 수도 없었다.

"죄, 죄송합니다, 손님. 제가 미처 손님이 말한 요리들을 모두 기억하지 못했군요. 다시 한 번 말씀해 주실 수 있겠습니까?"

유씨가 송구한 기색이 역력한 표정으로 굽실거리며 말했다.

"아니, 한 번 들른 손님의 얼굴을 모두 기억하신다는 분이 겨우 몇 가지 요리를 기억 못하신다는 건가요? 허허, 혹시 제가 말한 요리를 내올 만한 실력을 갖춘 숙수가 없는 것 아닌가요?"

그러자 퍼뜩 유씨의 머릿속에 한 가지 근심이 떠올랐다. 과연 지금 이 젊은 녀석이 주문한 요리를 혼자 남은 숙수 육칠이 모두 해낼 수 있을까 하는 걱정이었다.

'제길, 육칠 녀석이 이런 듣도 보도 못한 요리를 할 턱이 없지. 싼 맛에 쓰는 녀석인데……'

유씨의 얼굴에 당황한 기색이 역력한 것을 본 추산이 다시 입을 열려는 순간 고검이 추산의 말을 막았다.

"사제, 그만 하거라. 농이 지나치구나. 주인장, 이곳에서 할 수 있는 요리 서너 개와 요기할 수 있는 것들을 내어다 주시면 됩니다."

고검의 말에 유씨의 얼굴에 생기가 돌았다.

"알겠습니다. 그리합지요. 우리 소래객잔에서 가장 자신있게 만들 수 있는 요리를 대령하겠습니다. 그럼……!"

유씨가 추산의 입에서 다시 무슨 소리가 나올까 걱정하는 눈으로 추산을 흘깃 보더니 재빨리 걸음을 옮겨 주방으로 달려갔다.

"추산, 가뜩이나 장사가 안 되어 힘들 텐데 왜 그런 장난을 하느냐?"

객잔 주인이 주방으로 사라지자 고검이 질책하듯 추산을 나무랐다.

"잘난 척을 하길래 잠시 놀려준 것뿐이에요. 그나저나 정말 손님이 없어도 너무 없군요. 이래가지고야 어디 버틸 수 있겠어요?"

추산이 객잔 안을 둘러보며 말했다.

"이곳에서 북쪽으로 십여 리 가면 옛 홍가보의 장원이 나옵니다. 본시 이곳은 가물현의 시가지와는 멀리 떨어져 있는 곳이나 홍가보로 가는 길목에 있기에 홍가보가 건재할 때는 제법 사람의 왕래가 많았던 곳이지요. 홍가보에 일이 생긴 이후 이렇게 어려워졌을 겁니다. 더군다나 올해는 유난히 혹한에 눈이 많이 오니 오가는 나그네도 그리 많지 않고 말입니다."

이충산이 객잔에 손님이 없는 이유를 설명했다.

"결국 객잔 문을 닫고 이곳을 떠야겠군요."

"아마도 그래야 할 겁니다."

"허 참, 문파 하나가 문을 닫으니 여러 사람이 피곤해지는구나."

만불통이 혀를 차며 탄식을 흘려냈다.

"아마도 가물현 자체가 쇠락할 가능성이 많겠지요. 가물현은 누가 뭐래도 홍가보로 인해 발전한 곳이니까요."

이충산이 빼꼼이 열린 창밖으로 시선을 주며 말했다. 그가 어린 날을 보내고 무공을 익히며 강호에 대한 꿈을 키웠던 곳이 어쩌면 사라질지도 모르는 운명에 처했다는 것이 그의 마음을 쓸쓸하게 만드는 모양이었다.

그렇게 객잔에 든 지 얼마간의 시간이 지나자 객잔 주인 유씨와 주방을 맡고 있는 숙수가 직접 김이 모락모락 피어오르는 요리들을 들고 나왔다. 객잔에 사람이 없어 숙수가 직접 점소이 노릇까지 해야 하는 상황이었다.

"준비를 하느라 했는데 입에 맞으실지 모르겠습니다."

음식을 내려놓으며 유씨가 조심스럽게 무불장 고수들의 눈치를 살피며 말했다. 요리에서 풍겨 나오는 냄새는 손님 없는 객잔의 분위기와는 다르게 제법 먹음직스러웠다.

"음, 맛이 괜찮군."

만불통이 돼지고기볶음을 입에 넣어보고는 고개를 끄덕이며 말했다.

"음식은 제법 맛이 있는 곳이지요."

이충산이 만불통의 말을 거들었다. 한 절음씩 요리를 입에 넣어본 무불장 고수들도 고개를 끄덕였다. 손님들이 음식 맛에 만족하는 것을 본 유씨가 내심 가벼운 안도의 한숨을 내쉬며 입을 열었다.

"음식이 입에 맞으신다니 다행입니다. 그럼 맛있게들 드십시오."

유씨가 아부 섞인 음성으로 말을 하고 막 신형을 돌리려는데, 갑자기 만불통이 입을 열었다.

"그런데 주인장, 요즘 이 가물현의 사정은 좀 어떻소이까? 홍가보가 문을 닫았으니 가물현의 사정도 그리 좋지는 않겠구려?"

소식을 얻으려면 역시 객잔 주인만 한 사람이 없었다.

"영향이 없다고는 할 수 없지요. 이 가물현은 홍가보와 함께 만들어진 마을이니까요."

"그럼 노인장도 곧 객잔의 문을 닫고 이곳을 떠나겠구려."

그러자 유씨가 단호하게 고개를 저었다.

"이곳을 떠나다니요. 그런 일은 없을 겁니다."

"홍가보가 사라져 마을은 쇠락하고, 객잔에는 이렇게 손님이 없는데 계속 이곳에서 버티겠다는 말이오?"

만불통이 이해가 되지 않는 듯 물었다.

"물론 홍가보가 문을 닫은 후 가물현의 상권이 아주 망가진 것은 사실이지요. 하지만 이 가물현은 워낙 자리가 좋은 포구라 누구라도 탐을 낼 수밖에 없는 곳입지요. 그러니 겨울이 지나고 봄이 오면 분명 홍가보를 대신할 누군가가 이곳을 차지하게 될 겁니다. 모르죠. 북천십이룡에서 나설지도. 뭐, 말로는 사자문에서 홍가보의 터를 인계할 수도 있다고 하고… 아, 그러고 보니 근자에 들어 가물현에서 활동을 시작한 새로운 무림인들이 있다는 얘기를 들은 것 같군요."

"아니, 그새 홍가보의 빈자리를 차지하고 들어온 문파가 있단 말이오?"

"아직 홍가보를 대신한다고 할 수는 없지요. 하지만 어쨌든

홍가보가 건재할 때는 보이지 않았던 무림인들이 가물현에 나
타난 것은 사실입니다.”

“어떤 자들인지 알고 계시우?”

“그것까지는… 저희 같은 사람들이 감히 무림인들의 정체
를 캐고 다닐 수는 없는지라…….”

유씨의 말에 만불통이 고개를 끄덕였다. 일개 객잔 주인이
알 수 있는 정보는 이 정도가 최선이리라.

“이야기 잘 들었수. 그럼 가서 일 보시구려.”

“알겠습니다. 그럼 이만…….”

객잔 주인 유씨가 몸을 돌려 총총히 무불장 고수들에게서
떠나갔다. 그러자 그 모습을 보고 있던 추산이 중얼거렸다.

“홍가보의 빈자리를 노리는 자들이라. 조사해 볼 필요가 있
겠군요.”

그러자 미심이 담담한 목소리로 입을 열었다.

“내일이면 운성과 가물현 근방 무림인들의 움직임을 알 수
있을 거예요. 그러면 뭔가 단서가 잡히겠죠.”

第八章

영천회(潁川會)

"이름하여 영천회(滐川會)리……."

만불통이 탁자를 톡톡 두드리며 중얼거렸다. 소래객잔에서 하룻밤을 보내고 아침이 오자 어느새 미심은 가물현 인근 지역의 소식을 무불장 고수들에게 가져왔다. 그 소식 중 한 세력의 이름이 언급됐다.

영천회(滐川會)!

산서 서남쪽, 황하 유역의 지방에서는 그리 낯선 이름은 아니었다. 가물현에서 남쪽으로 백여 리 떨어진 곳에 위치한 대산포(大山浦)를 기반으로 활동하는 세력으로 대산포 포구 주변의 상권을 장악하고 있는 자들이었다.

역사로 보자면 오히려 홍가보보다도 먼저 생겨나 한때는 산서 서남부 전역을 그 활동 무대로 하기도 했었지만, 가물현에 홍가보가 자리를 잡으면서부터 쇠락하기 시작해 작금에는 대산포 일대에서만 활동하는 반상반무(伴商伴武)의 문파였다.

"역사가 백여 년에 이르고, 처음 개파했을 때는 다섯 명의 상인과 다섯 명의 고수들이 힘을 모아 문파를 창설했기에 문파 이름에 회(會) 자를 붙인 모양이에요. 하지만 시간이 흐르면서 그 열 명 중 오(吳)씨 성을 가진 자들의 후손이 회를 장악해 지금에 와서는 오씨세가라 부르기도 한다는군요. 지금의 회주는 오무위란 사람이죠."

미심이 재빨리 영천회에 대한 설명을 덧붙였다.

"영천회라면 저도 조금 알지요."

이충산이 신중한 목소리로 입을 열었다.

"사부께서는 영천회가 있는 대산포를 손에 넣기 위해 여러 해 전부터 노력을 기울여 오셨지요. 대산포는 운성 주변에서 가물현을 대신할 수 있는 유일한 포구이기에 대산포만 손에 넣으면 홍가보는 산서 서남의 상권을 완전히 장악할 수 있기 때문이었습니다. 하지만 대산포를 손에 넣는 것은 그리 쉽지 않았지요. 비록 쇠락했다고는 하나 영천회의 저력을 무시할 수 없었기 때문이지요. 더군다나 근방의 수로를 한 문파가 장악하는 것을 상인들이 원하지 않았기에 대산포의 영천회는 쇠락한 와중에서도 명맥을 유지할 수 있었던 겁니다."

"격돌이 있었나요?"

추산이 물었다.

"가끔 하위무사들 간에 충돌은 있었습니다. 사부께서는 어떻게든 그런 시비를 영천회를 제압할 기회로 몰아가려 했지만 영천회에서의 대응도 만만치 않아서 언제나 유야무야 일이 끝나고 말았지요."

"그럼 홍가보가 몰락한 이후 그들이 무주공산인 이 가물현에 손을 뻗쳐 오는 것은 당연한 일이겠군요."

"그렇다고 할 수 있지요. 그들로서는 고토(故土)를 회복한다는 의미도 있겠고, 또 타지에서 다른 세력들이 몰려와 홍가보와 같은 존재로 크는 것을 미연에 방지하기 위해 가물현을 손에 넣으려 하는 것은 당연한 일이라고 할 수 있습니다."

"그럼 홍가보가 멸문한 이후 영천회가 홍가보의 세력하에 있던 지역으로 손을 뻗는 것은 어쩌면 당연한 일인 거군요. 그들이 홍가보의 빈자리를 차지하려 한다고 해서 수룡맹과 관련이 있다고 단정하기는 어렵겠는데요?"

추산이 미심을 바라봤다. 미심이 가져온 소식 중 가장 중요한 것 중 하나가 바로 홍가보의 빈자리를 채우려는 자들의 소식이었는데, 그중 단연 선두에 서 있는 세력이 바로 영천회였다.

수룡맹이 전면에 나설 수 없는 상황에서 홍가보를 공격했다는 것은 곧 누군가를 내세워 홍가보가 보유하고 있던 산서 남서쪽의 수로와 상권을 장악하기 위해서였을 가능성이 가장 크다. 그렇다면 홍가보의 멸문 이후 그 자리를 노리는 자들 중 가장 선두에 서 있는 영천회가 첫 번째로 의심을 받는 것은 당연한 일이었다. 하지만 무턱대고 영천회를 의심하기에는 그 증거가 너무 부족했다.

"제 생각에도 영천회는 아닐 것 같습니다."

이충산이 추산의 말에 동조했다.

"무슨 특별한 이유라도 있습니까?"

고검이 묻자 이충산이 고개를 끄덕였다.

"솔직히 말하자면 영천회는 홍가보를 대신할 만한 힘이 없기 때문입니다. 만약 이번 일이 벌어지기 전에 홍가보와 영천회가 정식으로 격돌을 했다면, 영천회는 이미 이 세상에 존재하지 않을 겁니다. 그만큼 영천회와 홍가보의 전력 차이는 컸습니다. 사부가 노리는 것은 명분이었지, 영천회의 힘이 두려워 망설이고 있던 건 아닙니다. 더군다나 홍가보는 북천무맹의 일원이고, 영천회는 겨우 대산포에 의지한 소문파일 뿐이지요. 북천무맹을 등에 업은 홍가보를 상대로 일을 꾸밀 배짱이 그들에게 있을 리 없습니다."

이충산의 말에 왕민도 조용히 고개를 끄덕였다. 그가 홍가보에 있던 시절에도 영천회는 홍가보와 견줄 세력이 아니었기 때문이다.

"하지만 한 가지 사실을 간과하고 있는 것 같군요."

처음 영천회의 홍가보 공격에 부정적인 의견을 냈던 추산이 오히려 이충산의 말이 끝나자 다른 의견을 내놓았다.

"영천회에게 홍가보를 단독으로 공격할 힘이 없다고 하더라도 그들이 홍가보를 멸절시키고, 가물현과 운성의 상권을 장악할 방법이 노상 없는 것은 아니기 때문이지요. 스스로의 힘이 모자랄 때는 타인의 힘을 빌려오는 방법도 있으니까요. 그리고 우린 이미 그 타인이 누군지 보고 왔잖아요."

"역시 영천회에 암옥의 힘이 미치고 있다고 말하고 싶은 게냐?"

고검이 추산을 보며 물었다.

"생각해 보면 영천회에게 홍가보는 자신들의 몰락을 가져온 원흉이지요. 또한 암옥은 천하의 물길을 장악하려는 자들이고요. 양쪽의 이익은 교묘히 맞아들어가요. 그러니 영천회가 수룡맹에 가입하지 않았다고 장담할 수는 없지요."

"영천회가 수룡맹에 가입했다라. 역시 그 추측이 가장 가능성 높군. 수룡맹의 고수들이 홍가보를 하룻밤 사이에 잿더미로 만들고, 그 뒷일은 영천회가 수습한다. 그럴듯한 계책이야."

만불통이 고개를 끄덕였다. 그러자 추산이 다시 말을 이었다.

"싸움은 수룡맹의 고수들이 맡고, 홍가보의 빈자리를 차지하는 것은 누구도 흉수로 의심치 않을 영천회에서 맡는 것으로 하면 일은 간단하게 해결되는 것이죠."

"수룡맹에서도 독립을 선언한 직후이니 공개적으로 북천무맹에 속한 홍가보를 공격할 수 없었을 테니, 이런 방법을 동원해 가물현 인근의 수로를 확보하는 것이 가장 좋은 방법이겠지. 이후 적당한 시기에 영천회가 공개적으로 수룡맹에 가입하면 일은 아주 매끄럽게 끝을 보게 되는 것이지.”

만불통이 연신 고개를 끄덕였다.

“소식에 의하면 암옥, 그러니까 수룡맹은 장강과 황하 주변의 군소문파에 막대한 금자와 고수들을 지원하며 수룡맹에 가입시키고 있다고 해요. 그러니 이번 일도 영천회를 이용한 그런 방식의 수룡맹 세력 확장의 일환으로 볼 수도 있겠죠.”

미심의 말이 끝나자 장내의 고수들이 저마다 고개를 끄덕였다. 얼추 이번 일에 대한 큰 그림이 사람들 머릿속에 그려지고 있었다.

“그럼 결국 영천회를 조사해 봐야 하나? 영천회와 수룡맹이 연결되어 있다면 영천회에 수룡맹의 고수들이 머물고 있을 테니…….”

만불통이 나직하게 중얼거렸다. 영천회에 수룡맹의 고수들이 있다면 홍초향과 그녀의 아들 역시 영천회에서 그 행방을 찾을 수 있을 터였다.

“이 눈길에 대산포까지 가야 하는 건가요?”

추산이 얼굴을 찌푸렸다.

“그곳에 길이 있다면 가야지 않겠느냐? 그럼 준비들 하시지요. 어차피 가야 할 길이면 한시라도 빨리 움직이는 것이 좋겠지요.”

고검이 무불장 고수들을 돌아보며 말하자 사람들이 하나둘 일어나 짐을 챙기기 위해 자신들이 묵었던 방으로 향했다.

"제길, 이 눈길에 가긴 어디로 간단 말이야. 며칠 묵어갈 줄 알았는데, 꼴랑 하루 묵어가는 건가?"

소래객잔의 주인 유씨가 객잔 문 앞에 서서 멀어져 가는 여섯 사람을 바라보고 있었다. 아침 일찍 소래객잔을 나선 무불장 고수들이 영천회가 있는 대산포를 향해 말을 몰아 떠나가고 있었다.

"이제 또 언제 손님을 받을 것인가?"

유씨의 시선은 아쉬운 듯 무불장의 고수들이 사라질 때까지 눈길 위에 머물고 있었다.

*   *   *

기물현에서 뱃길로는 두 시진, 말을 타고 이동하면 하루 정도의 거리에 대산포가 있다. 과거에는 수많은 상인들이 이용하는 포구였지만 홍가보가 가물현에 자리를 잡은 이후부터는 줄곧 쇠락하기 시작해 지금은 그저 그런 작은 포구로 전락한 대산포였다.

멀리서 보는 대산포는 과거의 화려했던 시절을 추정할 수 있을 만큼 넓은 대지에 자리 잡고 있었다. 하지만 대지 위에 서 있는 집들 중 사람이 들어 살고 있는 집은 극히 적었다. 상인들이 떠나자 사람들도 떠났다. 사람들이 떠난 대산포에는 그래서 허물어져 가는 빈집이 많았다.

고검이 이끄는 무불장 고수들이 대산포를 눈앞에 뒀을 때는 해가 뉘엿뉘엿 서쪽의 강 너머로 사라지고 있었다. 뱃길이 빨랐지만 배를 타지 않고 육로를 이용한 것은 사람들의 이목을 꺼려했기 때문이었다. 호왕산에서는 타인의 이목을 신경 쓰지 않고 움직일 수 있었지만, 가물현과 대산포 같은 곳에서는 북천무맹이든 아니면 흉수들이든 어느 쪽에라도 눈에 띄지 않는 것이 중요했다.

지금 가물현과 대산포 주변에는 적지 않은 북천무맹의 고수들이 활동하고 있다는 것이 미심이 전한 소식이고 보면 무불장의 고수들 입장에서는 조심하지 않을 수 없는 상황이었다.

그래서 편한 뱃길을 포기하고 눈 덮인 육로를 따라 이동한 무불장의 고수들은 하루 낮을 걸려 대산포가 내려다보이는 언덕 위에 도달했던 것이다.

"어디 거처를 정해야 할 터인데……. 그러자면 자연히 사람들의 눈을 피하기 어렵지 않을까요?"

추산이 고검을 보며 물었다. 애써 사람들의 이목을 피해 눈길을 헤쳐 왔는데 도착하자마자 타인의 눈에 띈다면 고생한 보람이 없었다.

"지난 수십 년간 대산포는 계속 쇠락했지요. 그래서 대산포에는 빈집이 많습니다. 하룻밤 정도 묵을 빈집을 구하는 것은 그리 어렵지 않을 겁니다."

이충산이 추산의 말에 고검 대신 대답했다.

"빈집이라, 그게 좋겠군. 빈집을 찾아 거처를 마련한 후 밤에 영천회를 살펴보는 것이 좋을 것 같구려, 장주."

만불통이 고검을 보며 말했다.

"그렇게 하지요. 잠시 후 날이 저물면 대산포로 내려가도록 하겠습니다."

고검이 결정을 내리고는 서서히 저물어가는 대산포를 깊은 눈으로 응시했다.

하나둘 대산포를 둘러싸고 형성된 마을에 불이 켜졌다. 하지만 불이 켜진 곳은 포구를 중심으로 반경 이백 장을 넘지 못했다. 그 외곽 지역은 사람들이 기거하는 집이 거의 없었기 때문에 밤이 찾아오자 칠흑 같은 어둠에 휩싸였다.

고검이 이끄는 무불장 고수들은 어둠을 타고 대산포로 접어들었다. 말을 버리고 경공을 펼쳐 은밀히 빈집이 즐비한 외곽 지역으로 진입해 들어간 무불장 고수들은 빈집들 중 제법 튼튼해 보이는 장원으로 들어갔다.

"최근에 집을 비우고 떠난 듯하네요."

추산이 장원 안을 두리번거리며 말했다. 추산의 말처럼 비록 빈집이기는 하지만 무불장 고수들이 찾아든 장원은 제법 깨끗한 편이었다.

"저쪽이 대청인 모양이군."

만불통이 장원의 중앙 부근에 있는 거무스름한 건물을 가리키고는 성큼성큼 걸음을 옮겨 자신이 가리킨 곳으로 향했다. 무불장 고수들도 조심스런 발걸음으로 만불통의 뒤를 따랐다.

"머물 만하군요."

대청에 오른 고검이 대청과 연이어 있는 세 개의 방문을 열어보고는 고개를 끄덕였다.

"이런 한겨울에 산중에 비하면 그야말로 궁전이랄 수 있네요."

추산이 짐짓 농을 던졌다.

"그런데 영천회를 살피러 누가 가는 것인가?"

만불통이 고검에게 물었다.

"다른 분들은 이곳에서 휴식을 취하고 계십시오. 제가 사제와 함께 다녀오지요."

"저도 가요?"

추산이 조금 귀찮다는 듯한 표정으로 물었다.

"왜, 함께 가기 싫으냐?"

"아뇨. 뭐, 그런 건 아니지만……."

추산이 고검의 말에 머리를 긁적이며 고개를 저었다.

"두 분만 가셔도 되겠습니까?"

왕민이 걱정스런 얼굴로 물었다.

"사람들의 이목을 피해야 하니 사람이 적을수록 좋겠지요."

"그래도 뒤를 봐줄 사람 정도는……."

"내가 함께 감세."

갑자기 만불통이 끼어들었다.

"그러실 필요까지는……."

고검이 고개를 저으며 말했지만 만불통은 고집을 꺾지 않았다.

"아니, 이 낡은 장원에 처박혀 있느니 영천회를 살피는 것이 더 재미있을 것 같아. 나이가 들면 본시 호기심이 많아지는 법 아니던가."

"알겠습니다. 그럼 어르신도 함께 가시는 것으로 하지요."

"좋아. 그럼 어서 가세. 미룰 것이 뭐 있겠나?"

고검의 입에서 허락이 떨어지자 만불통이 즐거운 놀이라도 가는 사람처럼 서둘렀다.

차가운 바람이 서쪽에서 불어왔다. 고검과 추산, 그리고 만불통은 서쪽에 위치한 황하에서 불어오는 찬바람을 맞으며 대산포의 남쪽으로 이동하고 있었다.

영천회는 대산포가 한눈에 내려다보이는 포구 남쪽의 야트막한 야산 위에 사리를 잡고 있었다. 야산 뒤쪽으로는 병풍처럼 거대한 봉우리가 서 있었는데 그 산이 바로 대산(大山)이었다. 포구의 이름이 대산포인 것은 바로 그 대산 아래 포구가 만들어졌기 때문이었다.

밤이 되면 대산의 그림자가 영천회를 뒤덮었다. 그래서인지 영천회는 무척 은밀한 모습으로 고검 등 세 사람의 눈앞에 모습을 드러냈다.

"저곳이군요. 왠지 음습한 기운이 풍기는데요?"

추산이 고검의 곁으로 바싹 붙으며 말했다.

"영천회의 뒤쪽으로 펼쳐진 산봉우리 때문에 그럴 것일세. 본시 밤의 산 그림자는 사람을 두렵게 하는 법이지. 하지만 낮에 보았다면 제법 풍경이 볼만했을 거야."

만불통 역시 바싹 두 사람 뒤로 따라붙으며 말했다.

"이제부터는 조심해야 합니다. 영천회 정도의 문파면 이 정도 거리부터는 경계무사를 둘 수도 있으니 말입니다. 더군다나 지금은 특별한 상황이지요."

고검의 말에 추산과 만불통이 고개를 끄덕이는 순간, 마치 고검의 말을 기다리기라도 했다는 듯 영천회의 장원 쪽에서 날카로운 음성이 들려왔다.

"서랏!"

"웬 놈들이냐?"

차가운 경고성이 들려오는 순간 영천회를 둘러싼 담장의 한 부근에서 붉은 횃불 수십 개가 타올랐다. 횃불이 타오른 담장 부근이 대낮처럼 밝아졌다. 그리고 그 불빛 속에서 어지럽게 움직이는 일단의 인물들이 눈에 들어왔다.

묵빛 무복을 입고 검은 복면을 한 세 사람이 훌쩍 영천회의 담장을 타고 넘어 도주하고 있었고, 그 뒤로 영천회의 무사들로 보이는 십여 명의 인물들이 도검을 빼 들고 담장을 넘는 묵빛 무복 사내들을 추격하고 있었다.

"영천회를 살피려는 자가 우리만이 아닌 모양이군요."

"그러게 말일세. 역시 홍가보의 빈자리를 장악해 나가는 영천회가 무림의 주목을 받고 있나 보이."

만불통이 고개를 끄덕였다.

"어디서 온 자들일까요?"

"글쎄, 몸놀림을 보면 만만히 볼 자들이 아닌 듯한데. 어, 그런데… 이런 젠장, 이쪽으로 오고 있잖아!"

만불통의 입에서 낭패한 목소리가 흘러나왔다. 만불통의 말마따나 담장을 넘어선 삼 인의 고수들이 고검 등이 은신해 있는 방향으로 달려오고 있었다. 이대로 있다가는 세 사람 역시 영천회의 무사들에게 발견될 상황. 세 사람은 누가 먼저랄 것도 없이 훌쩍 몸을 날렸다. 마침 그들 근처에는 아름드리나무들이 빼곡히 들어선 숲이 있었으므로 그 나무들 위로 날아올라 몸을 숨기는 것은 그리 어려운 일이 아니었다.

세 사람이 급히 나무 위로 몸을 숨기자마자 추격전을 벌이고 있던 양측의 무사들이 고검 등이 서 있던 자리에 당도했다.

"멈춰라! 더 이상 갈 수 없다!"

도망자들의 무공은 무척 뛰어나 보였지만 그들을 추격해 나온 영천회의 무사들 역시 만만치 않아서 도망자들이 고검과 추산이 숨어 있는 나무 밑에 이르렀을 때, 어느새 그들 앞을 영천회 무사 둘이 막아섰다. 그러자 세 명의 도망자가 불문곡직하고 길을 막아선 두 명의 영천회 무사들을 향해 도검을 뻗어냈다.

파파팟!

삼 인의 도주자가 뻗어내는 검기가 매서운 파공음을 일으키며 앞을 막아선 영천회의 두 무사를 향해 들이닥쳤다. 하지만 공격을 받은 영천회 무사들 역시 평범한 고수들이 아니었다. 활처럼 휜 월아도를 빼 든 영천회의 두 고수가 번개처럼 도를 휘둘러 삼 인의 도주자들이 뻗어낸 검을 쳐냈다.

차차창!

한밤의 고요를 날카로운 병기의 충돌음이 깨뜨렸다. 동시에 공수를 주고받은 양측의 신형이 삼 장여의 사이를 두고 벌어졌다. 누구도 승기를 잡지 못한 한 번의 격돌이 이루어지는 사이, 어느새 추격에 나선 영천회의 고수들이 모두 장내에 도착해 삼 인의 도주자를 포위하고 있었다.

"웬 놈들이기에 감히 본 회를 염탐하는 것이냐?"

뒤늦게 장내에 도착한 영천회의 무사들 중 짙은 흑발에 마른 체구, 검고 깊은 눈을 가진 오십대 후반의 사내가 앞으로 나서며 서릿발 같은 음성을 흘려냈다. 그의 전신에서는 어딘지 모르게 귀기가 흐르는 듯 느껴졌다. 그러자 삼 인의 도주자 중 한 명이 나직한 목소리로 입을 열었다.

"너희들은 영천회의 문도들이 아니구나. 영천회에 너희 같은 고수들이 있다는 말을 들어보지 못했다."

"대답을 해야 할 사람은 내가 아니라 바로 너희들이다. 복면을 벗고 정체를 밝혀라."

"후후후, 비록 오늘 빈궁한 처지에 처했다고는 해도 쉽사리 검을 내려놓고 목숨을 구걸할 우리가 아니다."

"그래? 그럼 죽을밖에. 베라!"

영천회 무사들의 우두머리로 보이는 자는 무척 단호한 성격을 가지고 있는 듯 보였다. 그는 도주자들이 항복을 거부하자 더 이상 말을 섞지 않고 즉시 살명을 내리는 것이었다. 그러자 추격에 나섰던 영천회 무사들이 조금도 망설이지 않고 삼 인의 도주자를 향해 공격을 시작했다.

차차창!

매서운 격돌음이 차가운 밤공기를 타고 터져 나왔다. 복면인들의 무공은 놀라워서 칠팔 명의 영천회 무사들이 합공을 펼침에도 불구하고 전혀 뒤로 물러서지 않고 상대의 공격을 받아내고 있었다. 그렇게 싸움이 일각여의 시간 동안 진행되자 처음 복면인들에게 말을 걸었던 귀기를 흘려내는 자가 인상을 찌푸리며 나직하게 입을 열었다.

"제법 실력이 있는 자들이군. 귀왕군(鬼王軍) 칠 인의 공격을 일각이나 막아내다니……."

"저희들이 나서겠습니다."

귀기의 사내를 호위하듯 양옆에 서 있던 오십대 초반의 사내 둘이 앞으로 나서며 입을 열었다. 두 사내는 처음 삼 인의 복면인의 앞길을 막아섰던 자들이었다. 그러자 귀기의 사내가 잠시 싸움을 지켜보더니 천천히 고개를 끄덕였다.

"그렇게 하게. 비록 사람들의 이목이 미치지 않은 곳이지만, 그래도 싸움이 길어지는 것은 좋지 않겠지. 그리고 가능하면 한 명 정도는 사로잡았으면 좋겠군."

"알겠습니다, 군장 어른!"

월아도를 사용하는 두 명의 영천회 고수가 귀기(鬼氣)의 사내에게 허리를 숙여 보이고는 한 치의 망설임도 없이 몸을 날려 삼 대 칠의 격전이 펼쳐지고 있는 싸움터로 뛰어들었다. 그러자 팽팽하던 싸움의 양상이 순식간에 변했다.

월아도를 사용하는 자들의 무공은 삼 인의 복면인들과 평수를 이룬 무공이었다. 그런 자들 둘이 싸움에 끼어들자 싸움은 급격히 영천회 무사들 쪽으로 기울어졌다. 월아도(月蛾刀)를 든 두 사람의 도가 한 번씩 휘둘러질 때마다 휘어진 초승달 모양의 도기가 매섭게 삼 인의 복면인을 휩쓸어갔다.

삼 인의 복면인이 월아도를 사용하는 자들의 공격을 막아서기 위해서는 자신들의 온전한 힘을 모두 사용해야 했으므로, 그 틈을 탄 영천회의 다른 고수들의 공격을 거의 무방비 상태로 허용해야 했다.

"큭!"

두 명의 월아도 고수가 싸움에 끼어든 지 채 십여 초가 지나지 않아 삼 인의 복면인 중 한 명의 입에서 신음성이 터져 나왔다. 그의 등을 횡으로 가르며 길게 검상이 나 있었고, 그 검상을 통해 검은 피가 솟구쳤다.

"천 형, 가시오! 이곳은 나와 이 형이 맡겠소이다! 누구라도 한 명은 이곳을 벗어나 소식을 전해야 하오!"

삼 인의 복면인 중 한 명이 동료를 보며 소리쳤다. 그러자 복면인 중 한 명이 잠시 망설이는 듯하더니 훌쩍 몸을 솟구쳐 영천회 고수들이 만든 포위망을 날아 넘으며 소리쳤다.

"이 형, 목 형, 미안하오. 이 복수는 반드시 해드리겠소."

"훙, 복수 운운하기 전에 자신의 목숨이나 걱정하라."

삼 인의 복면인 중 한 명이 포위망을 벗어나자 월아도를 든 영천회의 고수가 냉소를 흘려내며 도주하는 복면인의 뒤를 따라붙으려 했다. 그러자 여전히 포위망에 갇혀 있던 두 명의 복면인 중 부상을 입지 않은 자가 품속에서 검은 물체를 던져 내며 소리쳤다.

"네놈들의 상대는 우리다!"

동시에 그의 손을 떠난 검은 물체가 경천동지할 폭음을 일으키며 터져 나갔다.

콰콰쾅!

그러자 순식간에 장내가 검은 연기에 휩싸였다. 그리고 몇몇 영천회 무사들이 피를 토하며 쓰러져 갔다.

"이놈들!"

매캐한 연기 속에서 한마디 노성이 들려왔다. 어느새 싸움을 지켜보던 거기의 사내가 묵빛 귀두도를 빼 들고 연무 속으로 뛰어들며 내뱉은 노성이었다.

사사삭!

검은 연무 속에서 미세하지만 소름 끼치는 소음이 들려왔다.

"쿡!"

"우욱!"

동시에 두 마디 신음 소리가 연이어 터져 나왔다. 그리고 잠시 후 귀두도를 든 사내가 자신이 들어갔던 방향과 반대 방향으로 연무를 뚫고 나왔다. 그러자 그가 지나온 곳의 연무가 순식간에 흩어지기 시작하더니 장내의 상황이 일목요연하게 드러났다.

두 명의 복면인은 이미 목숨을 잃고 땅 위에 쓰러져 있었다. 귀두도의 사내에게 당한 것이 분명했다. 하지만 죽어 있는 것은 두 복면인만이 아니었다. 영천회 무사들 중 셋이 복면인들이 터뜨린 폭뢰에 당해 죽음을 맞이했던 것이다.

"놈은?"

귀두도의 사내가 냉정한 목소리로 물었다. 그러자 월아도를 사용하던 자 중 한 명이 재빨리 대답을 했다.

"무령이 쫓아갔습니다만……."

아마도 월아도의 사내는 도주한 복면인을 잡을 자신이 없는 모양이었다. 그런데 그때 복면인이 도주한 방향에서 한마디 신음성이 들려오더니, 잠시 후 두 사람의 신형이 어둠 속에서 나타났다. 그중 한 명은 복면인의 뒤를 쫓아갔던 두 월아도의 고수 중 한 명이었는데, 그는 어깨에 도주하던 복면인을 걸쳐 멘 상태였다. 다른 한 명은 백발에 백염(白髥)을 가슴 어림까지 내려뜨린 청수한 모습의 노인이었는데, 노인이 나타나자 장내에 있던 영천회의 무사들은 물론 귀두도의 사내까지도 허리를 굽혀 노인을 맞이했다.

"밀공께서 직접 나서시다니……."

귀두도 사내의 입에서 조심스런 음성이 흘러나왔다.

"마침 때맞춰 잘 나온 것 같군. 자칫 쥐새끼를 놓칠 뻔했어."

노인의 입에서 담담한 목소리가 흘러나왔다.

"죄송합니다, 밀공. 번거롭게 해드렸습니다."

귀두도의 사내가 재차 머리를 조아렸다. 그의 모습으로 보건대 백발의 노인을 무척 어려워하는 것 같았다.

"후후후, 천하의 귀왕군장이 이런 실수를 할 때도 있군. 하긴, 이런 폭뢰를 사용할 거라고는 예상하기 어려웠겠지."

노인의 음성에 질책의 기운이 깃들어 있는 것은 아니었다. 오히려 노인은 귀두도의 사내가 복면인 한 명을 놓친 것을 무척 재미있어하는 모습이었다.

"다시는 이런 일이 없도록 하겠습니다."

"아니, 아니. 자네를 질책하는 것이 아니라는 것을 잘 알고 있지 않은가? 그나저나⋯ 이자들 범상치 않지?"

노인이 월아도를 쓰는 자의 어깨에 올려져 있는 복면인을 가리키며 물었다.

"살아 있는지요?"

"살아는 있네. 물론 반나절을 못 넘기고 죽기야 하겠지만⋯⋯."

"자신이 어디에서 왔는지 입을 열 시간은 충분하군요."

"귀왕군에 입을 열게 하는 재주가 좋은 사람이 있지?"

"오래 걸리지 않을 겁니다."

"좋아. 그럼 곧 이자들의 정체를 알 수 있겠군. 하지만 사실 그럴 필요가 없는지도 모르겠어."

그러자 귀두도의 사내가 의아한 눈으로 백발의 노인을 바라봤다.

“무슨 말씀이신지……?”

“굳이 이자의 입을 열지 않아도 이들이 어디서 왔는지 짐작할 수 있단 말일세.”

“이들의 정체를 알고 계시는 겁니까?”

“후후, 가만히 생각해 보면 답은 하날세. 지금 이 영천회를 염탐할 자들은 오직 한군데밖에 없어. 바로 북천무맹이지.”

그러자 귀두도 사내의 눈이 커졌다.

“이들이… 북천무맹에서 나온 자들이란 말입니까?”

“이들의 복장을 보게. 그리고 이들의 무공을 더해봐. 그럼 답이 나올 걸세.”

그러자 귀두도의 사내가 죽어 너부러진 두 명의 복면인들을 내려다보며 생각에 잠겼다. 그러다가 어느 순간 눈빛을 반짝이며 입을 열었다.

“북천무맹, 묵천성이군요.”

“맞았어. 이런 복장에 이런 무공을 지닌 자들은 근방에서 북천무맹의 묵천성밖에 없지.”

“드디어 북천무맹이 묵천성을 투입한 건가요?”

“후후, 더 이상 홍가보에서 일어난 일을 방치할 수 없다는 말이겠지.”

“그렇다면 문제군요. 그들이 이곳 영천회에 사람을 보낼 정도면 이미 영천회를 의심하고 있다는 말이 아니겠습니까?”

“이미 예상하고 있던 바일세. 영천회가 홍가보의 빈자리를 차지해 가고 있으니 당연히 의심을 받겠지."

"하면……?"

"이자의 입을 열어봐야 알겠지만, 이자들이 묵천성의 인물이 분명하다면 역시 흔적을 없애야겠지. 서둘러 귀왕군을 포함한 본 맹의 고수들은 영천회를 벗어나야 할 걸세. 아직은 북천무맹과 정면으로 격돌할 때가 아니야."

"하면 홍 부인과 그 아이는……?"

"휴, 그게 문제야. 애초에 데려오는 게 아니었는데… 애초에 북천무맹의 눈을 흑호채로 돌리기 위해 미끼를 던진 것인데, 오라는 북천무맹의 고수들은 아니 오고 무불장의 황금충들이 왔으니……."

"지금이라도 목숨을 거두는 것이……."

"좋지 않이. 누가 무불장에 청부를 넣었는지 몰라도 분명 북천무맹은 아닌 것 같고, 이 상황에서 여인과 아이를 죽인다면 무불장에 청부를 넣은 자가 어떤 일을 벌일지 모르네. 여인과 아이의 목숨을 거두는 것은 무불장에 청부를 넣은 자의 신원을 확인한 후에 해도 늦지 않아. 이곳에서 물러날 때 여인과 아이도 함께 데려가기로 하세."

"알겠습니다. 그리하지요."

"이곳에서 맹의 흔적을 지우려면 얼마나 걸리겠나?"

"외부로 나가 홍가보의 영역을 장악하는 데 힘을 보태고 있는 사람들을 모두 불러들이려면 닷새 정도는 걸릴 듯합니다."

"운성 쪽은?"

"그쪽의 인원까지 불러들이기에는……."

"좋아. 운성에 나가 있는 사람들에게는 기별을 보내 잠시 행보를 중지하고 은신하라 이르고, 가물현과 이곳 대산포의 인원은 오 일 후 일단 배로 물러난다."

"영천회는 괜찮겠습니까?"

"북천무맹이라고 해도 조사해서 아무것도 나오지 않는 곳을 무턱대고 공격할 수는 없겠지."

"그럼 일단 이번 출정은 소기의 목적을 달성한 것이군요."

"그렇다고 봐야겠지. 가물현과 대산포를 영천회의 이름으로 장악했으니 이제 천하의 수로를 일통하려는 본 맹의 계획은 거의 완성되었다고 할 수 있네. 남은 곳은 서안에 이르는 물길뿐이야. 그곳만 장악한다면 본 맹은 천하의 수로가 우리 수룡맹의 영역임을 강호에 선포할 수 있을 것일세. 바야흐로 사패가 아닌 오패의 시대가 시작되는 것이지. 그때까지는 가급적 사패와의 충돌을 피해야 할 걸세."

"알겠습니다. 그럼 그리 준비하지요."

귀왕군장이라 불린 자가 백발의 노인에게 고개를 숙여 보이고 한차례 눈짓을 하자 삼 인의 복면인들을 공격했던 고수들이 쓰러져 있는 시신들을 하나씩 들쳐 메고 영천회의 장원으로 신속하게 물러났다. 그렇게 한차례 혈풍이 지나간 장내에 백발의 노인만이 남아 물러나는 수하들을 지켜보다가 조용한 목소리로 중얼거렸다.

"그런데 무불장이라… 본 맹의 행보에 언제나 모습을 드러내는군. 여간 골칫덩이들이 아니야. 맹주께서도 걷어내고 싶어하시지만 뒤에 천검이 있으니 쉽사리 걷어낼 수도 없고……. 거기에다 노륙지에서 분란을 일으켰던 신주마도 언제 어느 때 모습을 드러낼지 모르는 상황이 아닌가. 끙. 역시 새로운 시대를 여는 것은 이렇게 힘이 드는 것인가!'

노인이 작은 탄식을 흘려내고는 천천히 걸음을 옮겨 영천회의 장원 쪽으로 이동했다.

고검과 추산, 그리고 만불통은 노인이 사라진 후에도 한동안 나무 위에서 내려올 생각을 하지 않았다. 완전히 사람들의 이목이 사라진 것을 확인하려는 의도도 있었지만 삼 인의 복면인을 제압한 자들의 이야기를 듣고 각자 나름대로의 생각에 잠겨 있었기 때문이기도 했다.

"역시 암옥이었군요."

침묵을 깬 것은 추산이었다.

"애초에 예상했던 일이 아니냐?"

고검이 담담한 목소리로 추산의 말을 받았다. 그러자 만불통이 작은 탄식을 흘려내며 입을 열었다.

"생각보다 정말 대단한 자들이 아닌가? 어느새 천하의 물길을 장악하고, 오패의 시대를 열 준비를 마치고 있지 않은가? 남은 곳이 이곳에서 서안에 이르는 물길이라고 했던가?"

"그렇게 말했지요."

추산이 고개를 끄덕였다.

"그렇다면 역시 서안이 최대의 승부처가 되겠군."

"서안은 개봉과 함께 사패 어느 곳에도 속하지 않은 곳이지요. 하지만 그런 반면 사패 어느 곳도 쉽게 타인에게 내어줄 곳이 아닙니다. 아무리 암옥에서 철저히 준비한다 하더라도 서안을 장악하는 것은 그리 쉬운 일이 아닐 겁니다."

고검이 정색을 하며 말했다.

"그러니 결국 최후의 승부처가 아니겠는가?"

"걱정이군요. 서안에서 최후의 결전이 벌어지면 천하가 요동칠 터인데, 무불장이 과연 그 혈풍에 휘말리지 않을 수 있을는지……."

고검이 안색을 굳히며 말했다. 하지만 추산도 만불통도 고검의 말에 답을 할 수 없었다. 강호천하에 폭풍이 몰아치면 강호를 살아가는 무인 누구라도 그 폭풍에서 자유로울 수 없다는 것을 잘 알고 있기 때문이었다.

"에이, 그런 문제는 나중에 고민해요, 사형! 지금은 눈앞의 일을 해결하는 게 급선무잖아요."

추산이 분위기를 바꾸려는 듯 조금 목청을 높여 말했다. 그러자 만불통이 맞장구를 쳤다.

"추 소협 말이 맞네. 바람이 불어오면 그 바람에 몸을 맡기면 그만, 고민할 게 뭐가 있겠나. 황금충은 그저 청부를 수행하면 그뿐인 것을! 자, 저 장원 안에 홍 부인과 그녀의 아들이 있는 것은 확실해졌는데 어찌 그들을 빼낸다?"

만불통이 고개를 갸웃거리며 어둠에 싸인 영천회의 장원을 바라봤다.

"쉬운 일이 아니군요. 수룡맹이 천하를 상대로 개파를 선언한 상황에서 그들과 정면으로 대결을 펼쳐 두 사람을 빼내는 것은 위험부담도 클뿐더러 우리가 노출될 가능성이 너무 크군요. 또한 홍가보를 공략하기 위해 이곳에 나와 있다던 그들의 무공도 무시할 수 없는 수준이고……."

고검이 어두운 안색으로 말했다.

"전혀 방법이 없는 건 아니에요."

고검과 만불통이 수룡맹 고수들 손에서 홍초향과 그녀의 아이를 빼낼 방법을 찾지 못해 난감해하자 추산이 눈빛을 빛내며 말했다.

"오, 추 소협에게 무슨 좋은 계책이라도 있나 보군."

만불통은 호기심 어린 표정으로 추산을 보며 물었다.

"두 분께서 말씀하셨듯이 우리 여섯 명이 홍가보로 쳐들어가 홍 부인과 그 아들을 구하는 것은 현실적으로 어렵다고 봐야겠지요. 홍가보에 나와 있는 수룡맹 고수들의 전력이 무척 탄탄해 보이니 말이에요. 이럴 때는 다른 사람들을 끌어들여 저들의 힘을 분산하는 것이 좋을 거예요."

"다른 사람들이라니?"

"지금 홍가보를 공격한 자들을 눈 빠지게 찾고 있는 자들이 있잖아요. 이미 이 영천회를 의심하고 있기도 하고요."

그러자 고검이 놀란 눈으로 추산을 바라봤다.

"지금 북천무맹을 끌어들이자는 말이냐?"

“네.”

그러자 만불통이 침음성을 발했다.

“음… 사자를 끌어들여 두 맹수가 싸우게 하고 그 틈을 노린다? 좋은 방법이긴 하지만 위험한 방법이기도 하군. 자칫 양 세력으로부터 공적으로 몰릴 수도 있네.”

그러자 추산이 고개를 끄덕였다.

“물론 위험이 아주 없는 것은 아니에요. 그러나 어차피 북천무맹도 영천회를 주시하고 있는 상황이니 그리 어려운 일은 아닐 거예요. 우린 단지 북천무맹의 행보를 조금 앞당기는 것뿐이지요. 수룡맹 고수들이 영천회에서 몸을 빼기 전에요. 그런 연후 계획을 잘 세우기만 하면 생각보다 쉽게 두 사람을 빼돌릴 수 있을 거예요.”

추산은 어느 정도 자신이 있는 듯 보였다.

“사제가 한번 그 계획을 세워보겠느냐?”

“맡겨만 주세요.”

추산이 고개를 끄덕였다. 그러자 고검이 잠시 생각에 잠겼다가 고개를 끄덕였다.

“좋다. 그럼 그 두 사람을 빼내는 일은 추산, 네가 한번 맡아보거라.”

“정말요?”

“네 머리를 한번 믿어보자꾸나.”

그러자 추산이 약간 흥분한 표정으로 말했다.

“알았어요, 사형. 헤헤, 이거 약간 흥분이 되는걸요?”

"침착하게. 모든 일을 빈틈없이 준비해야 한다. 그래, 무엇부터 시작할 생각이냐?"

그러자 추산이 고민하지 않고 대답했다.

"그야 당연히 이곳의 지형을 먼저 살펴야겠지요. 북천무맹의 고수들이 영천회를 공격했을 때 수룡맹의 고수들이 홍 부인과 그 아들을 데리고 퇴각할 퇴로를 찾는 것이 급선무니까요. 퇴로만 찾는다면 그다음에야 식은 죽 먹기죠."

"진(陣)을 펼칠 생각이냐?"

"네."

"추 소협이 진법에도 밝았나?"

만불통이 놀라며 묻자 추산 대신 고검이 대답했다.

"강호에서 사제의 진법을 파훼할 자는 그리 많지 않을 겁니다."

"그 정도였던가?"

"제가 사제에게 이 일을 맡기는 이유기도 하지요. 그럼 이제 움직여 보죠. 저들의 눈을 피해 영천회 주변의 지형을 살피려면 적지 않은 시간이 필요할 테니 말입니다."

고검이 말을 하고는 훌쩍 나무에서 뛰어내렸다. 그러자 추산과 만불통의 신형도 눈 깜짝할 사이에 나무 위에서 사라지는 것이었다.

그날 밤 고검과 추산, 그리고 만불통은 한 시진에 걸쳐 영천회의 장원 주변을 철저하게 조사했다. 특히 영천회의 장원에

서 황하로 이어지는 소로들을 빠짐없이 확인한 후 축시가 지
날 무렵이 되어서야 무불장 고수들이 머물고 있는 낡은 장원
으로 돌아왔다.

第九章

이이제이(以夷制夷)

　미신을 제외한 무불장 고수들이 가파르게 올려 세워진 산비탈을 오르고 있었다. 사람의 허리까지 차오를 만큼 쌓여 있는 눈 때문인지 사람들이 오고 간 흔적은 보이지 않았다.

　무공을 익힌 고수들이 아니라면 도저히 눈을 뚫고 앞으로 전진하기 어려운 상황이었으므로, 어쩌면 사람의 인적이 없는 것이 당연한 일인지도 몰랐다.

　"멀리서 보는 것보다 더 높고 험하군."

　만불통이 잠시 걸음을 멈추고 고개를 돌려 산 아래쪽을 바라보며 말했다. 그러자 자연스럽게 다른 사람들도 걸음을 멈췄다. 만불통의 시선이 향한 산 아래쪽으로 평화로워 보이는 포구 마을이 고즈넉하게 자리 잡고 있었다. 무불장 고수들은 지금 대산(大山)을 오르고 있었다.

영천회의 뒤쪽을 병풍처럼 막아선 산이 대산이다. 포구의 이름이 대산포인 것도 산의 이름 때문이었다.

그 대산의 서북쪽 아래에 영천회의 장원이 자리 잡고 있었기 때문에 영천회의 남쪽으로 돌아가자면 영천회의 장원을 통과하지 않는 이상 대산을 넘을 수밖에 없었다.

"그래도 산 위에 올라보니 근방의 지형을 한눈에 볼 수 있어서 좋군요. 지난밤 어둠 속에서 살펴본 것과는 사뭇 다르네요. 역시 산에 오르기로 한 결정은 잘한 것 같아요."

추산이 영천회의 장원 주변을 면밀히 살피며 말했다.

"추 소협의 말이 옳은 것 같구려. 이곳에서 보니 그들이 사람들의 이목을 피해 어떻게 영천회로 드나들 수 있었는지 알 것 같소이다. 장원의 남동쪽으로 난 작은 계곡을 따라 이동하면 대산 동남쪽 험한 절벽 사이로 들어가게 되어 있고, 그 절벽 틈에 배가 드나들 수 있는 공간이 있는 것 같소이다. 아마도 수룡맹의 고수들은 저 길을 따라 영천회로 드나들었을 겁니다."

왕민이 장원의 남동쪽으로 이어진 계곡을 보며 말했다. 계곡은 소나무 숲으로 덮여 있었다. 덕분에 자세히 보기 전에는 계곡이 있다는 것조차도 알아보기 힘들었다. 더군다나 계곡 주변을 가득 메운 소나무 숲은 흰 눈을 머리에 이고 있어 더욱 계곡의 존재를 밖으로 드러내지 않고 있었던 것이다.

"적당한 장소를 찾을 수 있겠느냐?"

고검이 추산을 보며 물었다. 그러자 추산이 고개를 갸웃거리며 말했다.

"좀 더 남쪽으로 이동한 후 아래로 내려가 봐야겠어요. 소나무 숲에 가려서 계곡에서 절벽 사이로 이어진 길이 잘 보이지 않네요."

"그럼 그렇게 하자."

고검이 고개를 끄덕이고는 다시 걸음을 옮기기 시작했다. 그러자 무불장 고수들이 천천히 고검의 뒤를 따르기 시작했다. 보통 사람이라면 허리까지 빠지는 눈을 뚫고 산비탈을 이동하는 데 애를 먹겠지만, 절정의 공력을 지닌 무불장 고수들은 겨우 발목 정도만 눈 속에 묻은 채 설산을 이동하고 있었다.

"이쯤이 좋겠어요."

추산이 걸음을 멈추며 말했다. 그러자 무불장 고수들이 주변을 둘러보며 고개를 끄덕였다.

"좋은 장소군. 밤중이라도 영천회에서 일어나는 일을 모두 살필 수 있고, 또 홍 부인과 그 아들을 빼돌렸을 때 대산의 남동쪽으로 돌아 퇴각하기도 수월해 보이고… 저기, 남쪽 절벽 아래 은밀하게 배가 드나들 수 있게 만들어진 포구도 제법 눈에 들어오는군. 가만있자… 오! 저 배는 호왕산에서 보았던 바로 그 배군."

만불통이 탄성을 지르며 말했다. 만불통의 말에 사람들이 그가 가리킨 절벽 사이의 작은 포구로 눈을 돌리니 과연 그곳에 호왕산에서 홍초향을 싣고 협곡의 격류를 따라 내려간 흑선이 다른 두 척의 배 사이에 떠 있었다.

"그렇다면 확실히 이곳에 홍 부인이 있겠군요."

추산의 눈이 반짝였다. 이미 영천회의 장원에 홍 부인과 그 아들이 있을 것이라 확신하고 있었지만, 이렇게 두 눈으로 홍 부인을 태우고 떠난 흑선을 확인하게 되자 새삼스레 긴장이 되는 듯했다. 그리고 그건 추산만 그런 것이 아니었다. 이충산의 동공은 방갓 아래에서 미미하게 떨리고 있었고, 왕민 또한 깊은 감정을 담은 눈으로 흑선을 바라보는 것이었다.

"일단 이곳에서 자리를 잡고 밤이 되기를 기다리기로 해요. 미 부인께서 북천무맹에 단서를 제공한다고 해도 북천무맹이 오늘 즉시 움직이지는 않을 테니, 계곡으로 내려가 진을 설치하는 것은 오늘 밤에 하는 것으로 할게요."

추산의 말에 고검이 고개를 끄덕였다.

"그렇게 하도록 하자."

"우린 퇴로를 좀 더 살펴보고 오는 게 좋겠구먼."

만불통이 왕민을 보며 말했다. 추산은 이번 일을 계획하면서 무불장의 고수들에게 각기 다른 일을 맡겼다. 추산 자신과 고검, 그리고 이충산은 수룡맹의 퇴로에 진을 설치하고 숨어 있다가 홍 부인과 그 아이를 빼내는 일을, 만불통과 왕민은 그 후방에서 퇴각로를 확보하는 일을, 그리고 미심에게는 영천회로 북천무맹의 고수들을 끌어들이는 일을 맡겼던 것이다.

"그렇게 하지요. 대산 뒤쪽의 지형을 정확히 살펴놔야 어두운 밤에라도 이동하는 데 어려움이 없겠지요."

왕민이 고개를 끄덕였다.

"자, 그럼 우린 잠시 다녀오겠소이다."

만불통이 고검과 추산 등에게 손을 흔들어 보이고는 왕민과 함께 눈길을 뚫고 숲 저쪽으로 사라져 갔다.

고검과 추산, 그리고 이충산이 움직인 것은 대산에 서서히 어둠이 찾아들기 시작했을 때였다. 그들은 어둠을 틈타 은밀하게 산 아래로 내려갔다. 그렇게 이각여를 이동하여 산 아래에 도착하자 과연 작고 은밀한 계곡을 따라 대산 남쪽 절벽 사이의 비밀 포구로 이어지는 소로가 눈에 들어왔다.

소로와 계곡 전체는 무성한 숲림으로 가려져 있었고, 계곡 또한 그 깊이가 적지 않게 깊어 사람들의 눈을 피하기 적당했다. 추산은 영천회의 장원으로부터 백여 장 떨어진 지점, 그러니까 영천회로부터 이어진 계곡이 방향을 틀어 대산 남쪽의 황하로 향하기 시작하는 지점의 폭 십여 장 넓이의 공터에 걸음을 멈췄다.

공터는 대산(大山)과 바로 잇닿아 있어 사람을 빼낸 후 무불장 고수들이 머물기로 한 지점으로 이동하기에 가장 적당한 지점이었다. 더군다나 주변에는 아름드리나무들과 거대한 바위가 대산으로 이어지는 지점을 가로막고 있어 진을 펼치기에도 적당한 지점이라고 할 수 있었다.

"여기가 좋겠어요."

추산이 주변을 돌아보며 말했다.

"가장 적당한 곳인 것 같구나. 장원에서도 제법 떨어져 있고, 또 배들이 숨겨진 곳에서도 보이지 않으니 저들의 이목을 벗어나 일을 추진하기에 수월할 것이다."

그러자 이충산이 의구심이 이는 표정으로 입을 열었다.

"그런데 과연 진을 설치한다고 해서 저들의 이목을 숨길 수 있겠습니까?"

그러자 추산이 빙긋 웃으며 대답했다.

"진이 완성된 뒤 이 대협의 평가를 부탁드릴게요."

이충산의 의문에 그렇게 답을 단 추산이 서둘러 진을 펼치기 시작했다. 추산은 주위에 널려 있는 바위들을 고검과 이충산의 도움을 받아 이리저리 옮겨놓았고, 또 보이지 않는 곳에 들어가 나무 몇 개를 베어내 공터의 팔방에 꽂아 넣었다. 그렇게 반 시진 정도 부지런히 진을 설치한 추산이 어느 순간 한 손에 사람 머리만 한 돌을 들고는 입을 열었다.

"이제 끝났어요. 두 분께서는 열 걸음 정도 뒤로 물러나 주세요."

추산의 말에 고검과 이충산이 추산에게서 열 걸음 뒤로 멀어졌다. 그러자 추산이 들고 있던 돌덩이를 그의 뒤쪽에 있던 커다란 바위 위에 살며시 올려놓았다.

"엇?"

순간 과묵한 이충산의 입에서 놀람이 가득한 탄성이 흘러나왔다. 추산이 들고 있던 돌을 바위에 올려놓는 순간 추산의 모습이 장내에서 사라졌기 때문이었다. 그렇다고 주변의 지형이 눈에 띄게 바뀐 것은 아니었다. 물론 자세히 들여다보면 바위들의 위치라든지, 공터 주변을 에워싼 숲의 모습이 조금 변한 것을 발견할 수 있었지만 그냥 흘려 보아서는 그 어떤 변화도 잡아낼 수 없었다.

"도대체 이게……?"

이충산이 곤욕스런 음성을 흘러낼 때 불쑥 빈 공간에서 추산이 모습을 드러냈다.

"어떤가요? 쓸 만하죠?"

추산이 이충산을 보며 물었다. 그러자 이충산이 무겁게 고개를 끄덕였다.

"정말 놀라운 진이군요. 제 평생 이런 진(陣)은 처음입니다."

이충산의 입에서 계속 감탄사가 흘러나왔다.

"호호, 내가 생각해도 대단한 진이에요. 사실 저도 이 진법을 이해한 것은 얼마 되지 않아요. 첫째 사부께서 남겨놓으신 진법서(陣法書)의 끝 부분에 실려 있던 것이라 최근에야 그 묘리를 터득한 것이거든요."

"첫째 사부시라면?"

추산의 과거를 모르는 이충산이 의문 어린 표정으로 물었다. 추산의 사부는 천검 능운백이 아니던가.

"지금 사부를 모시기 전에 다른 분을 사부로 모셨었지요. 물론 지금은 돌아가셨지만……."

"진법에 뛰어나신 분이었던 모양이군요."

"아마도 진법으로는 강호제일이었을 거예요."

추산은 굳이 자운 노사의 이름을 입에 올리지는 않았다. 태호대전에서 동궁의 승리에 결정적인 역할을 했음에도 불구하고 자운 노사의 존재는 강호에 그리 알려지지 않았다. 워낙 은거의 삶을 살았으므로 자운 노사의 존재를 아는 사람은 극히 일부의 기인들에 지나지 않았다. 그러니 이충산에게 이름을 말한다고 해도 그가 자운 노사를 알 리가 없다고 생각했기 때문이었다.

"수고했다. 그동안 봤던 진(陣)보다도 더 오묘한 변화를 품고 있는 것 같구나."

고검이 추산을 보며 말하자 추산이 정색을 하며 대답했다.

"사실 조금 신경을 쓰긴 했지요. 이번 일은 조심하지 않을 수가 없는 상황이잖아요. 자칫 잘못해서 우리의 행적이 드러나면 수룡맹은 물론 북천무맹에도 쫓기게 될 테니 말이에요. 솔직히 말해 준비는 모두 끝냈지만 걱정이 되지 않는 것은 아니에요."

그러자 고검이 추산의 어깨에 손을 올리며 말했다.

"진인사대천명! 최선을 다하면 그뿐이다. 자, 이제 다시 산 위로 올라가야지?"

"그래야죠. 혹시 영천회에 나와 있는 수룡맹의 행보가 빨라질 수도 있으니 한시도 장원에서 시선을 떼면 안 되니까요. 가요, 사형!"

  추산의 말이 끝나자 세 사람이 진이 설치된 곳으로 동시에 걸음을 내디뎠다. 그러자 순식간에 세 사람의 신형이 증발하듯 장내에서 사라지는 것이었다.

  "달빛 한번 좋구나."

  만불통이 대산 중턱에 위치한 자그마한 동굴의 입구에 앉아 밤하늘을 올려다보며 탄성을 자아냈다. 그의 말처럼 산 위에서 내려다보는 대산포의 풍경은 아름답기 그지없었다.

  "보름이 얼마 남지 않았지요."

  곁에 있던 왕민이 만불통의 말을 받았다.

  "후후, 그 덕에 이 위에서도 영천회의 움직임을 자세히 살필 수 있는 것 아니오이까."

  만불통은 왕민에 비해 삼십여 세나 나이가 많았지만 왕민에겐 함부로 말을 놓지 않았다. 왠지 모르게 왕민에게서는 세속을 초탈한 현명함 같은 것이 묻어났기 때문이었다. 하지만 그와 상관없이 두 사람은 함께 대산 후면으로 이어지는 퇴로를 개척하면서 무척 가까워져 있었다.

  "그나저나 왕 선생, 이제는 그에게 왕 선생이 자신의 사백이라는 사실을 말해줄 때가 된 것 아니오?"

  이미 만불통은 왕민과 홍가보의 인연을 들어 알고 있는 모양이었다.

  "글쎄요. 어찌해야 할지……."

"하하하, 천하의 왕 선생께서 이렇게 망설이는 일이 있다니 참으로 의외구려. 내 그를 불러오리까?"

만불통이 은근한 표정으로 물었다. 그러자 왕민이 잠시 고개를 돌려 동굴로부터 십여 장 떨어진 곳에서 영천회를 살피고 있는 이충산을 바라봤다. 그리고 잠시 후, 결심을 한 듯 자리에서 일어났다.

"제가 가보지요."

"하긴, 그게 좋겠구려."

만불통이 고개를 끄덕였다. 그러자 왕민이 잠시 몸을 멈칫했다가 이내 결심이 선 듯 천천히 이충산의 곁으로 다가갔다. 동굴 안에 있던 고검과 추산도 그런 왕민의 뒷모습을 바라보고 있었다.

"사형, 이제 왕 선생이 홍가보와 어떤 인연이 있는지 말해주실 때도 됐잖아요. 이미 만불통 어른께서도 알고 계신 듯한데……."

그러자 고검이 빙그레 미소를 지었다.

"알겠다. 어차피 이번 일이 끝날 때쯤이면 모두 알게 될 테니 지금 알려준다고 해서 문제될 것은 없지."

지금으로부터 십팔 년 전 왕민은 가물현 홍가보의 제자였다. 정확하게 말하자면 전대 홍가보주 홍륭의 세 제자 중 막내였다. 홍륭은 홍가보 역사상 무가(武家)로써 최고의 성세를 이룩한 인물로 온갖 무공에 두루 통달했을 뿐 아니라 무척 현명한 인물로 강호에 명망이 높았다.

왕민은 바로 그 홍가보주 왕륭의 사랑을 한 몸에 받았다. 홍륭은 생전에 왕민을 일컬어 자신의 진전을 넘어서 청출어람의 경지에 이를 기재라고 항상 칭찬했다. 더불어 그가 홍가보를 북천무맹의 중추 세력으로 키워낼 인재라 믿고 있었다.

하지만 본시 재주가 많으면 타인의 시기를 받는 것이 인간사, 홍륭의 사랑이 깊어질수록 왕민의 두 사형인 홍대남과 육기룡의 왕민에 대한 질시는 깊어만 갔다. 시간이 지날수록 왕민과 두 사형의 격차는 벌어졌고, 무공의 격차가 벌어질수록 두 사람은 홍륭이 왕민에게만 은밀히 자신의 비전을 전수하고 있다고 믿게 되었다.

그러던 중 홍륭이 죽었다. 그의 죽음에는 여러 가지 의문이 따랐지만, 어쨌든 홍륭은 강호무인으로서 절정의 활약을 할 육십대 초반의 나이에 세상을 떠났다. 그리고 홍가보는 홍륭의 아들이자 세 명의 제자 중 맏이인 홍대남을 새로운 보주로 맞이했다. 왕민의 재주가 다른 두 사형에 비해 탁월했지만 홍가보는 홍씨의 핏줄로 이어져 온 문파였기에 홍대남이 보주 자리에 오른 것은 당연한 일이라고 할 수 있었다.

하지만 홍대남이 보주에 오르는 순간 왕민의 인생은 완전히 뒤바뀌었다. 홍대남은 보주의 자리에 오르자마자 왕민에게 홍륭이 전한 비전을 내놓을 것을 요구했다. 하지만 왕민에게 그런 비전이 있을 리 없었다. 왕민이 두 명의 사형보다 탁월한 성취를 이룬 것은 그의 재능과 노력 때문이지 어떤 비전절기에 의한 것이 아니었기 때문이다. 하지만 왕민에 대한 열등감에 휩싸여 있던 홍대남과 육기룡이 왕민의 말을 믿을 리 없었다.

그들의 의심은 끊임없이 이어졌고, 급기야 왕민의 처소가 그가 없는 사이 두 사람에 의해 샅샅이 조사되는 수모까지 겪어야 했다. 하지만 왕민은 그런 사형제들을 탓하지 않았다. 어쨌든 그들은 그의 사형들이 아니던가.

그런데 무던히도 사형들의 구박을 견뎌내던 왕민조차도 홍가보를 떠날 수밖에 없는 일이 벌어졌다. 홍대남이 자신의 여동생 홍미령과 그의 사제인 육기룡의 혼인을 일방적으로 발표했던 것이다.

그 당시 왕민과 홍미령은 이미 혼인을 약속한 사이였다. 전대 보주인 홍륭은 왕민이 자신의 핏줄이 아닌 것을 한탄하며 딸인 홍미령과 혼인을 시켜서라도 왕민은 홍씨 집안의 사람으로 만들고 싶어했었다. 또한 왕민과 홍미령 역시 서로에 대한 깊은 애정을 지니고 있었기에 두 사람의 혼인은 그야말로 시간문제일 뿐이라는 것이 당시의 분위기였다.

그런데 홍대남은 그런 왕민과 홍미령의 관계를 깨끗이 무시하고 홍미령과 육기룡의 혼인을 일방적으로 결정해 버렸던 것이다. 왕민은 더 이상 자신이 홍가보에 머물 수 없다는 것을 깨달았다. 아무리 사형들에 대해 너그러운 왕민일지라도 자신의 여인을 양보할 만큼 무른 사람은 아니었던 것이다.

그래서 어느 날 밤 왕민은 홍미령을 찾아갔다. 홍미령의 마음을 확인하기 위해서……. 하지만 홍미령의 태도는 변해 있었다. 그녀는 차가운 목소리로 홍대남의 명에 따라 육기룡과 혼인할 것이라고 왕민에게 말했다.

그날 밤 왕민은 미련없이 홍가보를 떠났다. 그로서는 그 무엇보다도 홍미령의 배신이 견디기 어려웠던 것이다.

"이렇게 해서 왕 선생은 홍가보를 떠난 것이지."

고검이 왕민의 과거사를 모두 말하고는 입을 닫았다. 그러자 추산이 고개를 갸웃거리며 말했다.

"그런데 그 홍미령이라는 이름은 귀에 익은데요? 혹 춘삼의 아버지가 싣고 갔던 그 마초 더미에 숨어 홍가보를 탈출했다는 그녀 아닌가요?"

"맞다. 바로 그녀가 홍미령이다."

"그럼 이상하네요. 그녀는 분명 왕 선생께 육기룡과 혼인을 하겠다고 했으면서 왜 그런 방식으로 홍가보를 탈출한 거죠?"

"글쎄. 그 속에 포함된 세세한 사정이야 내가 알 수 없지. 그녀가 왜 홍가보를 떠났는지 말이야. 하지만 짐작컨대 그녀는 육기룡과 혼인을 올릴 생각이 없었던 것 같아. 그러니 왕 선생이 홍가보를 떠나자마자 그녀 역시 홍가보를 떠났겠지."

"어쩌면 홍대남으로부터 모종의 협박을 당하고 있었을 수도 있겠네요."

"그럴 수도 있겠지. 어쨌든 그렇게 왕 선생은 홍가보를 떠나 천하를 떠돌며 무공을 수련했다. 본시 가슴에 담겨진 아픔이 큰 사람일수록 무공의 성취는 남다른 법이지. 더군다나 본래 재능이 출중했던 분이라 금세 다방면에 걸쳐 탁월한 능력을 가지게 되었다. 오히려 본인의 성장을 위해선 홍가보를 떠난 것이 더 큰 도움이 되었다고 할 수 있을까? 그리고 강호를 떠돌던 중 사부님을 만나 무불장에 몸을 의탁하게 된 것이란다."

"그렇게 된 것이군요. 그런데 그 이후 왕 선생은 그 홍미령 낭자, 아니, 지금은 이미 중년의 여인이 되어 있겠네요. 그 홍 여협을 만나지 못했나요?"

"왕 선생이 홍 여협이 홍가보를 떠난 것을 알게 된 것은 몇 년 후였다고 하더구나. 그리고 그때는 이미 홍 여협의 흔적을 그 어디서도 찾을 수 없었다지?"

"참으로 안타까운 일이네요. 두 사람이 만났다면 분명 당시에 홍 여협이 왜 왕 선생을 거부했는지 알 수 있을 텐데. 그리고 어쩌면 두 사람의 못다 한 인연이 이어질 수 있었을지도 모르고요."

"글쎄다. 인연이 된다면 언젠가는 만나게 되겠지."

그때, 달빛 아래 설원에서 이야기를 나누던 왕민과 이충산의 사이에도 변화가 일어났다. 이충산이 한 걸음 뒤로 물러나더니 눈밭에 두 무릎을 꿇고 정중하게 왕민에게 절을 하는 것이었다.

"후후, 드디어 버림받은 사백과 사질의 인연이 시작되는 건가요?"

"묘한 일이지. 두 사람 모두 홍가보에서는 보기 드문 기재임에도 불구하고 똑같이 여인 때문에 홍가보에서 내쳐졌으니 말이다."

"홍가보주 홍대남의 그릇이 두 사람을 품을 만큼 크지 못했던 것이니, 결국 홍가보의 입장에서 보자면 스스로 복을 걷어찬 격이지요."

"그러게 말이다. 저들 두 사람이 홍가보에 머물러 있었다면 홍가보가 오늘날과 같은 위기에 처하지는 않았을지도 모르지."

"더군다나 지금 그 버림받은 두 홍가보의 문인이 자신들을 버린 홍가보주의 딸을 구하기 위해 이곳에 와 있으니 더욱 묘한 인연이지요."

추산이 씁쓸한 미소를 지으며 동굴 밖에 있는 두 사람에게도 시선을 돌렸다. 어느새 두 사람은 다시 어깨를 나란히 하고 대산포를 내려다보고 있었다. 그들의 머리 위로 보름을 향해 커져 가는 달이 덩그러니 떠 있었다.

홍가보의 과거의 문인(門人) 두 사람이 서로의 인연을 확인한 날로부터 다시 하루 낮과 밤이 지났다. 대산에서 바라다보이는 황하가 다시금 진홍빛 노을로 물들어가고 있었다. 그리고 그때 갑자기 만불통의 입에서 다급한 목소리가 들려왔다.

"뭔가 일이 시작된 모양일세."

만불통의 말에 동굴 안에 머물러 있던 무불장의 고수들이 일제히 동굴 밖으로 달려나왔다. 그리곤 재빨리 영천회의 장원을 바라봤다. 과연 장원 안에서 분주히 움직이는 사람들의 모습이 눈에 들어왔다. 확실히 평소와는 다른 움직임이었다.

"저기요!"

그리고 다음 순간 추산이 손을 들어 북쪽, 가물현 쪽에서 대산포로 이어지는 관도를 가리켰다. 사람들의 시선이 일제히 추산의 손끝을 따라 이동했다. 그러자 눈 덮인 관도를 따라 말을 타고 이동하고 있는 수십 명의 신형이 들어왔다.

"북천무맹의 고수들일까요?"

추산이 조금 흥분한 목소리로 말했다.

"아마도. 그리고 그들이 나타났다는 소식이 영천회에 전해진 모양이군. 갑자기 분주해진 것을 보면……."

만불통이 고개를 끄덕였다.

"그럼 우리도 준비를 해야겠네요."

추산이 고검을 바라봤다. 그러자 고검이 고개를 끄덕였다.

"시작하자."

고검의 입에서 나직한 말이 흘러나오자 무불장 고수들이 신속하게 움직이기 시작했다. 고검과 추산, 그리고 이충산은 진이 설치된 송림의 계곡으로 미끄러지듯 내려가기 시작했다. 그리고 약간의 간격을 두고 만불통이 그 뒤를 따랐으며, 왕민은 그들이 이틀간 은신해 있던 장소에 그대로 남아 분주한 움직임을 보이고 있는 영천회 내부를 계속 주시하고 있었다.

애초에 만불통은 왕민과 함께 뒤를 맡기로 했었지만, 이미 퇴로를 확보한 상황에서 뒤를 지킬 사람이 많을 필요가 없다

는 만불통의 고집과 혹여라도 홍초향과 그 아들을 데리고 오
는 수룡맹의 고수가 다수일 경우를 생각해서 만불통 역시 고
검 등 삼 인과 함께 진에서 적을 상대하기로 결정된 상태였다.

　가물현 북쪽에서 나타나 영천회로 향한 일단의 무인들이 영
천회의 정문 앞에 도달했을 때는 이미 사방이 어둠에 물들어
있었다. 그러나 영천회는 마치 북천무맹 무인들의 방문을 알
지 못하는 듯 굳게 장원의 문을 닫은 채 아무런 반응을 보이지
않았다.
　잠시 후, 영천회를 방문한 북천무맹의 고수 중 한 명이 장
원의 정문을 지키고 있던 경비무사와 몇 마디 대화를 나누었
다. 그러자 갑자기 장원 안팎이 소란스러워지기 시작하더니,
이내 북천무맹의 고수들이 서 있는 정문 앞이 대낮처럼 밝아
졌다.
　그리고 급히 영천회주 오무위와 영천회의 수뇌들이 일제히
정문 앞으로 나가 북천무맹의 고수들을 정중하게 맞이하는 것
이었다. 그런데 장원의 앞에서 영천회주 오무위와 그 가솔들
이 북천무맹의 고수들을 접대하는 그 와중에 장원의 뒤쪽에서
는 일단의 인물들이 하나둘 장원을 빠져나가고 있었다.

　고검 등 사 인이 추산이 펼쳐 놓은 진 속에 머물기를 이각
여, 산 위쪽에서 왕민이 보내는 신호음이 가느다랗게 들려왔
다.

"오나 봐요."

추산이 긴장한 목소리로 입을 열었다.

"긴장할 것 없다. 우리의 준비는 거의 완벽하니 큰 어려움은 없을 게다."

고검이 추산의 긴장을 풀어주려는 듯 여유가 묻어나는 목소리로 말했다.

"휴, 알았어요, 사형. 하지만 조금 떨리는 것은 어쩔 수 없네요."

추산이 가슴을 진정시키려는 듯 심호흡을 하는 사이, 그들의 앞쪽에 있던 이충산이 재빨리 오른손을 들어 올렸다. 수룡맹 고수들이 나타났다는 의미였다.

이충산의 신호에 고검과 추산이 재빨리 숨을 죽였다. 그리고 잠시 후 다섯 명의 사내들이 영천회의 장원 쪽으로부터 이어진 계곡을 따라 진 앞에 도착했다. 그런데 그 다섯 사내 중에는 고검과 추산의 눈에 낯이 익은 인물도 섞여 있었다.

며칠 전 장원 근방의 숲에서 북천무맹의 고수들을 제압할 때 모습을 드러냈던 백발의 노고수, 밀공이란 칭호로 불렸던 자가 다섯 명의 인물 중에 섞여 있었던 것이다. 다섯 명의 고수 중 나머지 네 명은 중년의 나이로 보였는데, 백발의 노인 주변을 철통같이 경호하며 움직이고 있었다.

그들은 진 바로 앞에서 걸음을 멈췄다. 그리고는 자신들이 지나온 길을 돌아봤다. 추산의 진이 설치된 곳은 계곡을 따라 배가 숨겨진 절벽 사이의 포구로 이어지는 길 위에서 영천회의 장원을 볼 수 있는 마지막 지점이었으므로, 자연스럽게 걸음을 멈추고 영천회의 장원을 바라보게 된 듯했다.

"역시 북천무맹이라는 건가? 생각보다 행보가 빠르군. 적어도 십여 일 뒤에나 움직일 거라 보았는데……."

"이틀 전 잠입했던 자들이 북천무맹 묵천성의 인물들이 아니었습니까? 그들이 돌아가지 않았으니 당연히 저들의 행보가 빨라진 것이겠지요. 더군다나 홍가보의 몰락 이후 북천무맹 고수들이 가물현 인근에 나와 있었으니 대응이 빨랐을 거라 봅니다만……."

노고수를 수행하는 중년 고수 중 한 명이 조심스럽게 입을 열었다.

"그런가? 아무튼 예상보다 일찍 영천회를 떠나게 되었군. 일이 급해졌다고 실수가 있으면 안 될 터인데……."

노고수가 걱정스런 눈으로 장원 쪽을 바라보며 말했다.

"귀왕군장께서 뒤를 맡고 계시니 크게 걱정하시지 않으셔도……."

"하긴 귀왕군장이 하는 일은 믿을 수 있지. 그만 가세."

"예, 밀공. 길을 열겠습니다."

노고수를 호위하는 자들이 고개를 숙여 보이고는 그중 한 명이 앞으로 나서 절벽 사이 비밀 포구로 이어지는 길을 따라 앞서 걷기 시작했다. 그 뒤를 백발의 노고수가 여유있는 걸음으로 뒤따르더니 이내 무불장 고수들의 시야에서 사라졌다.

"다행히 그들 중 최고수는 먼저 사라졌군요."

"하지만 남아 있는 자들도 만만치는 않지. 특히나 그 귀왕군 장이란 자의 무공은 제법 대단해 보였단 말씀이야."

만불통이 경계심 섞인 목소리로 말했다. 만불통의 말을 고검이 거들었다.

"방심은 금물이다. 더군다나 그들은 우리보다 다수야."

그때 다시 이충산의 손이 올라갔다. 그러자 고검과 추산, 그리고 만불통이 소리를 죽이고 계곡으로 이어진 길을 주시했다. 그리고 잠시 후, 이번에는 십여 명의 고수들이 진 앞으로 이어진 길을 따라 배가 있는 곳으로 사라져 갔다.

"도대체 언제 나오려고 이렇게 뜸을 들이나……."

추산이 한 무리의 수룡맹 고수들이 사라지자 초조한 음성으로 중얼거렸다.

"북천무맹의 고수들이 곧 영천회의 장원으로 들어설 테니 그리 오래 걸리지는 않을 것이다."

그런데 바로 그 순간, 그동안 손만 들어 수룡맹 고수들의 출현을 알렸던 이충산이 나직한 목소리를 흘려냈다.

"옵니다."

이충산의 목소리가 작게 떨리고 있었다. 고검과 추산이 황급히 시선을 돌려 계곡의 소로를 바라봤다. 그러자 과연 다섯 명의 무인이 아이를 안은 한 명의 여인을 가운데 두고 급한 걸음으로 장원에서 멀어지고 있었다.

"시작이군."

만불통 역시 긴장한 얼굴로 입을 열었다.

“다행히 저들의 숫자가 많지는 않군요.”

“하지만 그 군장인지 뭔지 하는 작자가 섞여 있어.”

만불통이 얼굴을 찡그리며 말했다.

“그는 제가 맡지요.”

고검이 담담한 목소리로 말하고는 준비해 두었던 검은 천으로 얼굴을 가렸다. 그러자 다른 사람들도 얼른 품속에서 검은 천을 꺼내 자신의 얼굴을 가렸다. 그사이 홍초향을 가운데에 둔 수룡맹의 고수들이 진 앞에 당도했다. 순간 고검의 신형이 움직였다.

“웬 자냐?”

갑자기 어둠 속에서 불쑥 신형을 드러낸 고검을 보며 수룡맹의 고수 한 명이 앞으로 나서며 날카롭게 외쳤다. 그러자 이번에는 그들의 뒤쪽에서 불쑥 세 사람의 신형이 솟아올랐다.

“그렇게 소리칠 입장이 아닐 텐데? 자칫 잘못해서 북천무맹의 고수들이 그 소리를 듣고 이리로 몰려온다면 큰일이지 않겠나?”

상대를 조롱하는 듯한 만불통의 목소리였다.

“웬 자들이냐?”

그러자 이번에는 나직하면서도 진중한 목소리가 수룡맹 고수들 중에서 흘러나오더니 한 명의 인물이 천천히 고검의 앞으로 걸어나왔다. 삼 일 전 밤에 북천무맹 묵천성 고수들을 추격했던 귀왕군장이라는 자였다.

“굳이 정체를 드러낼 것이라면 왜 얼굴을 가렸겠소?”

고검이 담담한 목소리로 응대했다. 그러자 수룡맹 귀왕군장이란 자의 얼굴에 이채가 떠올랐다. 아무리 뛰어난 고수라도 복면을 하고 누군가를 기습하는 상황에서 이처럼 담담할 수는 없다. 스스로에 대한 자신감이 충만한 그조차도 지금 긴장하고 있지 않은가? 그런데 눈앞의 복면인은 너무 담담하다. 나이도 그리 많아 보이지 않는 목소리…….

'이런 자는 흔치 않아.'

수룡맹 귀왕군장이 살짝 눈살을 찌푸렸다. 왠지 모르게 그의 몸에 위기감이 몰려들고 있었다.

"북천무맹의 고수인가?"

귀왕군장이 차가워진 음성으로 물었다. 그러자 고검이 천천히 고개를 저으며 마검을 빼 들었다.

"북천무맹의 사람이었다면 역시 얼굴을 가릴 필요가 없었을 거요. 그리고 지금은 한가하게 이야기나 주고받을 때가 아닌 것 같소. 우린 서로 급하게 할 일이 있지 않소이까?"

말을 하는 도중에 어느새 고검의 마검은 귀왕군장을 겨누고 있었다.

"대단한 자신감이군. 하지만 천하를 주유하면서 나 또한 적수다운 적수를 만난 적이 없다. 오늘 너희들은 상대를 잘못 골랐어."

말이 끝나는 순간 귀왕군장의 손이 움직였다. 그의 손에서 번개처럼 강력한 일장이 터져 나왔다. 순간 고검의 신형이 훌쩍 한 걸음 옆으로 비켜섰다.

퍼펑!

고검이 서 있던 자리에 귀왕군장의 장력이 떨어져 내리며 쌓였던 눈이 사방으로 흩어졌다.

"실력을 보겠다."

동시에 귀왕군장의 입에서 한마디 노성이 터져 나오며, 어느새 빼 든 귀두도를 휘둘러 자신의 장력을 피해낸 고검을 향해 세 줄기의 도기를 뻗어내는 것이었다.

"실망하지 않을 거요."

연이은 상대의 공격을 받으면서도 고검의 목소리는 여전히 침착했다. 그리고 한순간 자신을 향해 날아오는 세 가닥의 도기를 향해 그의 마검이 가볍게 휘둘러졌다.

기이잉!

가볍게 휘둘러진 검에서 묵직한 검음이 흘러나온다. 그만큼 검 주인의 공력이 강력하다는 사실. 고검을 향해 공격해 들어가는 귀왕군장의 얼굴에 미미한 긴장감이 서렸다.

차차창!

순식간에 마검과 귀왕군장의 도가 격돌했다. 세 가닥의 빛이 허공에서 번쩍였다. 동시에 두 사람의 신형이 번개처럼 뒤로 물러났다.

"음……."

다섯 걸음 뒤로 물러난 귀왕군장의 입에서 나직한 침음성이 흘러나왔다. 고검의 검에 베이거나 검기에 내상을 입은 것은 아니었다. 하지만 자신의 기습적인 공격을 걷어내는 상대의 무공이 그의 마음을 무겁게 하고 있었다. 단 일합의 격돌에서 이미 상대의 무공이 자신보다 우위에 있음을 깨달은 귀왕군장이었다.

한차례 고검을 노려본 귀왕군장이 도를 아래로 내려뜨리며 수비의 자세를 취했다. 의도는 명백했다. 싸움을 쉽게 끝내지 않겠다는 것. 뒤에는 아직 영천회의 장원에서 물러나지 않은 수룡맹의 고수들이 남아 있다. 머지않아 그들이 도착하면 아무리 상대의 무공이 뛰어나다고 해도 승산은 자신들에게 있다고 판단한 귀왕군장이었다.

반대로 고검과 무불장의 고수들에게는 시간이 많지 않았다. 고검과 수룡맹 고수들의 뒤쪽을 막아선 추산 등 삼 인의 시선이 마주쳤다. 그 순간 고검의 고개가 가볍게 까딱였다.

"자, 놀아보자구!"

순간 만불통의 입에서 호탕한 한마디 말이 터져 나오더니 다짜고짜 들고 있던 철곤으로 자신의 앞에 서 있던 수룡맹 고수의 머리를 가격했다.

"엇!"

너무도 갑작스런 만불통의 공격에 수룡맹 고수가 질겁을 하며 급히 머리를 젖히고 만불통의 철곤을 피하고자 했다.

파직!

그러나 어렵게 머리에 떨어져 내리는 철곤을 피한 수룡맹 고수의 어깨가 그의 머리 대신 만불통의 철곤을 맞아 묵직한 파열음이 일어났다.

"욱!"

수룡맹 고수가 어깨에 느껴지는 극렬한 고통을 이겨내지 못하고 신음성을 흘려냈다. 아마도 만불통의 철곤에 당한 그의 어깨뼈는 산산이 부서졌을 터였다. 만불통이 그런 수룡맹의 고수를 향해 강력한 일장을 떨쳐 냈다.

콰쾅!

어깨에 치명적인 일격을 당해 비틀거리던 수룡맹 고수가 만불통의 장력을 피해내지 못하고 가슴을 움켜쥔 채 삼사 장 뒤로 날아가 눈 속에 처박혔다.

"이놈!"

순식간에 한 명의 동료를 잃은 수룡맹 고수 둘이 만불통을 향해 노성을 터뜨리며 달려들었다.

"흥, 한 명씩 짝을 이뤄야 공평하지 않겠어?"

추산이 만불통을 향해 달려드는 두 고수 중 한 명의 앞을 가로막으며 소리쳤다. 동시에 그의 검에서 빛살처럼 푸른색 검기가 뻗어나갔다.

"웃!"

만불통을 공격해 들어가던 수룡맹 고수가 추산의 검기에 놀라 급히 방향을 틀며 들고 있던 월아도를 맹렬하게 휘둘렀다.

차창!

추산의 검과 수룡맹 고수의 월아도가 부딪치며 번쩍 불꽃을 일으켰다. 추산의 쾌검은 작금에 이르러 강호 일절이라 불려도 손색이 없을 경지에 이르러 있었기에 수룡맹 고수는 비록 추산의 검기를 막아내기는 했지만, 상대가 연이어 공격을 가한다면 더 이상 상대의 공격을 막아낼 자신이 없었다. 당연히 그의 신형이 추산에게서 멀어졌다. 그런 수룡맹 고수를 따라 붙으며 추산이 소리쳤다.

"이 대협, 서두르세요."

그러자 장내에서 벌어지는 흉험한 일장의 격투를 주시하던 이충산이 재빨리 몸을 날려 홍초향과 그녀의 아이를 잡아두고 있는 수룡맹 고수를 향해 날아갔다. 그러자 여인과 아이를 잡고 있던 수룡맹 고수가 두 사람을 놓아두고 이충산을 향해 마주 달려나왔다. 그렇게 다시 한 쌍의 싸움이 시작됐다.

이제 장내는 여덟 사람이 뒤엉켜 목숨을 건 일장 혈투를 벌이고 있었다. 그러나 싸움의 승패는 이미 결정된 것이나 다름없었다. 아무리 수룡맹 고수들의 무공이 뛰어나다고 해도 고검을 비롯한 무불장 고수들의 무공을 감당할 수는 없었다.

채 일각이 지나기 전에 무공의 우열이 가려졌다. 이충산이 상대하는 자를 제외하고 나머지 삼 인의 수룡맹 고수들은 온몸에 부상을 입은 채 겨우겨우 고검 등의 공세를 견디고 있었다. 이대로 싸움이 진행되면 단 십여 초도 견디지 못하고 목이 달아날 판, 그러나 수룡맹 고수들에게도 구원의 손길이 생겨났다.

"웬 놈들이냐?"

갑자기 영천회 장원 방향에서 낮지만 날카로운 노성이 들려왔다. 싸움이 일어나고 있는 곳에서 십여 장 떨어진 곳에 어느새 이십여 명의 수룡맹 고수들이 모습을 드러내고 있었다. 그러자 상황은 순식간에 역전됐다. 아무리 무불장 고수들의 무공이 대단하다고 해도 수십 명의 수룡맹 고수들을 상대로 일전을 벌이기는 힘든 일이었다.

"추산, 이 대협과 함께 홍 부인을 모시고 물러나라!"

수룡맹 귀왕군장을 몰아붙이고 있던 고검이 명을 내리자 추산이 대답도 하지 않고 자신이 상대하던 자를 향해 날카로운 공격을 퍼부어대 상대가 뒤로 밀려나는 사이, 재빨리 이충산의 곁으로 다가서며 이충산이 상대하던 자의 옆구리를 향해 번개처럼 일검을 그어댔다.

팟!

추산의 검끝에서 미세한 파열음이 일어나더니 순식간에 이충산을 상대하던 자가 옆구리에서 피분수를 쏟아내며 눈 위에 나뒹굴었다.

"가죠."

추산이 이충산의 눈을 보며 짧게 말했다. 이충산이 재빨리 고개를 끄덕이고는 오 세쯤 되어 보이는 아이를 품에 안고 있는 홍초향에게로 다가갔다.

"홍 매, 갑시다."

이미 홍초향은 이 복면을 한 사람들이 누구인지 깨닫고 있었으므로 망설이지 않고 고개를 끄덕였다.

"와주셨군요."

그녀의 목소리가 은은하게 떨려왔다.

"홍 매와 아이가 있는데 어찌 오지 않을 수가 있겠소!"

이충산 역시 흥분한 목소리로 아이를 안고 있는 여인의 한 손을 움켜잡았다. 그러나 두 사람의 감격은 그리 오래가지 못했다.

"이야기는 나중에 나누죠?"

어느새 다가온 추산이 두 사람의 걸음을 재촉했기 때문이었다. 추산의 재촉에 이충산이 고개를 끄덕이고는 재빨리 홍초향에게서 아이를 건네받았다.

"엄마!"

아이의 입에서 겁먹은 듯한 목소리가 흘러나왔다. 그러자 홍초향이 부드러운 목소리로 아이를 달랬다.

"괜찮다, 아가. 우릴 구하러 오신 분들이란다."

홍초향의 말이 효과가 있었던지 아이는 더 이상 이충산의 품을 거부하지 않았다.

"절 따라오세요."

추산이 진이 설치된 쪽으로 몸을 날리며 말하자, 아이를 안은 이충산과 홍초향이 급히 추산의 뒤를 따르기 시작했다.

"멈춰라!"

순간 영천회의 장원에서 비도를 따라 내려온 수룡맹의 고수들이 물밀듯이 달려들며 진 안으로 뛰어드는 추산 등을 향해 소리쳤다. 하지만 그들이 장내에 도착했을 때는 이미 추산과 이충산, 그리고 홍초향의 모습은 사라지고 없었다. 대신 그들을 기다리고 있는 것은 복면을 한 두 고수의 놀라운 무공이었다.

"목숨이 아까운 자, 우릴 쫓지 마라. 우리 뒤를 따르면 이 꼴이 될 것인즉!"

만불통의 입에서 걸쭉한 경고성이 터져 나오며 그의 철곤이 자신 앞에서 가쁜 숨을 몰아쉬고 있던 수룡맹 무사의 옆구리를 파고들었다.

"크억!"

급작스런 만불통의 공격에 속절없이 옆구리를 허용한 수룡맹 무사의 허리가 반으로 접혀졌다. 그리고 한순간 허공으로 날아가 눈 위에 뒹굴었다. 수룡맹의 무사는 재빨리 자리에서 일어나려 했지만 막강한 공력이 담긴 만불통의 철곤을 정통으로 허용한 그의 허리는 그의 의지와는 달리 말을 듣지 않았다. 내신 격심한 고통이 찾아들었다.

"우욱!"

수룡맹의 고수가 일어서기를 포기하고 그 자리에 주저앉으며 한 사발이나 되는 피를 하얀 눈 위에 쏟아냈다.

비참한 모습으로 무너져 버린 동료를 본 수룡맹의 고수들이 감히 추산 등을 추격하지 못하고 멈칫거리는 사이, 또 다른 곳에서 그들의 발걸음을 묶어놓는 일이 벌어지고 있었다. 수룡맹 귀왕군장을 상대하고 있던 고검이 차가운 표정으로 천천히 마검을 머리 위로 들어 올리고 있었던 것이다.

第十章

강호연가(江湖戀歌)

김끝에 미달린 투명한 빛 덩어리가 전광석화처럼 일직선으로 뻗어나갔다. 빛 덩어리를 쏘아낸 마검은 빛이 목표한 곳에 도달했을 때에야 음울하면서도 전율적인 파공음을 일으켰다.

기이잉!

그리고 그 파공음이 끝나기도 전에 한 사람의 입에서 짧은 신음성이 토해졌다.

"음!"

고검을 상대하던 수룡맹 귀왕군장이 휘청거리는 발걸음으로 십여 걸음 뒤로 물러났다. 그리고 겨우 뒷걸음질치던 걸음을 멈춘 그가 들고 있던 도를 거꾸로 세워 몸을 지탱하려 하는 순간 그의 어깨가 푹하고 아래로 꺼지며 그의 신형이 눈밭에

뒹굴었다. 순간 하얀 설원이 붉게 물들어가기 시작했다. 마검이 만들어낸 빛 덩어리는 그의 어깨와 가슴을 연결하는 근육 부위를 뚫고 지나갔다. 그리고 빛이 지나간 자리에서 폭포수처럼 피가 흘러나오고 있었다. 아마도 그의 어깨는 다시 검을 휘두르지 못하리라.

수룡맹의 고수들은 차가운 한겨울 한파에 얼어버린 듯 제자리에서 움직일 줄 몰랐다. 암옥이 수룡맹을 결성하고, 천하의 이목을 피해 은밀히 장강과 대운하, 그리고 황하의 수로를 장악해 나가는 동안 그들은 수없이 많은 동료들의 죽음을 보았다. 하지만 지금 그들의 눈앞에서 눈밭을 뒹굴고 있는 사람은 결코 이렇게 비참한 모습을 보일 수 없는, 아니, 이런 모습을 보이면 안 되는 인물이었다.

그는 그저 그런 동료가 아니었다. 그는 그들의 생사를 주관하고 수룡맹의 힘을 대표하는 고수 중 한 명, 귀왕군장이 아니던가. 그런 그가 지금 상대의 단 일 수에 속절없이 당해 비참한 몰골로 설원을 피로 물들이고 있었다.

절대적이라고 믿었던 존재가 허물어진 자리에는 공허만이 남는다. 수룡맹 고수들의 뇌가 귀왕군장의 패배로 일순 텅 비어버린 그사이, 고검은 천천히 마검을 거두고 추산이 펼쳐 놓은 진 속으로 사라졌다.

"군장님!"

수룡맹의 고수들 중 그나마 다른 자들보다 침착한 인물 하나가 재빨리 쓰러져 있는 귀왕군장을 안아 일으켰다. 그러자

목숨이 위중할 정도의 치명적인 부상을 입은 상황에서도 귀왕
군장이 힘겹지만 침착한 목소리로 입을 열었다.

"홍 부인을 놓쳐서는 안 된다. 그녀가 북천무맹으로 돌아간
다면 만사가 공염불이 되고 말 것이다. 어서 놈들을 쫓아라.
그리고 걸음 빠른 자를 보내 주 밀공께 이곳 소식을 전하라.
어서!"

귀왕군장은 무서운 정신력으로 겨우 그 말을 마치고 혼절했
다. 그러자 귀왕군장을 부축하고 있던 자가 자신의 동료들을
보며 재빨리 명을 내렸다.

"일조는 놈들을 추격하시오. 삼조는 이곳에서 군장님을 보
호하며 만약을 대비하시고, 난 밀공께 가보겠소."

사내의 말에 정신을 차린 수룡맹의 고수들이 일제히 움직였
다. 그중 십여 명은 쓰러진 귀왕군장을 중심으로 원을 그리며
사방을 감시하기 시작했고, 또 다른 십여 명의 인물들은 도검
을 빼 들고 고검과 추산이 홍초향을 데리고 사라진 방향을 향
해 몸을 날렸다. 그리고 귀왕군장을 부축하고 있던 사내는 조
심스럽게 귀왕군장을 내려놓고 절벽 사이에 위치한 비밀 포구
를 향해 몸을 날렸다.

그런데 사내가 채 십여 장을 전진하기도 전에 사내의 귀에
당황한 동료들의 목소리가 들려왔다.

"조심해! 진(陣)이다!"

"모두 움직이지 말고 그 자리에 멈춰 서 있어!"

순간 비밀 포구를 향해 달려가던 사내가 급히 걸음을 멈추

고 소리가 들려오는 쪽으로 시선을 돌렸다. 그러나 그의 눈에 들어오는 것은 아무것도 없었다. 그저 당혹한 동료들의 목소리만 들려올 뿐 그들의 모습은 그 어디에서도 찾을 수 없었던 것이다.

"이건!"

그의 입에서 당혹스런 음성이 흘러나왔다. 진이었다. 복면인들은 만반의 준비를 하고 그들을 기다리고 있었던 것이다. 그런데 바로 그때, 그의 등 뒤쪽에서 서릿발 같은 한기가 느껴지는 목소리가 들려왔다.

"무슨 일이냐?"

순간 사내가 재빨리 허리를 굽히며 몸을 돌렸다. 목소리의 주인공이 누군지 보지 않아도 너무 잘 알고 있기 때문이었다.

"밀공을 뵈옵니다."

어느새 사내의 뒤쪽에는 앞서 비밀 포구로 내려갔던 백발의 노고수가 서 있었다.

"전하라. 무슨 일이 벌어진 것인가?"

그러자 사내가 여전히 허리를 굽힌 채로 재빨리 입을 열었다.

"기습을 받았습니다."

"기습? 북천무맹인가?"

"놈들의 정체는 확실치 않습니다. 머리에 복면을 하고 있었습니다. 또한 일신의 무공이 놀라워 귀왕군장께서 치명적인 부상을 입고 혼절하셨고, 맹의 형제 여럿이 놈들의 공격에 당했습니다.”

“여인과 아이는?”

“죄송합니다. 지키지 못했습니다.”

순간 백발노인의 눈에서 차가운 한광이 쏟아져 나왔다. 입을 열어 장내에서 벌어진 사건을 설명하고 있던 사내가 노인의 살기에 질려 주춤 뒤로 물러났다.

“추격은?”

노인의 입에서 더 이상 차가울 수 없는 음성이 흘러나왔다.

“일조가 추격에 나섰으나, 그만 진(陣)에 걸려⋯⋯.”

사내가 말꼬리를 흐렸다. 그러면서 그의 시선이 자연스럽게 모습은 보이지 않고 목소리만 들려오는 동료들 쪽으로 돌아갔다. 백발노인이 살짝 눈살을 찌푸리며 성큼성큼 걸음을 옮겨 수룡맹 고수들의 목소리가 들려오는 곳으로 다가갔다. 그리고는 면밀히 주변을 살피기 시작했다. 그는 한두 번 손을 들어 진 안에 넣어보기도 하고, 바닥에서 돌을 집어 진 안에 던져 넣기도 했다. 그렇게 얼마간의 시간이 흘렀을까, 노인의 입에서 탄식이 흘러나왔다.

“대단한 진법이다. 나도 진에 대해선 모른다고 할 수 없는데 이런 진법은 처음 보는 것이로군.”

“어찌하면 좋겠습니까?”

어느새 다가온 수룡맹의 고수가 노인의 뒤에서 조심스럽게 물었다. 그러자 노인이 주변을 둘러보더니 혀를 차며 말했다.

“일이 어렵게 되었군. 뒤에는 북천무맹의 호랑이들이 우릴

찾고 있고, 앞에서는 늑대들이 화근이 될 여인을 빼앗아갔으
니……."

"일단 배로 물러나는 것이……."

"모르는 소리! 여인이 북천무맹에 돌아가는 순간 무슨 일이
벌어질지 몰라서 하는 말이냐? 넌 귀왕군과 귀왕군장을 데리
고 배로 돌아가라. 그리고 언제든 배를 띄울 준비를 하고 있어
라. 난 어떤 자들이 이런 대담한 일을 꾸몄는지 한번 만나봐야
겠다."

"귀왕군을 데리고 가심이… 놈들의 무공은 무서웠습니다."

순간 노인의 입에서 차가운 질책이 흘러나왔다.

"멍청한 것! 지금쯤이면 영천회의 장원에 이미 북천무맹의
고수들이 들어 있을 것이다. 그런데 이 와중에 귀왕군을 동원
해 소란을 피우자는 말이냐? 쓸데없는 걱정 말고 돌아가 있거
라. 그들이 아무리 대단한 자들이라 해도 나, 주경의 도(刀) 아
래서 여인의 목숨을 지킬 수 있을 거라 생각지 않는다."

"홍 부인을… 죽이실 생각이십니까?"

그러자 노인이 무겁게 고개를 끄덕였다.

"애초에 잡아두기보다는 죽였어야 할 일이었어……."

노인의 입에서 진한 후회가 담긴 목소리가 흘러나왔다.

"진 안에 갇힌 사람들은……?"

사내의 말에 노인이 작은 한숨을 내쉬고는 진기가 담긴 전
음을 진 안의 수룡맹 고수들에게 보내기 시작했다.

"잘 들어라. 너희들이 갇힌 진은 나조차도 파훼할 수 없는

절진이다. 내가 할 수 있는 일이라고는 한순간 진에서 탈출할 수 있는 길을 열어주는 정도, 너희들은 단단히 준비를 하고 있다가 내가 길을 여는 순간 재빨리 진을 벗어나라. 길이 열리는 순간은 무척 짧으니 그 순간을 놓치지 마라."

말을 마친 노인이 천천히 허리춤에서 자신의 도를 꺼내 들었다. 노인의 도은 날렵하면서도 짙은 묵빛을 띠고 있어 한눈에 보아도 범상치 않은 기병임을 알 수 있었다.

노인은 천천히 도를 자신의 눈 위로 치켜들었다. 그의 얼굴이 약간 경직되는 듯 보였다. 그리고 어느 순간 그의 도가 눈에 보이지 않을 정도의 빠른 속도로 추산이 만들어놓은 진을 향해 폭사했다.

슈우욱!

믹깅한 진기기 깃들었을 노인익 도가 추산이 만든 진의 경계에 닿는 순간, 강력한 폭음 대신 마치 강물이 소용돌이를 만들어내는 듯한 소리가 일어났다. 도기가 맞닿은 진 부분의 공기가 무섭게 회전을 시작했다. 그리고 그 공기의 회전을 따라 마치 엷은 막의 한 부분이 뚫리듯 진 안쪽이 들여다보였다. 그곳에는 십여 명의 수룡맹 고수들이 노인의 도기에 의해 만들어진 공간을 통해 진 바깥쪽을 주시하고 있었다.

"지금!"

진 안의 누군가가 재빨리 신호를 하자 추산의 진에 갇혀 길을 찾지 못하고 있던 십여 명의 수룡맹 고수들이 일제히 노인이 만든 공간을 통해 진을 벗어났다. 그리고 마지막 한 명이 진을 벗어나자마자 진에 만들어졌던 공간이 거짓말처럼 사라졌다.

"음……!"

수룡맹의 고수들이 모두 진을 벗어나자 스스로 주경이라 칭한 노인이 작은 침음성을 흘려내며 들고 있던 도를 천천히 허리 아래로 늘어뜨렸다. 그의 얼굴은 백지장처럼 하얗게 변해 있었는데, 아마도 추산의 진에 강제로 생문(生門)을 만들기 위해 과도한 진기를 끌어올린 모양이었다.

"밀공, 괜찮으시겠습니까?"

노인이 장내에 나타난 이후 줄곧 노인과 대화를 나누던 수룡맹 고수가 걱정스런 눈빛으로 다가서며 물었다. 그러자 노인이 가볍게 손을 저었다.

"괜찮다. 잠시만 지나면 금세 회복될 것이다. 그것보다 넌 내가 시킨 대로 일을 진행하도록 하라."

"알겠습니다, 밀공!"

사내가 급히 허리를 숙여 보인 후 두 사람을 바라보고 있던 수룡맹 고수들에게 눈짓을 했다. 그러자 수룡맹 고수들이 혼절해 있는 귀왕군장을 들춰 업고 신속하게 장내를 벗어나기 시작했다. 그사이 노인의 얼굴은 어느새 홍조를 되찾고 있었다.

"이제 움직여 볼까?"

노인의 입을 열자 사내가 노인에게 물었다.

"진이 앞을 막고 있는데 어떻게 그들을 추격하시려는지요?"

그러나 노인이 한심하다는 듯 사내를 바라봤다.

"바보 같은 질문을 하는구나. 진이 앞을 막고 있으면 진을 돌아서 가면 될 것 아니냐. 설마 놈들이 이 대산 전체에 진을 펼쳐 놓았겠느냐? 쯧쯧… 반 시진 내로 내가 돌아오지 않으면 배를 몰아 강의 중심으로 나가 있으라."

사내를 보며 혀를 찬 노인이 훌쩍 몸을 날려 진이 펼쳐진 정면의 공터가 아닌 그 오른쪽을 크게 돌아 대산을 치달아 오르기 시작했다. 그런 노인의 모습을 보고 있던 사내가 탄식하듯 중얼거렸다.

"아아, 군장 어른을 제압한 상대의 무공에 놀라 그런 단순한 생각을 하지 못하다니. 대수룡맹 귀왕군의 조장에 오른 후 자만하고 있었구나. 난 아직 멀었어."

사내가 달빛 아래로 사라지는 노인을 한참 동안 바라보다 이내 자신의 동료들이 이동한 절벽 사이의 비밀 포구를 향해 몸을 날리기 시작했다.

*　　　*　　　*

고검과 추산은 지난 며칠간 머물렀던 대산 중턱의 동혈 앞에서 영천회의 장원과 자신들이 홍초향 모자를 구출해 낸 진이 설치된 곳을 번갈아 바라보고 있었다.

차가운 정월의 달빛 아래 영천회의 장원은 대낮처럼 밝았다. 이미 북천무맹의 고수들은 영천회의 장원에 들이닥쳐 이곳저곳을 이 잡듯 뒤지고 있었다.

"사패가 무섭긴 하군요. 한밤중에 타 문파에 들이닥쳐 저렇듯 제집 뒤지듯 뒤지고 있는 것을 보면……."

"사패천하란 말이 그냥 나온 것이 아니지. 영천회 정도의 문파는 단 하룻밤 새에 잿더미로 만들 힘과 독함을 지니고 있는 곳이 사패다. 더군다나 지금 그들은 자파를 공격하고 아녀자와 아이를 납치한 자들을 찾고 있는 것. 명분 또한 없다고 할 수 없다. 영천회로서도 협조하지 않을 수 없을 것이다."

"하지만 이미 알맹이는 모두 빠져나간 후잖아요."

추산의 입가에 씁쓸한 미소가 감돌았다.

"아직은 수룡맹도 북천무맹과의 정면충돌을 감당할 때가 아니라고 보는 것이겠지. 오히려 영천회가 이 일과 아무 관련이 없다는 것을 확인시키면 이후 영천회가 홍가보의 세력권을 확보하는 데 훨씬 유리할 것이다. 그런 연후에 영천회가 수룡맹에 가입하면 홍가보를 멸문시키고 가물현과 대산포의 물길을 장악하려 한 수룡맹의 목적은 매끄럽게 달성하게 되는 것이지."

"단 하나의 변수만을 제외하면요."

추산이 눈빛을 반짝였다. 수룡맹이 의도한 바를 이루는 방해가 될 만한 단 하나의 변수는 바로 고검과 추산 두 사람이 만든 변수다. 수룡맹이 납치했던 홍초향과 그 아들이 살아서 북천무맹에 돌아가는 순간 북천무맹과 수룡맹은 아마도 전면전을 시작하게 될 것이다. 그리고 그 싸움의 시작은 바로 이곳 영천회가 자리 잡은 대산포가 될 터였다.

"수룡맹으로서는 그 변수를 그냥 방치할 수 없을 게다."

고검이 담담한 목소리로 말했다. 그러자 추산이 반짝이는 눈으로 산 아래를 바라보며 대답했다.

"저기, 그 변수를 막기 위해 사람이 오고 있군요. 역시 그 밀공이라는 자군요."

"그가 나서지 않을 수 없었겠지. 북천무맹의 고수들이 영천회를 뒤지고 있는 상황에서 수하들을 산 위로 올려 보낼 수는 없었을 게다."

"그를 만나보실 생각인가요?"

추산이 고검을 보며 물었다.

"그의 발을 묶어두지 않으면 그는 아마도 우리가 가는 곳이 어디든 끝까지 추격할 거다. 지금의 홍 부인은 수룡맹으로서는 포기할 수 없는 존재라고 할 수 있으니까."

"후후, 후회하고 있겠군요. 그녀를 살려둔 것을……."

"사람이 언제나 뒷일을 정확히 예상할 수 있다면 얼마나 좋겠느냐?"

"당연히 사형은 그를 이길 자신이 있으시겠죠?"

추산이 물었다. 그러자 고검이 천천히 고개를 저었다.

"무인에게 승리를 자신할 수 있는 싸움이란 존재하지 않는다. 최선을 다할 뿐!"

"하지만 전 확신해요. 사형이 이 싸움에서 그를 이길 거란 것을요. 전 사실 싸움의 승패보다도 저 노인의 정체가 더 궁금하군요. 수룡맹에서 어떤 위치에 있는 자인지, 그의 위치를 알면 수룡맹 전체의 전력을 가늠할 수도 있지 않을까요?”

“모르는 일이지. 그리고 지금은 일단 그를 맞이할 준비를 할 때인 것 같구나.”

“자리를 옮기실 건가요?”

“이곳은 그와 겨루기에 좋은 곳은 아니구나. 영천회의 장원에서 보는 눈이 있을 수도 있고… 가자!”

고검이 이십여 장 앞으로 다가온 수룡맹의 노고수를 흘깃 보고는 이내 몸을 날려 산허리를 타고 나는 듯 이동하기 시작했다. 그 뒤를 추산이 지체없이 따랐다.

두꺼운 눈을 무겁게 이고 있는 나무들 사이로 쫓는 자와 쫓기는 자의 질주가 이어졌다. 이미 고검과 추산의 신형은 그들의 뒤를 쫓는 수룡맹의 노고수, 주경이라 자칭한 자의 눈에 들어 있었다.

고검과 추산이 수일간 자신들의 은신처였던 동굴 앞을 떠나는 순간부터 시작된 이 추격전은 근 이각여 동안 계속됐다. 이 각여의 추격전은 세 사람을 대산(大山)의 뒤쪽으로 이동시켰다. 그리고 어느 순간 바람을 가르듯 달리던 고검과 추산의 신형이 거짓말처럼 멈춰 섰다. 그리고 천천히 신형을 돌려 자신들을 향해 달려오는 수룡맹의 노고수에게 시선을 주었다.

고검과 추산 두 사람이 달리는 것을 멈추는 순간부터 수룡맹의 노고수도 천천히 속도를 줄이기 시작했다. 그래서 양측의 거리가 십여 장 안쪽으로 좁혀졌을 때는 수룡맹의 노고수 역시 달리는 것을 멈추고 느린 걸음으로 고검과 추산을 향해 다가왔다. 그렇게 추격전을 멈춘 세 사람이 오 장여의 간격을 두고 서로를 마주했다.

"놀랍군. 이 주경이 따라잡지 못할 경공이라니……."

수룡맹의 노고수가 가볍게 한숨을 내쉬며 먼저 입을 열었다. 고검은 상대의 말에 대꾸를 하지 않고 가볍게 고개를 갸웃했다.

'주경(周瓊)이라… 들어보지 못한 이름이다. 이런 정도의 고수라면 능히 강호에 그 이름이 알려졌어야 옳은 것인데…….'

"얼굴에 복면을 하고 있으니 이름을 물어도 답을 않겠지?"

대답이 없는 고검과 추산을 보며 수룡맹의 노고수 주경이 새차 물었다. 고검은 여전히 입을 열지 않고 가볍게 고개를 끄덕였다. 그러자 주경이 마주 고개를 끄덕이며 자신의 도를 끄집어냈다. 매끄럽게 빠진 묵빛 도신이 월광에 번쩍였다.

"강호란 도검이 말하는 곳이지. 너희들을 내 도(刀) 아래 꿇리고 내 손으로 직접 그 복면을 벗겨보리라. 그때 너희들의 이름을 듣기로 하지."

주경의 목소리가 담담하다. 그만큼 이 싸움에 자신이 있다는 의미, 고검이 복면 안에서 살짝 미소를 지었다.

'좋은 상대야. 더구나 눈 위에 달빛도 밝다. 이런 기회란 흔치 않지.'

한순간 일어난 싸움의 흥이 몸으로 전해졌다. 생각이 끝났을 때 마검은 이미 검집을 벗어나고 있었다.

스르릉!

투명한 검과 검집의 마찰음이 듣는 사람의 머리칼을 솟구치게 만들었다.

"기이한 검(劍)이군. 마검(魔劍)인가, 아니면 기병(奇兵)인가……?"

주경이 고검의 검에 감탄하며 고개를 갸웃했다. 그러자 처음으로 고검의 입이 열렸다.

"마검이 될지 기병이 될지는 검 주인의 마음에 달린 것 아니겠소?"

순간 주경의 눈에 이채가 서렸다. 고검의 말은 곧 자신이 병기가 가지고 있는 본래의 기운을 다스릴 수 있는 경지에 오른 고수란 말과 같았다. 그런 고수라면 주경 역시 승부를 장담할 수 없다.

"의외의 곳에서 절정에 이른 검사를 만난 것인가? 이것 참, 이래서 강호란 재미가 있어. 설마하니 검의 본성을 제어할 수 있는 고수가 머리에 복면을 쓰고 밤을 도와 남의 일에 훼방을 놓으러 다닐 줄 누가 상상이나 했을 것인가?"

"그대와 같은 고수가 아녀자와 어린애를 납치하리라고 누가 상상이나 했겠소?"

고검이 지지 않고 응대했다. 그러자 주경이 피식 헛바람을 흘려냈다.

"허허, 말싸움은 내가 한 수 손해를 본 것 같군. 하지만 무공

대결은 조금 다를 것이다."

말을 끝내는 순간 주경의 눈에서 시퍼런 안광이 번뜩였다. 어느새 주경은 전신의 공력을 자신의 도에 옮겨 싣고 있었다. 고검이 마검을 사선으로 비껴 들며 두세 걸음 옆쪽으로 이동했다. 당겨진 화살 같은 상대의 기세를 정면으로 받는 것은 공력이 극에 이른 고수라도 바보 같은 짓이다. 아무리 약한 상대의 기세라도 그 기세가 극성에 이르렀을 때는 몇 배의 공력을 지닌 고수를 벨 수 있는 것이 싸움의 이치가 아니던가.

주경이 걸음을 옮겨 자신의 기세를 피하는 고검을 향해 신형을 틀었다. 싸움은 이미 시작되어 있었다. 기세를 먼저 끌어올린 주경은 공격을 하고 있었고, 그 기세를 받아내야 하는 고검은 방어를 하고 있었다. 아마도 이 기세의 싸움에서 한 푼의 이득을 보는 사람이 초반 싸움의 유리한 고지를 점령하게 될 터였다. 두 사람은 그렇게 하얀 설원 위에서 달빛을 받으며 아주 천천히 눈 위에 원을 그리며 돌고 있었다.

"제길, 생각보다 대단한 자군. 사형을 상대로 팽팽한 균형을 이루다니 말이야."

추산이 십여 장 떨어진 곳에서 두 사람의 싸움을 지켜보며 중얼거렸다. 두 사람에게서 흘러나오는 기세는 추산의 공력으로는 도저히 따라잡을 수 없는 경지였다.

"사형이 없었다면 목숨을 부지하기도 힘들었겠군. 그나저나 과연 암옥, 아니, 수룡맹은 천하사패에 도전장을 던질 만한 전력을 가지고 있나 보군. 저런 고수가 얼마나 있을지 누가 알

젰는가!"

추산이 새삼스레 수룡맹의 저력에 감탄하고 있을 때, 드디어 고검과 노고수 주경의 싸움에서 변화가 일어났다. 주경의 움직임이 빨라진 것이다. 추산의 눈이 반짝였다.

"역시 공력에서 사형에 미치지 못한단 말인가?"

하지만 다음 순간 추산은 자신의 생각이 맞을 수도 틀릴 수도 있다는 것을 깨달았다.

"공력의 고하에 상관없이 저자는 공력을 크게 일으켜 기세로써 사형을 제압하려 했으니 공력의 소모가 극심했을 것이다. 반면에 사형은 상대의 기세를 정면으로 받지 않고 흘려보내는 방식으로 대응했으니 상대에 비해 공력의 소모가 덜하겠지. 급한 건 공력의 소모가 많은 쪽이니 그가 먼저 움직이는 것은 당연한 일이다. 그렇다면 어쨌든 이 싸움의 선기는 사형이 잡았다는 말이 되는군."

기세 싸움을 포기한 수룡맹의 노고수 주경이 바람처럼 신형을 움직이기 시작했다. 수시로 위치를 바꾸는 주경의 움직임에 따라 고검 역시 여러 차례 몸의 방향을 바꾸었다. 무공을 모르는 사람이 보면 오 장여나 떨어져 있는 두 사람의 기이한 움직임이 미친 짓으로 보일지도 몰랐으나 조금이라도 공력을 쌓아 무공을 익힌 자라면 두 사람이 벌이는 치열한 공간의 싸움을 이해할 수 있을 터였다.

두 사람 사이에 팽팽하게 채워진 공간이 어느 한 사람의 실수로 인해 틈이 벌어지면 바로 그 순간 그 틈을 타고 상대의 무서운 공격이 찾아들 터였다. 지금 상황으로 보자면 주경은 고검에게서 그 빈틈을 만들어내려 하고 있는 것이고, 고검은 주경에게 자신의 빈틈을 내주지 않으려 하는 상황이라고 할 수 있었다.

그렇게 또 일각여 동안 공간과 거리를 확보하기 위해 두 사람이 치열한 신경전을 벌였다. 그리고 앞서 기세의 싸움에서처럼 먼저 지친 것은 주경이었다. 아무리 상대를 흔들어 빈틈을 만들어내려 해도 상대는 전혀 자신에게 빈틈을 보이지 않았던 것이다.

"틈이 없다면 틈을 만들겠다."

갑자기 움직임을 멈춘 주경의 입에서 한마디 노성이 흘러나왔다. 그리곤 그의 도가 천천히 자신의 머리 위로 올라갔다. 일격필살! 모든 진기를 실은 단 한 번의 공격으로 적을 흔들어놓고, 그사이 적의 빈틈을 찾겠다는 의도. 하지만 이런 패도는 고검 역시 익숙한 것이다. 애초에 고검이 익힌 것은 중검(重劍). 따라서 패도에 대한 대응 방법을 누구보다 잘 아는 고검이었다.

"공력이 우위라면 정면으로 맞받아치는 것이 가장 좋다. 일격필살의 초식을 선택한 적이라면 오히려 그 스스로가 단 일초에 부서질 수도 있으니까. 공력이 모자란다면 피하는 것이 상책. 소나기는 일단 피하고 볼 일이다. 일단 피하고 나면 온몸의 진기를 끌어올린 적은 반드시 그 빈틈을 보일 것이다. 그 빈틈을 공격하는 것이 공력이 부족한 자가 대처할 수 있는 가장 좋은 방법이다. 그러니 결국 관건은 공력의 고하를 가늠하는 것이라 할 수 있다. 공력의 고하를 읽어낼 수 없다면 싸움의 방식을 결정할 수 없고, 그리되면 상대의 강력한 공세에 몰려 속절없이 뒤로 밀릴 수밖에 없다."

고검의 머릿속에 언젠가 천검 능운백이 자신에게 일러주었던 패도를 쓰는 자들과의 싸움에 대한 평(評)이 떠올랐다. 그 평대로라면 지금 고검은 상대와 자신의 공력의 고하를 판단해야 한다. 그리고 그 결정은 빠르게 내려졌다.
'부딪친다!'
결정을 내리는 순간 마검의 끝이 지면으로 향했다. 동시에 그의 온몸에서 진기가 끓어오르기 시작했다. 순간 고검의 몸 주위에 기이한 바람이 일어나기 시작했다. 그 바람을 타고 주변을 뒤덮고 있던 눈들이 하나둘 지면을 떠나 허공으로 솟아오르기 시작했다.
순간 주경이 당혹스런 표정을 지었다. 지금 상대는 자신이 전력을 기울여 펼치려 하는 공격을 정면으로 받아내려 하고 있었다. 이런 결정은 공력과 검공에 대한 자신감 없이는 내릴 수 없는 것이다. 즉, 상대는 자신과 정면 대결을 펼쳐 승리할 자신이 있는 것이다.
주경의 노안에 서서히 노기가 깃들었다. 평생 강호를 주유한 노강호의 자존심이 슬그머니 가슴속에서 치밀어 올랐다. 동시에 자신의 공력을 밑바닥까지 긁어 올려 자신의 도에 담는 주경이었다.

고검과 주경 두 사람이 일으키는 공기의 파동이 어느 순간 광풍으로 변했다. 하늘로부터 내리는 눈이 아닌 땅으로부터 솟아오른 눈이 순식간에 눈보라를 만들며 사람의 시야를 가렸다.

"제길, 무식한 사람들 같으니라구. 결국 일합에 승부를 보겠단 말인가?"

고검이 혀를 찼다. 누가 보아도 두 사람이 벌이려는 싸움의 형태를 쉽게 짐작할 수 있는 상황이었다. 고검과 주경 두 사람의 신형은 어느새 그들의 진기에 의해 만들어진 눈보라에 휩싸여 있었다. 그 속에서 두 사람은 단 한순간도 상대에게서 시선을 돌리지 않고 서로를 노려보고 있었다. 싸움의 승패가 단 일합에 결정되리란 것을 두 사람 역시 잘 알고 있었으므로 누구도 쉽게 먼저 공세를 취하지 못하고 있었다.

하지만 두 사람 중 조급한 쪽은 주경이었다. 어쩌면 이미 주경은 고검에게 싸움의 승기를 빼앗기고 있는지도 몰랐다. 그가 시도했던 모든 공세를 고검이 어렵지 않게 막아냈기에 주경은 처음 가졌던 이 싸움에 대한 자신감이 급격하게 떨어지고 있었다. 이런 심리적 변화가 주경으로 하여금 상대보다 먼저 자신의 도(刀)를 움직이게 만들었다.

"핫!"

주경의 입에서 나직하면서도 단호한 기합성이 터져 나왔다. 동시에 그의 도가 자신을 휘감아 돌고 있는 눈보라를 뚫고 섬광처럼 고검을 향해 떨어져 내렸다.

기잉!

주경의 도기가 이르는 곳마다 기이한 파공음이 터져 나오며 거친 눈 폭풍이 일어났다. 그리고 그 눈 폭풍은 순식간에 고검의 신형을 쓸어버릴 듯 고검을 향해 밀려갔다.

고검은 복면 안에서 차가운 눈으로 자신을 향해 다가오는 눈 폭풍을 마주 응시하고 있었다. 그러던 어느 순간 주경의 도에 의해 만들어진 차가운 기운이 그의 이마에 와 닿았다. 그리고 그 순간 땅을 향해 있던 그의 마검이 은은하게 진동을 시작했다.

그사이 주경이 만든 눈 폭풍이 고검의 전신을 휩쓸었다. 그리고 마검이 움직였다. 마검은 대지를 덮은 백설을 긁듯 움직이더니 한순간 방향을 틀어 눈보라와 함께 닥쳐드는 주경의 도기를 향해 일직선으로 뻗어 올라갔다.

쉬이익!

독이 오를 대로 오른 독사가 차가운 살기를 내뿜듯 마검이 소름 끼치는 파공음을 만들며 주경의 도기를 아래에서 위로 베어 올렸다.

콰콰쾅!

추산은 자신이 딛고 선 발밑 땅이 흔들린다고 느꼈다. 굉음이 일으킨 공기의 파장이 수목에 쌓여 있던 눈들을 땅으로 끌어 내렸다. 고검과 주경 두 사람이 충돌한 곳에서 반경 십여 장 안쪽에 거대한 눈보라가 몰아쳤다. 덕분에 두 사람의 신형도 그 눈보라에 휘감겨 추산의 눈에 들어오지 않았다.

"엄청나군. 싸울 장소를 옮긴 건 탁월한 선택이었어. 이런 충돌이 은신처에서 일어났다면, 분명 영천회에 들어 있는 북천무맹 고수들의 이목을 끌었을 거야."

추산이 시야를 가리는 눈보라를 손을 휘저어 걷어내면서 중얼거렸다. 그런 후 눈을 가늘게 뜨고 싸움의 결과를 보기 위해 두 사람이 격돌한 곳으로 시선을 주었다.

하지만 두 사람의 신형은 추산의 눈에 들어오지 않았다. 두 사람의 몸은 여전히 거친 눈보라에 휩싸여 있었다. 그리고 그곳으로부터 은은한 진기의 울림이 끊임없이 이어지고 있었다.

"이런, 공력 대결이란 건가?"

추산이 살짝 인상을 찡그렸다. 고수 간의 공력 대결이란 누가 승자가 되든 양측 모두 막대한 손실을 입게 마련이었다. 당연히 고검의 안위가 걱정되는 추산이었다. 하지만 두 사람의 공력 대결은 추산이 걱정할 만큼 오래가지 않았다.

쩌저적!

한순간 두 사람 사이에서 얼음 갈라지는 소리가 일어나더니 두 사람을 가리고 있던 눈들이 불꽃 터져 나가듯 사방으로 비산했다. 동시에 두 사람의 신형이 각기 서로의 반대편을 향해 바람처럼 멀어졌다.

복면에 가려진 고검의 안색은 확인할 길이 없었다. 하지만 얼굴을 가리지 않은 주경의 안색은 차가운 달빛 아래 확연하게 드러났다. 그의 얼굴은 싸움을 시작하기 전과는 완전히 달라져 있었다. 한 올의 핏기도 느껴지지 않는 얼굴, 언제라도 곧 쓰러져 버릴 것 같은 위태로운 자세. 그러면서도 그의 두 눈은 여전히 고검의 눈을 노려보고 있었다. 그렇게 두 사람 사이의 침묵이 길어지려는 찰나, 복면 속에서 고검의 목소리가 흘러나왔다.

"돌아가신다면 이쯤에서 검을 거두겠소."

그러자 주경의 입가에 한줄기 비웃음이 깃들었다.

"훗, 목숨을 살려주겠으니 꼬리를 말아라?"

그러자 고검이 고개를 저었다.

"그저 이쯤에서 도검을 거두는 것이 서로를 위해 좋겠다는 말이오. 당신을 베자면 나도 적지 않은 손해를 봐야 할 테고, 또 수룡맹과도 좋지 않은 관계가 될 터이니……."

그러자 주경이 차가운 눈빛을 흘려내며 물었다.

"홍 부인, 홍초향은 어찌할 생각이냐? 북천무맹의 사람이 아니라면 그녀를 빼돌린 데에는 그만한 이유가 있을 터인데?"

주경으로는 홍초향의 행방이 가장 절실한 문제였다.

"그녀의 거취는 그녀 스스로 결정하게 될 것이오. 하지만 내 판단으로는 그녀가 사자문으로 돌아갈 것 같지는 않구려."

그러자 주경의 얼굴에 살짝 안도의 기색이 찾아들었다. 그리곤 자조 섞인 음성을 흘려냈다.

"후후, 결국 그녀의 마음에 따라 천하 혈란의 행방이 결정되어지겠군. 애초에 살려두는 것이 아니었어……."

고검은 아무런 말 없이 주경의 넋두리를 들어주었다. 그런 고검을 주경이 의미심장한 눈길로 바라보며 고개를 끄덕였다.

"오늘 싸움은 나, 주경이 패한 것을 자인하지. 그대가 누구인지 모르겠지만 그대는 대수룡맹(大水龍盟) 암옥구밀공 중 한 사람을 꺾은 것을 자랑스럽게 생각해도 될 것이다."

"그 말은 이제 곧 수룡맹이 천하오패에 들 것이고, 암옥구밀공이라는 신분은 바로 그 수룡맹의 최고수들을 일컫는 말이란 뜻이구려."

"역시 무공뿐 아니라 눈치 또한 빠르군. 좋아. 오늘은 이만 물러가지. 그대의 얼굴은 모르지만 눈빛은 새겨두었으니, 다시 만나게 되면 그때 다시 승부를 겨뤄보도록 하지."

후일을 기약하는 주경을 향해 고검이 가볍게 고개를 숙여 보였다. 그러자 주경이 그런 고검을 한동안 응시하더니 이내 신형을 돌려 순식간에 장내에서 사라졌다.

"그를 살려 보낸 건 무슨 이유죠?"

추산이 고검에게 물었다. 멀리 무불장의 고수들과 이충산, 그리고 홍초향과 그 아들의 모습이 눈에 들어왔다.

"아직은 수룡맹에 대한 판단을 내릴 수 없기 때문이다."

"그게 무슨 말이죠?"

"그들을 적으로 돌릴지에 대한 판단이 서지 않았다는 것이다. 그래서 귀왕군장이라는 자의 목숨도 거두지 않았던 것이다. 물론 몇 달 고생을 할 게고, 오른팔을 쓰지 못할 수도 있지만……."

"수룡맹을 적으로 돌리지 않았다는 것은 그들을 천하의 패자 중 하나로 인정한다는 말인가요?"

"내 말은 그 판단을 아직 하지 않았다는 것이다. 그리고 그 판단은 내가 아니라 강호가 하는 것이다."

"얼마나 걸릴까요?"

"늦어도 일이 년 안에는 결정이 나겠지. 그들에게 사패의 공세를 이겨낼 힘이 있는지 없는지……."

고검이 무불장 고수들에게 시선을 주었다. 이십여 장 밖에서 만불통이 두 사람을 향해 손을 흔들고 있었다.

*　　　*　　　*

홍초향은 사자문으로 돌아가지 않았다. 그녀와 그녀의 아들은 이충산을 따라 이충산이 죽음과 삶의 경계를 지났던 곳, 통혼벽 아래의 은거지로 향했다. 아마도 그 세 사람은 한동안 강호에 모습을 드러내지 않을 것이다. 어쩌면 평생을 세상을 떠나 있을지도 몰랐다.

어쨌든 홍초향이 북천무맹으로 돌아가지 않은 덕에 수룡맹과 북천무맹의 본격적인 싸움은 뒤로 미뤄졌다. 북천무맹 묵천성의 고수들이 대산포 영천회의 장원을 이 잡듯이 뒤졌지만 그 어디서도 그들이 홍가보의 몰락에 관여했다는 증거를 찾을 수 없었기 때문이다.

그리고 그 결과로 가물현과 대산포는 수룡맹의 수중에 들어왔다. 왜냐하면 북천무맹의 고수들이 물러간 후 홍가보의 터

전을 장악한 영천회는 또다시 자파의 장원이 속절없이 타인에
의해 침범되는 것을 원치 않는다며 수룡맹 가입을 공식적으로
선언했기 때문이었다.

북천무맹은 그런 영천회에 대해 아무런 반응을 보이지 않았
다. 덕분에 비루한 꼴이 된 것은 홍대남이 이끄는 홍가보의 생
존자들이었다. 홍초향의 행방조차 묘연한 상황에서 그들은 결
국 사자문의 객식구로 전락하고 말았던 것이다.

강호는 부산하게 움직이고 있었다. 수룡맹의 등장으로 강호
에 새로운 격동의 바람이 불 것을 예상한 각 문파들은 각파의
야망 혹은 안위를 위해 동분서주하며 자파의 실리를 찾고 있
었다.

그리고 그런 소문들을 미심을 통해 전해 들으며 무불장 고
수들은 가물현을 떠나 개봉으로 귀환했다. 무불장 고수들이
가물현에서 개봉으로 돌아왔을 때는 이미 입춘이 지난 후였
다. 그런데 청부를 마치고 귀환한 무불장 고수들을 기다리고
있는 것이 꼭 입춘이 지나 훈훈해진 공기만이 아니었다.

"햐! 이거야 원, 곰도 재주를 넘는다더니……."

추산이 연신 믿을 수 없다는 듯 감탄사를 터뜨렸다. 그러자
무불장 고수들의 시선을 한눈에 받고 있던 능지화가 추산을
노려보며 소리쳤다.

"산이 너, 말조심해. 대 가가가 곰이란 말이야?"

그러자 추산이 지지 않고 응수했다.

"그러게 말이우, 사저. 난 대 형님이 곰인 줄 알았는데 이제
보니 여우였던 모양이우. 설마하니 청부에 나서지 않은 이유
가 사저를 꼬여내기 위해서였다니……. 아! 어찌 우직한 대 형
님이 이런 수작을 벌일 줄 상상이나 했겠수. 내 이제부터 절대
대 형님을 곰 같다고 말하지 않겠수. 이제부턴 여우 같은 대
형님이라고 불러주지. 흐흐흐."

추산이 말을 마치며 시선을 돌려 겸연쩍은 표정으로 앉아
있는 대웅산을 바라봤다. 그러자 대웅산이 애써 추산의 시선
을 외면하며 헛기침을 해댔다.

"허험, 추 아우, 그만 놀리시게. 그만하면 충분하지 않은
가?"

"어이구, 우리 대 형님이 부끄럼을 다 타시네. 하하하!"

"하하하, 정말 웅산 자네에겐 어울리지 않는 모습이야."

추산의 말을 받아 만불통도 너털웃음을 터뜨렸다. 그러자
그 모습을 지켜보던 무불장의 고수들이 저마다 키득거리며 낮
은 웃음을 흘려내는 것이었다. 그렇게 한차례 웃음판이 지나
간 후 고검이 정색을 하며 대웅산에게 물었다.

"웅산 아우, 아직은 두 사람의 관계가 완전한 것은 아니야.
지화 사매를 얻으려면 사부님과 사모님의 허락이 필요하다
네."

"그렇지 않아도 조만간 천검 어른을 찾아뵈려 하우."

"잘되었군. 그럼 이참에 나와 함께 설연장에 다녀오도록 하
세."

“문주께서 함께 가주신다면 저야 감읍할 따름이지요.”

“하하, 그렇다고 내가 자네가 지화 사매와의 혼인을 허락받는 걸 돕겠다는 것은 아니야. 그건 두 사람이 알아서 사부의 허락을 받아내도록 하게.”

“그럼 사형은 왜 설연장에 가시려는 거예요?”

곁에 있던 추산이 고검에게 물었다. 그러자 고검이 눈빛을 가라앉히며 차분한 목소리로 대답했다.

“천하가 요동치니 어찌 앉아 있을 수만 있겠느냐? 사부를 만나 무불장의 행보에 대한 말씀을 들어야 할 때이다.”

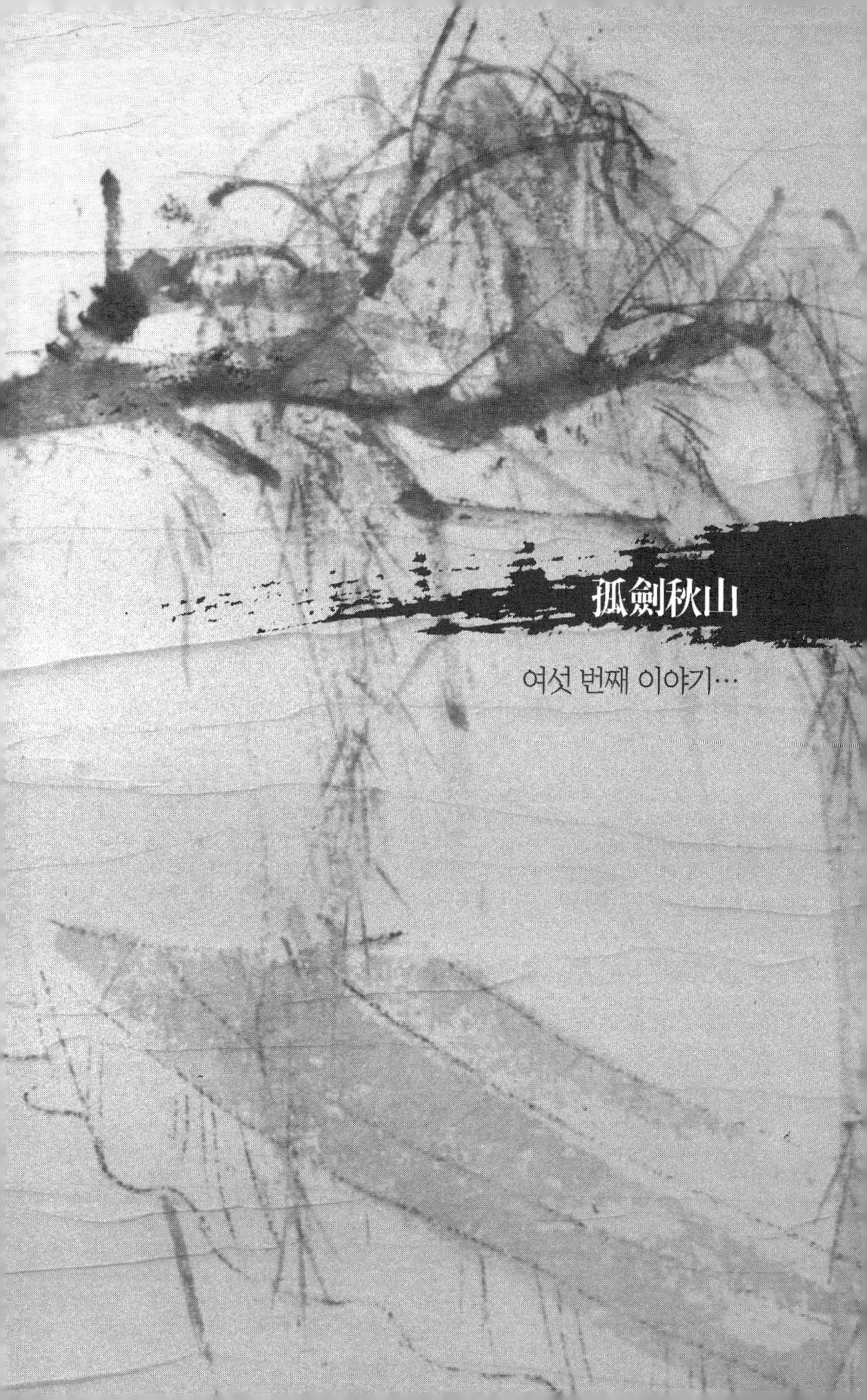

孤劍秋山
여섯 번째 이야기…

하늘거리는 촛불 아래 여인의 손이 움직였다. 주름진, 그래서 그녀의 과거가 순탄치 않았음을 짐작할 수 있는 여인의 손이 절제된 동작으로 한 장의 서찰을 집어 들었다.

서찰은 일반적으로 지인들 간에 주고받는 편지들과는 달리 작은 공간에 깨알 같은 글씨가 적혀 있는 것이었다. 여인은 한동안 서찰의 내용을 응시하고 있다가 손으로 턱을 괴고 곰곰이 생각에 잠겼다. 그러다가 어느 순간 조용히 입을 열었다.

"또 참고 견뎌야 하는가? 또다시 맹의 생존을 위해 한 팔을 도려내 승냥이들에게 내어줘야 한단 말인가?"

그녀의 목소리가 흔들리는 불빛을 타고 파문처럼 번져 갔다. 그러던 어느 순간 그녀의 입에서 단호한 목소리가 흘러나왔다.

"아니, 더 이상은 아니다. 도적 떼들로부터 식구들을 지키기 위해 맹을 만들었고, 힘을 키우기 위해 세상 사람들 아래 엎드렸다. 이제 맹은 스스로 자신의 식구를 지킬 만큼 강해졌고, 지금은 스스로를 지켜야 할 때이다. 월하장은 하북의 중심. 월하장이 무너지면 하북의 조직은 와해된다. 그러면 맹 또한 건재치 못하리라. 양보할 수 없는 싸움이다."

여인의 몸에서 흘러나온 냉기가 촛불마저 얼려 버릴 듯 차갑다. 하지만 다음 순간 다시 그녀의 입에서 곤혹스런 음성이 흘러나왔다.

"하지만 지금 내가 모습을 드러낼 수는 없어. 자칫하면 맹의 존재가 만천하에 드러나게 될 테고, 그리되면 그들뿐 아니라 천하사패조차도 맹을 견제하려 할 거야. 결국……."

그녀의 목소리가 끊겼다. 실내가 침묵에 빠져들었다. 촛불의 심지가 길어진 자기 무게를 견디지 못하고 옆으로 기울어졌다. 그러자 여인이 맨손으로 불타고 있는 촛불의 심지를 잡아 세우며 탄식을 흘려냈다.

"결국 또다시 그분께 도움을 청해야 하는가! 염치없는 일이다."

그녀의 손에 의해 바로 세워진 촛불이 다시 환한 불꽃을 일으키기 시작했다.

'화맹(花盟)' 편이 8권에서 이어집니다.

BOOK Publishing CHUNGEORAM

fly me to the moon
플라이 미 투 더 문

새로운 느낌의 로맨스가 다가온다!

판타지의 대가 이수영 작가의 신작!
드디어 판매 카운트다운!

판타지의 대가, 이수영. 그녀가 선보이는 첫 번째 사랑이야기.
사랑, 질투, 음모, 욕망……
상상한 것 이상의 절애(切愛), 그 잔혹한 사랑이 시작된다.

온전히, 그의 손에 떨어진 꽃. 잡았다.
짐승의 왕은 즐거웠다.

인간, 그리고 인간이 아닌 자.
절대로 이어질 수 없는 두 운명이 만났다!
사랑 혹은 숙명.
너일 수밖에 없는 愛.

1998년 〈귀환병 이야기〉
2000년 〈암흑 제국의 패리어드〉
2002년 〈쿠베린〉
2005년 〈사나운 새벽〉

그리고 2007년,
『FLY ME TO THE MOON』

유행이 아닌 자유추구 –
WWW.chungeoram.com
BOOK Publishing CHUNGEORAM

BOOK Publishing CHUNGEORAM

눈길발길 쏙쏙 끄는 **비법이 가득!**
왕성한 가게 만드는

잘나가는 가게 노하우 151 가지

고다 유조 지음
김진연 옮김
가격 9,800원

물건이 팔리지않는 시대!
왕성한가게만드는비법이가득!

가게 안에 웅덩이를 만들어라
조명만 조금 바꿔도 매출이 팍 늘어난다
보기 쉽고, 집기 쉬운 가게 배치는 '경기장 형' 이 최고 등등
가게에 실제로 적용했을 때 매출이 오른 노하우만 알차게 수록
외관, 입구, 배치, 내장, 조명, 디스플레이에서 사원교육까지

도움이 되는 '발견' 이 가득가득.
당신 가게를 회생시키기 위한 소중한 책!

유행이 아닌 자유추구 -
www.chungeoram.com

BOOK Publishing CHUNGEORAM

입소문을 통해 아는 분은 다 알고 계십니다!
올 한해 공인중개사 최고의 화제작!

수험생 기본 필독서
만화 공인중개사

제목 : 만화공인중개사 쓰신 분에게 감사드립니다.

학원을 두 달 다녔어요. 근데 과연 그 숫자 외우기 그런 게 몇 문제나 나올까 생각을 했어요.
아니라는 생각이 드네요. 학원강의를 뒤로하고 서점을 갔어요. 내 머리에 가장 이해될 수 있는
책이 없나 하구요. 거기서 만화를 발견했어요. 무조건 세 번 봤어요. 3개월 걸렸어요. 문제집을 보라고
했는데 그건 시행을 못했어요. 근데 합격을 했네요.

어떻게 감사의 말을 해야 될지……:

도서관에서 만화책 들고 다니니까 사람들이 비웃더라구요. 만화책으로 공인중개사를 공부한다고
미친 사람처럼 보더라구요. 근데 그거 다 감수하고 했던 내가 자랑스럽습니다.

어떻게 감사의 말을 해야 할지… 정말 감사합니다.

부디 행복하세요. 제 나이 41살에 좋은 스승을 만난 것 같습니다.

엎드려 감사드립니다.

−본사 홈페이지에 독자분이 올린 메일 中 에서 발췌−

2008년 봄 그들이 온다!!

권왕무적의 초우, 궁귀검신의 조돈형, 삼류무사의 김석진, 태극검해의
한성수, 프라우슈 폰 진의 김광수, 흑사자의 김운영, 송백의 백준 등

총 20여 명에 이르는 호화군단의 인더북 이북 연재 확정!!
그 외에도 많은 정상급 작가들의 이북 연재 런칭 예정!!

**포도밭 그 사나이, 새빨간 여우 등의 로맨스 정상급 작가
김랑의 작품을 이북 연재로 만나다!!**

오직 인더북에서만 독점 연재!!

아쉬움을 남기고 1부에서 막을 내린 **권왕무적 시리즈의 2부** 등 인기 작가들의 수준 높은
미공개 작품들이 시중에 책으로 출간되지 않고, 오직 인더북에서만 연재됩니다.

COMING SOON! INTHEBOOK.NET

1. 인더북의 이북 유료연재는 2008년 1월 말 ~ 2월 중순경 오픈
2. 인더북에 연재되는 작품들은 시중에 출판되지 않은 작품들로 엄선

**이북 유료연재의 새로운 도전! 그리고 새로운 시작! 인더북!!
곧 새로운 모습의 이북 연재 사이트로 여러분께 다가가겠습니다.**